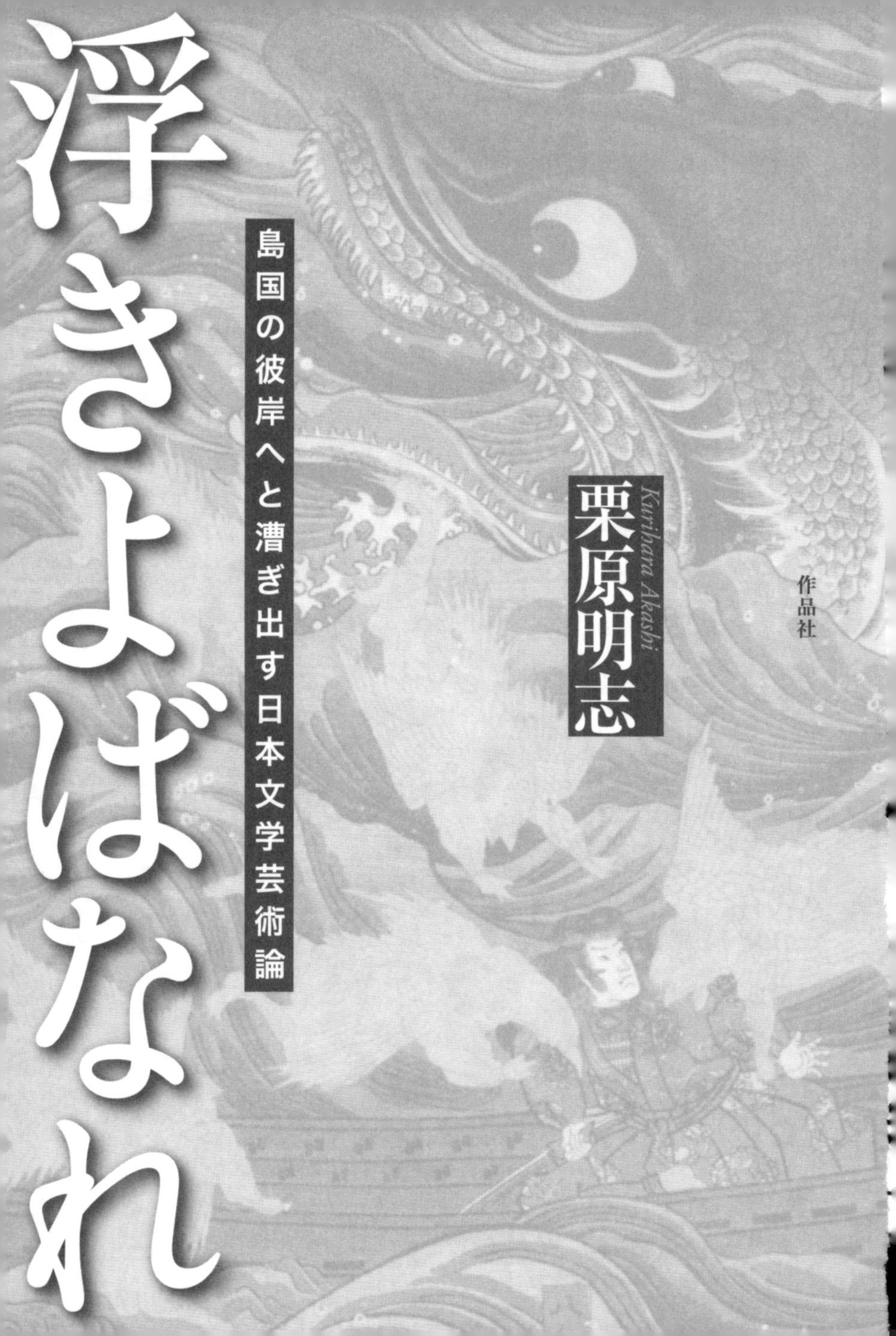

# 浮きよばなれ

## 島国の彼岸へと漕ぎ出す日本文学芸術論

栗原明志
Kurihara Akashi

作品社

浮きよばなれ　目次

# 浮きよばなれ

## ——島国の彼岸へと漕ぎ出す日本文学芸術論

# 浮きよばなれ

今もまた、纜《ともづな》をとかれ、浮き雲となり、浮いた話に流れつく。真っ青な晴天の休日であり、五月のそよ風であり、逡巡から抜け出したと思わせるひとつまみの春のようだ。

智者は水を楽しみ、仁者は山を楽しむ。当然だ。だとしても、海が国土に貫入し、切り取られたり作り変えられたり、山を洗い流してもう一度海に連れ戻してしまうということも、この島国ではしばしば起こり得ることなのである。常に振動し、亀裂が入ることすらも前提とされているような基盤の上に打ち立てられたこの一大文明に、今一度思いを馳せてみて欲しい。ここでは、永遠も偉業も歴史も歴史からの逸脱も、それぞれに微かなプリズム偏光を被《こうむ》ってとらえがたい光彩を身に纏っている。地球にしがみついて離れようとしない、東と西、北と南の対峙がその複雑さに輪をかける。こうした混沌をときほぐす手段は最終的にはただひとつ、生殖と権力のヒエラルキーから抜け出てしまって、あらゆる人類が陥っている相互作用のシステムそのものを相対視することでしかありえない。黄泉《よも》つ比良《ひら》坂からこの冒険に旅立った者たち、もはや死そのものと見分けがつかないような形で死への全き勝利を目論む底無しの勇気を示した者たち、彼らに加えられる迫害と侮蔑、罵詈雑言の激しさは実際に体験した者でない限り想像も付かないことだろう。余計なことをするな、ということなのだ。この楽園、黄金の表象の国、天性のバランス感覚で揺れ動く大地に浮遊している桃源郷をかき回して何になる。よく見てみろ。そりゃあ色々と悲惨なこともあるが、全体としては上手く行ってると見るべきじゃあないのか？　近代化まで成し遂げて。さかしらに屁理屈を捏《こ》ねまわしてみたところで新しいことなどありはしないのだ。秘するが花、知る者は言わず、それこそがアジアの伝統ってものだろう？　ところがどっこい、実を言うと必ずしもそうではないのだ。それどころか今でも私たちが話しているこの日本語と呼ばれる言語の伝統は、これらお決まりの順応主義とは対極に位置していると言ってもいい、柿本人麻呂による鮮烈なる宣言によって幕を上げた。

「葦原《あしはら》の　瑞穂《みずほ》の国は　神《かむ》ながら　言挙《ことあ》げせぬ国　しかれども　言挙げぞ我がする」

そのボルテージの高さと、しっかりと手綱を握る技量の確かさで、人麻呂本人の作と考えて間違いのないこの歌、最後のリフレインはこともあろうに、「言挙げす我は　言挙げす我は」の繰り返しになっている。言挙げする我が存在し、私はその我である、人麻呂によるこの非凡な呼び掛けが日本語の最深部に響き続けているために、一見集団主義的で、世間にとらわれ、その存在自体が他者のコピーにすぎないのではないかとすら疑われている日本人の中に、時折どういう風の吹き回しか日本語そのものの淵源《えんげん》と向き合い、言挙げすることの特異性に目覚めた者たちが現れては、梃子《てこ》でも動こうとしない、などという異常事態が起きるのだ。その一途な頑固さたるや、輸出名目で調整されたサムライ魂などの比ではない。鴨長明や兼好法師、日蓮、山頭火のように、遠からず山の中に消えていくことが分かっていても、紫式部や馬琴、露伴や美妙のようにどのみち言葉の中に溶けてしまうことが分かっていても、我をかえりみることなくひたすらもうひとつの「我」を打ち立て続けるのである。

英訳してロンドンで出版するために幸田露伴が編んだ詩集には、『出廬《しゅつろ》』という題が付けられていた。茅葺きの小さな家を出て、豊葦原《とよあしはら》の国を出て、考える葦であることをやめ、しかもひき臼で粉々にされた歴史に沈殿する底流を、小さな葦船に乗って向う岸まで渡ろうというのである。映画やテレビに追いやられ、ものを書く人間が一体どこで何をしているのかさえよく分からなくなってしまった現代にあっても、史上初めてジパングの門戸が開かれ一般の外国人観光客が押し寄せている今、危機が光ファイバーを伝ってやって来るためにこれ以上海がこの島を守ってくれなくなった今こそが、彼らの勇気を称えるに相応《ふさわ》しい時なのではないだろうか。

「日本」は「世界」とは似ても似つかない、だからそう簡単に何かが「統合」されるとは考えないで欲しい。小さな覗き窓から必死に外の世界を眺め外からは神秘の鎧《よろい》に包まれて見られることのなかったこの国の人々は、司馬遼太郎が述べた通り、「思想は常に外からやって来るものだ」と信じ込んでいる。でも、一体全体、外とはどこだ？　今この瞬間にもあなたの隣に外への扉が開くことがないなどと、本当に言い切れるものなのだろうか？　あるいは彼らを、この島国に居ながらにして平然と外部へ飛び出していった者たちをどう扱えばいいのか？　扱うなどということはもとより不可能で、我々にできるのはせいぜい細切れにしてスライド映写してみたり、薄切りにしてプレパラートに載せてみたりすることくらいが関の山だろう。それでも、戦後復興の名のもとに経済のみを追い求めた時代が一段落し、小さな萌芽が、方や神経を魅了する新しい喜びを求め、方や終わることのない卑屈さで喜びを画一化しようと企み蠢《うごめ》きだしている。どちらが望ましいかは明らかではないだろうか？　違う？　いや勿論《もちろん》そんなことは分かっているよ、あの凄まじい権力のサディズム、底無し沼のような足の引っ張り合い、嫌《いや》みや無礼さを差し挟む機会を逃さない、ある意味感心すべき集中力、死なば諸共とでも言いたげな恨みがましい目付き。エトセトラ、エトセトラ、エトセトラ。

　それでも冷静になって考えてみれば、悪意が自らの武器として駆り出すのは、常に現実というそれ自体ぼんやりとした惰性の産物以外のものではないのだということも、比較的容易に理解できるはずだ。時には稲妻のような論理の飛翔に乗って空から見下ろし、時には泥の中に尻尾を引き摺《ず》る亀のしぶとさで臥薪嘗胆の日々を忍び、世界観の更新を目の当たりにする日が訪れることだってあるだろう。現実のレベルで敗北した者たちは、それ以上にどうやって敗北すればよいのかがもう分からないのだから。五十年にわたる戯作者生活の果てに滝沢馬琴が辿り着いた真実は、ちょっと呆気《あっけ》にとられる種類のものだった。簡単に言えば、良い物語はすべからくハッピーエンドにならなければならないというのである。物語が終焉を迎え事態が複雑になった現代で、何がハッピーなのか何がエンドなのかは容易には見定めがたい。それでも必ずや新しい調和は生まれ、再び思いもよらない回答とその証明をもたらすことだろう。さあ、何が吉と出るかは分からないよ、塞翁《さいおう》の馬さえもういない、何故ってここでは、すべてがあまりにも浮きよばなれしているのだから。

# 咎なくて死す――山田美妙

敗北はつらく苦いが、ぼくたちは別の運命を望まなかった。

――ソレルス

当代随一の通人と言っても過言ではない嵐山光三郎氏が、その半生を懸けたリサーチの集大成として『書斎は戦場なり』という山田美妙の伝記小説を発表してくれた。「書斎は戦場なり」の文句は、不遇を託《かこ》っていた美妙がそれでも家族を養うために小説を量産していたころ、自ら書斎に貼っていた言葉だという。

今私たちは、ひとりの天才の復活に立ち会っている。それは天才の存在にリアルタイムで立ち会うのに優るとも劣らない高揚を伴う体験だ。美妙の復活は、私たちが好むと好まざるとにかかわらず話している この標準語と呼ばれる言語に、改めて命を吹き込み、時を超えてまだ誰も見たことがない言文一致をもたらす可能性さえ孕んでいるのである。

いかんともしがたい中途半端さの中で、それでもしっかりと役割を果たし、まさに終わらんとしているひとつの命。死の床にある美妙は、子供たちのひとりひとりに宛てて、それぞれに、「父は死ぬ」ではじまり、「天晴な人となれ」で終わる遺書を書いた。

子供たちの名は、長幼の順に次のようになっている。

旭彦
照彦
八重子
叶彦（この子は残念ながら夭折してしまった）
勝彦

続けて読めば、旭が大地を照らし、願いが叶い、最後には勝つのだと言う。八重子はもちろん、スサノオが櫛稲田姫のために廻らせた八重垣に他ならない。

この古代の匂いを湛《たた》えたすがすがしい名前の連鎖に、アイロニーやネガティブな印象は皆無である。どこか女々しい物欲しげな希望や願望も、全くといっていいほど感じ取ることができない。力強い線で輪郭を描かれた、肉体の蒸気機関車。晴れ渡った空と白い雲。古墳の中から掘り出される、幾分ごつごつとしたアクセサリー。我々の想像を超えて、事態は明白だったのだ。美妙は、自らの敗北に気付くことすらできないスサノオその人なのである。

若いのに高価な人力車を乗り回して他人の嫉妬を煽《あお》ったことも、女たちとのスキャンダルに関して脇が甘すぎたことも、文壇の大御所に喧嘩を売って干されたことも、しばしば小手先で適当に小説を書いてしまうことも、評判を得ると途端に調子に乗ってしまうことも、どれもが社会的文脈においてはどうしようもないくらいに躓《つまず》いているように見える。それでもひとたび言語という観点から光を当てたとき、美妙の一挙手一投足はこちらが瞠目させられるほどに無謬だ。

美妙が弱冠二十五歳にして編纂した『日本大辞書』の「おくがき」に、奇妙な一文がある。

「帰する所は著者の意気は此度こそ社会の力で成り、社会は其名目著者と反対の方面に在るものの、此辞書編纂事業の上に明きらかに一臂の労を加えたことであった。」

辞書のおくがきという場での、社会と自分の向かう先は「反対の方面に在る」という堂々たる宣言は、やはり独特なものだと言うべきであろう。え？　若者がイキがっているだけじゃないのかって？　冗談じゃない！　美妙ほどの天賦の才に恵まれていれば、二十五歳は余人にとっての老成と何ら変わるものではない。もしここで、すべては皆様のお陰で成ったものですなどと如才なく述べられるような神経であったなら、美妙は歴史に名を残してはいないだろう。とは言っても、「社会」の方だってたまったものではない。資金を捻出し、場所を提供し、総出で調べものをし、小生意気な若造のご機嫌を取り、印刷し、配本し、帳簿を付け、それらすべての労力に対し、わずか「一臂の労を加え」てくれてありがとう、と言われてしまったのだ。辞書とは、いったい何なのだろう？　そんな疑念が湧き起こったとしても不思議ではない。辞書の編纂者とは、かほどに偉いものなのだろうか？　当然だ、とでも言わんばかりに、家来たちの困惑をよそに美妙は早速別の辞書編纂者に喧嘩を吹っかけに行ってしまっている。美妙にとって辞書の編纂者になることは一国一城の主になることと等しく、結果として戦国大名のように振る舞うこともごく自然な成り行きだったのである。

こんな性格である以上、どのみち社会からはつまみ出されるしかないのだが、では実際に美妙が社会のどのようなタブーを破ったのかということになると、話は意外にも単純ではない。同時代の何人かがすでに首をかしげているように、女性スキャンダルといってもプロの女性と遊んでセックスの記録を日記に付けていただけで、当時の風俗から見てもそこまで逸脱しているわけではない。坪内逍遥に糞味噌に言われたとはいえ、発表の場が完全に奪われたわけではない。軽薄な作家だというレッテルを貼られたとしても、実のところ美妙の書いている小説が軽薄でないとは言い切れないのだし、本人のスタンスから考えてもそこまで評判に傷が付くとも思えない。結局は、じゃあ芸術家だからといって他人を実験材料のように扱ってもいいのかと問われたときに、持ち前の率直さでそりゃそうだろ

う と答えてしまったのがマズかったのだが、自分自身を実験材料にすることに慣れ切った美妙にさしたる悪意があったとも思えない。

「要するに、彼らを最高にいらつかせるのは、あなたの基調なのだ。」（ソレルス）

まさにそうなのである。美妙が美妙であるというだけで、社会はいらつくのだ。ライバルたちは湯気を吹き、女たちが寄ってきてしまうのだ。その上美妙の早熟な天才が「本物」で、早々にまとまった金を握ったとなっては、情状酌量の余地はない。

「だがこの調子はそこのあなたの前にあり、それはあなたより遠くからやってきて、あなたを通り抜け、あなたを創造し、あなたを生み、あなたにひとつの主体といくつかの対象、ひとつの生、ひとつの死、ひとつの世界をもたらす。あなたはそれと無関係であり、あなたは見分けられない。だから、将来、認められないからといって嘆いたりしないようにしなさい。」

まったくだ…　でもだいじょうぶ、美妙は見かけほど嘆いたりはしていない…　不得手な作り笑いを張り付けて、虐げられたような顔をしているかもしれないが、やっぱり空は晴れ渡っているし、言語と言語がくぐり抜ける時間の地層に対してもきっちりとピントが合っている。百二十年の時が経った今になって、ようやく私たちは山田美妙という「あなた」に語りかけることができる。

そもそも何故私たちは山田美妙を知っているのかを、思い出してみて欲しい。教科書に載っていたからではないだろうか？　その名前だけが……ほんの十数年前には、普通の人が手に取ることのできる作品なんてほんのごく一部だったんだよ。それなのに何故か教科書はずっと山田美妙を宣伝し続けた。余計な説明はしないで社名と商品名だけを連呼すれば良いんだ、そんな広告マンが言いそうなことを、義務教育の教科書が判で押したように忠実に実行し続けた。山田美妙、言文一致体、山田美妙、言文一致体。その他の情報は無し！

「美妙が言文一致の祖とされるのは、『日本大辞書』編集の成果によるもので、この辞書が美妙の代表作といってもいい。」

――嵐山光三郎『書斎は戦場なり』

小説家が辞書を編纂し、それが代表作と呼ばれるようになる。かといって辞書そのものには学問的な価値は無いと見做《みな》され、それでいて読み物としては抜群に面白く、結局どうしていいか分からないままに後世の教科書は美妙の名前をとりあえず連呼する。控えめに言って、起っているのはこんな類《たぐい》のことだ。

美妙の文体はといえば、日本語の全歴史において語られたもの、話されたもの、書かれたものがすべて綯交《ないま》ぜになり、美妙というフィルターを通した先で独自のカラフルな幾何学線に沿って振りまかれた結果、ある種の集合体を形成しているかのようである。職人肌の美妙がそれを自嘲して、自らの小説を「一夜づくりの甘酒」などと呼ぶのはあながち間違ってはいないが、同時に美妙が日本語の限界を我が身の苦悩に置き換えた専門家だということも間違ってはいない。ここでは小説がその企図や構成をもって成り立つ以前の、言語の肌触りそのものが主題となっているからだ。そもそも言文一致とは何か？　話し言葉のように書くということであれば江戸時代からやっている。標準語を作ってそのように話させた上で人々が話しているように書くと言えば、馬鹿馬鹿しいようではあるが現代の日本語はまさにそれである。実際のところ、そんなことはどうでもいいのである。大切なのは、日本語そのものと化した特異な身体が周囲のお喋りから身を引いて、後ずさりしながら自らの内部に沈殿していく、するとある臨界点を超えたところで失われた大陸が海面に姿を現し、過去が開示され、宝の地図のように未来のとある一点を指し示す。そこに向かって行った冒険者が現にいたということだけなのだ。

美妙が探っているのは、未来の言語だ。明治期は美妙が思い通りの新しい日本語を創り出せる千載一遇のチャンスだった。過去を取捨選択し、新たにやってくるきらびやかなものたちをすべて受け止める地曳網を仕掛け、その鏡面反射で日本語に生気を吹き込もうというのである。

始源に戻ろう。

古代とは一音節による切り裂きだ。

その一方で、ヤマト言葉は二音節もしくは四音節で安定するという考え方も、相変わらず根強く存在する。

一音節は、猿の、鹿の、鷗の、鳥の叫びだ。偶数と奇数、安定と動揺は、普通に考えられているよりも数段複雑な次元で絡み合って互いを支え合っている。伊勢神宮でも、籠《この》神社でもかまわない、明るさのために設計された神社は、日が差すことを前提として作られている。京都の枕詞だって、今でこそ「鳴くよ鶯」だが、以前は「うち日差す」などと言われていたものだった。直線になった日光。これを言語的表象の次元に置き換えてみると、「ヒ」という一音節が象徴の安定性を射抜き、偶数音節のベッドでまどろんでいる女性を受胎させ続けているのだとも言える。歌われることのない音節そのものと見まごう不可視の世界があり、この世界での音節は見た目ほど確かなものではないし、常に崩れ落ちそうな危うい バランスの上に成り立っているのだと告げている。だとすれば、言語との対称性において常に切り刻まれる世界に何が安定をもたらすかは、様々なスピードで回転する動的な作用も加味しない限り決定し得ないこととなる。一や三で安定することもあれば、二や四で安定することもあるということだ。

音楽がなければ、二音もしくは四音の安定は日本語の去勢に他ならない。奇数と奇数を足せば偶数になるが、偶数をいくら足しても偶数にしかならないという小学校の算数で習うようなことにも、案外意味がある。一度偶数に呑み込まれたら、奇数には戻れないということだからだ。つまり奇数は常に外側からやってきて偶数にへばり付いているか、さを鹿のように単独で佇《たたず》んでいる。そこからいわば、言語における奇数の頑固さとでも言えるような習性が立ち現れる。呑み込まれまいとする、不良少年のような、要は駄々をこねる性質である。

「ここで注目すべきことは、四音未満のものはほとんどが末尾に「と」をともなって用いられることです。通常、「くるりと回る」であって「くるり回る」とは言いません。「ばたんと倒れる」であって、「ばたん倒れる」とは言いません。ところが、四音のものであれば、「と」を添えなくてもよいのです。「くるくる回る」「ばったり倒れる」でよいのです。」

――坂野信彦『七五調の謎をとく』

面白い視点でつい納得してしまいそうになるのだが、ここに見られるような典型的な偶数信仰に対し、私たちは単に山田美妙という男の存在を知っているというただ一点において、この立論が実は逆もまた真なりなのだと気付くことができる。美妙ならば、「くるり回る」「ばたん倒れる」といった言い回しをいとも平然と作品の中に持ち込んでくるからである。ひとりの天才は大抵の場合、その他全員よりも正しい。それにとどまらず、実は現在我々が日本語だと思っている標準語が、美妙の殺害という仮想上の原罪によって成立しているということすら、証明可能ではないかと思えてくるのだ。

ちなみにこの坂野氏の本は興味深い本で、後半はカミソリのような論理の冴えを見せてまさに七五調の謎を解いてしまう。しかし、前半部に対しては今見たように色々とあげ足を取りたくなってしまうのだ。理由は恐らく単純なもので、後半部は古典の王朝和歌や『万葉集』が分析されている一方、前半部では現代の標準語が俎上に上げられていることが原因だと思われる。標準語、というより近代的思考全般においてと言えるのかもしれないが、音に対して遅れを伴って裏付けされる意味、そして意味が存立し得る準拠枠を言説自体が指し示そうとする志向性は、音律や言葉の持っている調子といったものを容易に凌駕してしまう。

七五調は、意味の現前を身に受けて、すでに死んでいるのだ。

七五調は標準語の中では機能していない。美妙もこのことを思い付きのように吐露してしまい、袋叩きにあっている。しかし、間違いない、七五調も、和歌も、俳句も、もう無い。でもやっぱり七五調は耳あたりが良いし、コピーライティングや標語のようなものにもよく使われているじゃないか、そんな声が聞こえてきそうだが、七五調はまさに死んでいるからこそ、コピーライティングや標語として、あるいは詩的なアリバイとして使われる以外にないのである。第一、人生を懸けた七五調へのレクイエムなのだとでも考えない限り、種田山頭火の声を聴き取ることなどできはしないのだ。

『万葉集』の時代にどのような節回しで歌が歌われていたのかは想像によるしかないが、坂野氏の次のような指摘は恐らく重要な意味を持っている。王朝和歌の伝統では、最後の句の七音を、四音三音に分断するような作歌は、歌唱法上許されなかった。歌唱法が異なる『万葉集』では問題なく使われている。ところが明治三十三年を境に歌人たちの間で四音三音で終わる歌が増えてくるというのだ。坂野氏はこれは黙読の文化が浸透したことによるのではないかと指摘しているのだが、慧眼だと思われる。すでに存立の意義を失った王朝和歌の伝統形式をなぞるのは、惰性によるとらわれに過ぎないことに歌人たちが気付きはじめる。そこでより自由な形式を求めはじめた挙句、自由の受け皿はここでは『万葉集』に向かっている。さらにはこれと機を同じくして、與謝野晶子の歌に字余りが矢鱈と多くなってくるというのである。だとしたら與謝野晶子は直感的に気付いていたのだろう、終わったのは王朝和歌の歌唱法ではなく、七五調そのものなのだということに。『万葉集』に向かったり、字余りの中で七五調の構造の基盤を手探りする運動の中には、むしろ七五調にしがみつきたいという意識が垣間見えている。明治三十三年はあくまで歌人たちが新しい現実に気付いた年であって、美妙はもっと早くに事も無げに気付いているし、当然の如く対処法まであらかじめ考え出している。

言語における意味が、もはや共同体によってもリズムによっても裏付けられない以上、言説は自ら依って立つ準拠枠そのものを参照するものとなる。ならば先立って新しい準拠枠を構成してしまえばいいのじゃないか、そう考えた美妙は辞書を編纂することにする。

これは歌人たちが七五調の準拠枠にしがみついたり、新しい七五調を求めたのに対して、数段ラディカルな態度だし、かつ正確無比なものだ。意味が意味として成立する時代が終わったということは、意味が実体との対応関係を捨てて日本語の統一性が失われている状態に他ならないのだから、日本語の全体という想像上の構造を導入しない限り、言説が再び意味を持つことはない。どのみちひとつの単語は日本語に含まれる単語の総体によってしか規定されない以上、ここに辞書を編纂する必要が生じるのだが、さらに新しい日本語の総体は厳密にいえば日本語だけで完結するわけにもいかない。鎖国を解くこととは、本来母国語の中に切れ込みを入れることを意味していて、母国語と外国語を永遠の翻訳運動の中に投げ入れることに等しい。それができるのは自分しかいない。だから自分が辞書を編纂する以外にない…　なんとも美妙らしい爽やかな思考だろう。ここに来て改めて理解できるのは美妙はやっぱり言文一致の人ではないということだ。美妙の目論見は徹頭徹尾新しい、近代に即した日本語を構築することに、恐らくはそれのみに、捧げられている。

以前ある著名な評論家が、言語というのは「文学者ごとき」が作るものではないと、いきなり取り乱したことがあるのだが、悠然と王のように振る舞っている美妙の姿を見ると、やはり言語とは文学者が作るものなのだし、自らの内部で勝手に観念化された「現実」に怯える評論家ごときがその歩みを阻害することなどあり得ないことがはっきりとするだろう。

記紀や万葉の時代、日本語は海を恐れていなかった、しかしそれ以降は一貫して海を恐れている。そう幸田露伴が看破している通り、この時期日本語はまた再び海に漕ぎ出していけるかどうかの瀬戸際にあったのだった。万葉に立ち戻ろうとした歌人たちも、方向性としては間違っていなかったし、あまり知られていないことだが露伴も自らの詩集を英訳してイギリスで出版している。しかし日本語の構造そのものを更新して来るべき国際化に備えるという大胆かつ必要不可欠な仕事に真っ向から取り組んでいたのは、若き日の美妙ただひとりだけだった。結果的に日本語は美妙を見殺しにして中途半端な鎖国を継続してしまうことになるのだが、いくら軍艦や資本が海を渡っても、肝心の言語が鎖国状態にあっては大した成果は上げられないのだということが、明治期の物質主義者たちには理解できていなかった。つまるところは留学して何がしかを持ち帰ってくる夏目漱石や森鷗外の方が名声を博するという残念な歴史が刻まれてしまうこととなる。概念の輸入過多状態にあって、意味の揺れやズレを外国語ののりしろで回収してしまうと、日本語の枠内から意味作用にアクセスできなくなってしまう危険性があり、この危険は時に致命的なものとなりかねない。

例えればちょうど、海外から輸入した部品だけで自動車を組み立ててみたものの、部品が故障するたびに本国に送り返して修理をしてもらわなければならないような状況だと考えたら分かり易いかもしれない。

こうしたことは、日本では珍しいことではないし、古代に漢字を輸入してからこのかた、常に起こってきたことだとも言えるだろう。明治以降、近代哲学の世界では特に顕著ではないだろうか。哲学用語を一気に翻訳して輸入してみたものの、それらの用語をこちらでは修理できない。いつまでたっても向うから最新の部品を輸入しなければならないのである。それでこちらから出ていって向うの言葉を学んでみたら、案外大したことを言っていなかったりもするわけだ。もしこれが日本の製造業を担う企業であれば、こんな状態をいつまでも放置しておくと思われるだろうか？　当然、なるべく早く部品生産を内製化しようとするのではないだろうか？　美妙の辞書編纂は、こうした部品生産の内製化を目論んだものだと考えれば分かり易いかもしれない。

個人は社会とは無関係である。個人が社会のためにあるのではなく、社会が個人のためにあっても構わないはずではある。しかし現実には社会はしつこく存在を主張するものの、個人の方はといえばそれ自体極めて稀な存在に成り下がっている。ところがこれが美妙にかかると、辞書の編纂といういかにも社会的な事業さえもが個人の仕事と化してしまうのだ。近代日本語いわゆる標準語に於いて意味の準拠枠が今まで以上に取り去られているという発見は、際立って孤独な新しい個人の発見と表裏一体をなしていて、それは漱石の言うような思想や主義や、突如として個人を標榜し出した共同体のメンバー同士の孤独ではなく、言語の意味作用そのものが不可能を包摂するような孤独であって、美妙の真の発見はここにある。

『万葉集』に関して、工藤隆という学者が大変面白い研究を発表している。中国雲南省などの少数民族が現在でも行っている「歌垣《うたがき》」の儀式をフィールドワークして、『万葉集』や記紀歌謡の歌が実際に歌われていた現場を、少しでも再現しようとしたものだ。

『常陸国風土記』に、筑波山で行われる歌垣に今の静岡県の足柄山の方からも男女がやってきたという記述があり、現代人の感覚では少し遠すぎやしないかなどと思ってしまうのだが、それなども、「私のペー族歌垣における聞き書きによれば、徒歩だけの時代にも、直径三〇〇キロメートル前後の範囲に居住する人たちが、食料持参のうえ野宿をしながらやって来たという」(『古事記の起源』)などとあっさり教えてくれるので、それだけでも楽しくなってきてしまう。

歌垣というとややもすると乱交パーティーのようなものを想像してしまうかもしれないが、そうした面は否定できないにしろあくまで裏面にすぎないのであって、歌垣に限らず祭りの夜に貞操観念が緩くなってしまうのとさして変わらない。工藤氏の提示する歌垣像によれば、歌垣とは共同体の衆人環視の中で、芸の優劣を決する儀式である。ここでは共同体の成員でもある観客が、言語の意味を構成する準拠枠として機能している。何がしかの意味で、とりあえずは優劣が決まるということだ。

『日本書紀』の「武烈紀」に、若き日の武烈天皇と鮪《しび》という魚の名を持った人物が歌垣の場で女性を争って歌合戦をする話がある。負けた武烈天皇は後に鮪を殺害してしまうのだが、これは共同体的意味作用がひとつの転機を迎えたことを示す物語だとも考えられる。鮪は政治的な勢いをカサに着て、相手が天皇であっても歌合戦の場で容赦のない言葉を浴びせているが、そこには歌垣の場での勝負は世俗の権力とはまた別のものであるという一種の信頼感が覗《うかが》える。ところがこの前提が通用しない。意味作用の力というのはある意味では全能で、またある意味では無力に等しい。武烈天皇に殺された鮪の死体を前にしては、共同体の全成員が新たな「権力」の形を実感しながらただ唖然として見守る事しかできなかったことだろう。政治的なごたごたはさておき、共同体が意味の準拠枠として機能するか否かという観点から見ると、この時起こった事件は古代の意味作用の終わりの始まりを表している。

共同体が即座に意味の準拠枠を担保していた時代の定式は、次のようなものとなる。

「女を抱きたけりゃ、音節を合わせてこい。」

次に平安時代になると、歌を作る行為はまた別の次元へと移行する。より個人化したその世界はまさしく『源氏物語』の世界だ。男は歌垣の場で即興で歌を歌う必要はもうあまりない。家で作って来て渡せばいいのである。書き言葉が歌の世界に歴史を持ち込み、反復の妙や歌唱力の代わりに教養や過去を踏まえた上でのオリジナリティが重要になってくる。この時共同体の方も姿を変えている。歴史化された形で生き続けているとでもいうべきか、一堂に会して判定する機会は減ったものの、女たちを通して、女たちには共同体の全体が見えているか、少なくとも見えているように振る舞うことが要請されている。男も女も、それぞれ非対称な形ではあるが、自らの個人の内側に共同体と、意味作用の準拠枠を抱えている。この時代の定式は、次のようなものになる。

「女を抱きたけりゃ、音節を合わせてこい。」

さてこれが近代になると様相がガラッと変わる。音節を合わせても、もう女たちが振り向いてくれなくなってしまうのだ。ならばどうするか？　短絡的にみて分かり易いのはやはり古き良き方策で、経済的社会的な栄達を遂げることだが、それだと女性が一方的に現実を判定することになってしまう。無を追いかける者は、最後には無を手に入れることになるだろう。女性を魅惑するのが社会的な成功だけという世界は多くの女性たちにとっても受け入れがたいものであろうし、ましてやあの歌垣の世界にあった、女性と男性が、恋のライバルたちが、全く同じ土俵で技量を競い合う興奮とは比べるべくもない。

山田美妙の小説にほぼ一貫して流れているモティーフ、美妙の奥深い欲動は、女性の完全なる自律と自立、その意思、その遍歴、自発性と理想化された無条件の男女同権である。

そこで美妙は自ら新しい定式を生み出すことにする。

「辞書を編纂して、女を抱こう。」

多くの人々にとって二十代で辞書を編纂する機会というのはあまりないのでピンとこないかもしれないが、近代において何かを語るということは常にそうした挑戦なのだし、誰であっても何かを語る時には自らの辞書を編纂しているのだ。

日本語がある時他の言語に比べて言外により多くを示唆しているように見えたとしても、それは日本語の内部における反復的なコミュニケーションにしか当てはまらないのであって、これでは新しいことは何も語れない。新しいことが語られるためには、言語の外側に意味の準拠枠を張り巡らせる以外にないし、真に新しいことは言説の余白によって語るしかないのだと言ってもよいのかもしれない。この余白を含めて語るためには、唯一馬琴が成功しているように、漢語の本文とルビの日本語が全く別の意味作用に向けて流出してしまっているかのように、テキストそのものを分裂させて多重化させながら編み込んでいく途方もない作業が必要とされる。だからこそあらかじめ辞書を編纂してしまうという美妙の戦略は痛快なまでにお手軽なものとなるわけだし、およそあらゆる固定概念を排して真っ直ぐに目的へと向かうような人物を、ここで私が実は意図的にしつこくそうしてきたように、「天才」

と呼ぶことに何ら不都合はないはずだ。

現代の私たちにしたって、結局はこの問題の周りを堂々巡りしているだけなのである。失われた共同体的意味作用を取り戻そうとする、無駄な足掻きだけで社会が構成されていると言ってもさして的外れとは言えないほどだ。

業界、会社、学会、大学、家族、ボランティア、同好会的なコミュニティ、マスメディアによる不断の仮想社交界の喧伝、カルト、金融、偶数音節への信仰（これは言説がどこかで「落ち着いた」ものであって欲しいという欲動を含んでいる）、伝統芸能、裏返された身分制、イメージによる広告、七五調や古代への憧憬に満ちた回帰。

唯物的な視点から見ていかに言語の意味作用の重要度を貶めてみたところで、社会の方はますます共同体の代替物へと突進していってしまうだけなのだし、そうなってしまっては日本語自体が厖大な量の感傷的な繰り言の蓄積になりかねないのである。そんな中どういうわけか美妙だけが、辞書を編纂し、しかもそれを個人的な営為に送り返すことで、近代の孤独を引き受け、孤独の中で真実をさらに間引きながら遊び揺蕩《たゆた》う術を見出している。

嵐山光三郎氏は『書斎は戦場なり』のあとがきで次のように述べている。

「私は三十八歳までを、事典を編集する出版社で過ごしたこともあり、神田古書店で美妙『日本大辞書』(日本大辞書発行所・明治二十六年)を手に入れると、一ヵ月かけて隅から隅まで読んでみた。」

だからこそこうして、美妙の辞書は「読む」ものとなって息を吹き返す。私自身、仕事に行き詰まるとよく美妙の辞書を適当に開いてみる。大抵は笑えるし、例外なく勇気をくれる。

しじん(詩人)…
一、好ンデ詩ヲ作ル人＝詩ニ巧ミナ人＝詩客
二、近頃専ラ、麗シイ言葉ヲ以ッテ天地ノ妙ヲ発揮スル文学者ノ称

「近頃専ラ」って…　まったく、ふざけすぎだよ…　編纂方法も、美妙独自の日本語文法解釈も、実はすべて妥当性を持っていて、汲み尽せないほどである。これを僅か一年と二ケ月で編纂したのだと、美妙は自慢している。活字を縦に並べたら、ヒマラヤよりも高くなるのだと…

もっとも相変わらず適当な面だってあるよ。例えば今私の目の前にある『広辞苑(第五版)』はア行からサ行の終わりまでで一五八八ページを占めていて、これは全体の二九八八ページのおよそ半分に当たっている。対して美妙の辞書は全体が一三九九ページに対して、サ行までが九八八ページ、実に七〇パーセントを占めている。書き始めの意欲を最後まで維持し得なかったゆえだろう。

だから何だというのだ。社会の存在自体を歯牙にもかけなかった男にしてみれば、頑張ってくれた方ではないだろうか？　美妙が我々に何を残してくれたのか、その全体像はまだ見えていない。けれども、その新しいリズム、意味の輪郭、長らく隠されていたもうひとつの標準語……古代的無感動の復権……未来の音律（それはまたも七五調かもしれないし、そうではないかもしれない）……酒に溺れたり、他者を許すというギミック……現代の閉塞感が打破されるそのときとは、人々が、美妙が夢見た日本語を喋り出すときであるのに違いない。


「美妙の言文一致体には、内的必然という要素が欠けていました。」

「美妙は飽きられ、言文一致体は再び暗礁に乗り上げました。」

これはある平凡な国語学者が書いた文章だが、残念ながらこの種の感性がいまだに一部の標準語を支配している。美妙の文章に内的必然性が欠けていると感じる者の内的必然性には喜びが欠けている。表面上の軽い見かけとは裏腹に、いや軽いからこそ、美妙の文学は容易に時を超えてくる。確かに読んでいてお腹一杯になってしまうかも知れないが、その本質は消費されるエンターテインメントとも古色蒼然とした古典とも無縁のものだ。何ともややこしい、深海の生物が互いに絡み合って織なす生態系のようでもある。美妙の文学は、五年、十年ののちに読み返して、魅力を失わない。年齢や経験とともに新しい発見があるというのですらない。美妙の文学に発見があるとすれば、それはいつだってただひとつの発見だ。あらゆる抑圧、重苦しい真面目さ、果てしない同調圧力を、事も無げに吹き散らしてしまう明るさ。それは深い、深い亀裂から立ち昇る明るさなのだが、そんな明るさを身に纏うためなのだとしたら、今すぐにでも人生を懸けて戦う価値がある。書斎は戦場なり。ことこの点に関しては、手をこまねいていてはいけないし、落ち着き払っていてもいけないのだ。今すぐ戦場に赴こう、クレバーに、無心に、そう、美妙の描く女たちを見習って。

＊フィリップ・ソレルスの引用は『ステュディオ』（齋藤豊訳、水声社）を使用させていただきました。

# 種田山頭火

蜘蛛は網張る私は私を肯定する

――『山行水行』

種田山頭火の自由律俳句、つまり詩は、近代日本が生んだ文学として別格のものだと私は思う。また同時に、もっとも誤解され、過小評価されて来たものだとも思う。かくいう私自身が何度もはぐらかされ、その素朴な見せかけに騙《だま》されて来たからこそ言うのである。漂泊の詩人と言ってしまえばそれ以外の何ものでもない。廻国の僧侶と言ってしまえばそれ以外の何ものでもない。しかし結果的に事物の背後に広がる広大な言語の領域を発見し、表面的な存在の中にはあらゆる時制が抱き合わされて詰まっている以上、反復と一回性は詩によって同時に乗り越えられなければならないと主張し続けたのは、山頭火だけだった。

セリーヌの『城から城』を思わせる、山頭火の『旅から旅へ』…　これを私たちはどこかで、常に旅の身空にある、実存を探し求める悩める詩人としてだけ捉えてはいなかっただろうか？　セリーヌにとっての城が牢獄に他ならなかったように、山頭火の旅も日本の国土という城に繋がれる抑留体験に他ならなかった。数少ない生前の写真に写っているあの肉体…　今私たちはどこであのような肉体を目にすることができるだろう？　スポーツ選手？　いや、彼らはもっとしなやかだ。格闘家？　空手家？　より近い気はするが彼らはもっと他人の目を意識して美しく磨き上げている。責任感の強い現場監督？　さらに近いかもしれない、しかし肉体労働者の筋肉とは無駄の置き所が違っている。どうしても似たものがない。それは山頭火の肉体だ。乞食《こつじき》の身でありながら栄養の不足を微塵とも感じさせない、と同時に、近代最高の知性を運んでいるとはにわかには信じがたい、筋骨隆々とした、オーダーメイドの肉体だ。

ちなみに諸国回遊の僧侶というのは現代でも活動していて、托鉢に喜捨する習慣も薄れた時代に一体どうしているのかと感心するが、そうした者を泊める寺や檀家もあって、主としてそうしたところを巡っているようである。だとしても、想像を超える生活であることに変わりはなさそうだ。ある種の驚嘆の念は禁じ得ないとはいえ、以前テレビ番組に出ていたある諸国回遊の僧侶が得意気に紹介していた一編の詩は、私をかなり不愉快な気分にさせた。随分昔のことで細かい内容は忘れてしまったのだが、今はインターネットという便利なものがある。いくつか覚えている詩句で検索してみたところ、出た…　坂村真民という詩人らしい。詩の一部はこんな調子だ。

「頭から光が出る。
まだまだだめ。
額から光が出る。
まだまだいかん。
足の裏から光が出る。
そのような方こそ、
本当に偉い人である。」

何を受け取ろうと自由だが、私にはこの詩は啞然とするほどの不遜さの表明にしか聞こえない。額から光が出ている人間などそうそう居るものではない。それどころか釈迦の知恵のレベルである。何をもって、まだまだいかんなどという増上慢に浸れるのであろうか。こうしたことを得々として言い切ってしまえる人物は、本人にとっては気の毒なことなのかもしれないが、山頭火が持ち合わせていたような真に強靱な知性に触れたことがないのである。

同じように歩くことを称揚し、自らに引き受けているとしても、この種のフェティシズムと対極に位置するのが山頭火の知性であり、反知性に他ならない。そもそも思考によって答えを見つけるのは不可能かもしれないが、フェティシズムを削り落とすことは可能なのだし、フェティッシュの外殻を削り落としていったところで現実そのものに到達できるわけではない、という認識のみが真の認識としての資格を備えているのだ。その昔、文学は知識を運んだ。エンターテインメントとして機能していた時代もあった。しかしそれらが悉く奪われた今、文学に残されたものとは、実のところ品格を保つための不断の努力でしかないのである。しかし世界が品格を投げ捨てた以上、品格とは何なのかがそもそも分からない。品格は金では買えないし、権力や教養を手に入れたところでどうなるものでもない。貴族主義とも選民意識とも関係がない。品格とはつまるところ無意識のフェティシズムを葬り去ることでしか獲得できないものなのである。山頭火には、もう、完全なまでにフェティシズムが見られない。いや、そうでもないか…　ひとつだけ残ってるな…　柿の葉っぱ…　まあ、でもそれくらいは…

坂村氏の詩をもうひとつ見てみよう。やり玉に挙げて申し訳ないが、彼は良い詩人とそうでない詩人とを比較するのに格好の材料を提供してくれる。

「大切なのは、
かつてでもなく、
これからでもない。

一呼吸一呼吸の

今である。」

そうか、まあいいだろう。さて、これと同じことを山頭火に言わせると次のようになる。

「一度行った土地へは二度と行きたくない。一度泊った宿屋へは二度と泊りたくない。一度読んだ本は二度と読みたくない。一度遇った人には二度と遇いたくない。一度見た女は二度と見たくない。一度着た服は二度と着たくない――一度人間に生まれたから、一度男に生まれたから、一度此地に生まれたから、一度此肉体此精神と生まれたから。

一度でなくて二度になったとき、それは私にとって千万度繰り返すものである。終生離れがたい、離れ得ないものである。」

山頭火と似たように考えることはできるかもしれない。だとしても、ここまで過剰に突き詰めて思いなすことが、本当に可能だろうか？　逆に言えば、ここまで「非現実的」に思考することが。山頭火が一度着た服を二度着なければならないばかりか、擦り切れるまで着続けないといけないくらいに貧乏だということは、本人はもちろん誰もが知っていることなのである。そんな事実はモノともせずに、山頭火の思考は形式論理学さながらにおのずから横滑りを起こして広がってゆく。あるいは世の大人たちはこの種の思考を、青臭い青春時代特有のもので、芝居がかった大袈裟なものだと断罪したくなるかもしれない。しかし話はそう簡単ではないのだ。これはまだ山頭火の思考にすぎず、それは俳句を生み出すためのウォームアップのようなものでしかない。この極端さがさらに研ぎ澄まされていって行き場を失い、いつしか俳句へと昇華されたとき、山頭火が彼の内面でやっていることの正体が明かされる。

ふたたびはわたらない橋のながいながい風

いかんともしがたい衝撃が走る…

ふたたびはわたらない橋を「今」渡っているはずなのに、その「今」はすっかり溶けてしまって、この俳句の時制はふたたびはわたらないであろう未来と、これまで渡ることのなかった過去に分岐して拡散してしまう。勝負あり、だ。「一呼吸一呼吸の今」などというものが、どれほど薄っぺらいフエティッシュなものであったかが明確になる。子供がフワフワのぬいぐるみを抱いて布団にもぐってしまうのと、一呼吸一呼吸の今に逃げ込むのとは何ら変わるところがないのだ。翻《ひるがえ》って山頭火の一呼吸一呼吸にはかつてとこれからがすべて押し寄せ、必死に平静を装っていない限り窒息してしまいそうになる。今、物理的な意味での「今」を担保しているのは、ながいながい風だ。この風は間違いなく「今」橋を渡る山頭火の身体が受けている。しかしそうとだけ考えてはひとつ重大な事実を見落としてしまうことになる。というのも、山頭火のせいで、この橋にはもう二度と「みじかい」風が吹くことがないのだ。

この橋に「みじかい風」が吹かなくとも、橋が失うものはほとんどない。代わりにこの橋には山頭火以降永遠に「ながいながい風」が吹き続けることになる。こうした現象を別の言葉一語で言い表すと何になるか、お分かりになるだろうか？　そう、「成仏《じょうぶつ》」である。山頭火の俳句は、あらゆる時間の単位と時制を括弧にくくり、時という時、場所という場所を簒奪することで、それらを悉く成仏させるために生み出されているのである。山頭火が歩いている場所が具体的にどこかということはさほど重要だとは思えないし、しばしば蜃気楼の中を歩いているような感覚に襲われる。かといって全く抽象化された「日本の山林や田園風景」でもない。それらはもっと薄ぼんやりと、時には山陽、時には四国、もしくは関東のどこかだ。あわよくば定住しようとすら考えた川棚温泉郷、久しく訪れなかった故郷、そしてやっぱりここにも居たのだと意外な気持ちにさせられる東京…　そうした様々な場所が挿入された旋律のように不意に聴こえてくる。かと思うとすぐに錨を上げて主旋律である旅の中へと帰って行く。

山頭火の俳句は、現実のある一場面を切り取ったといったような生易しいものではないのである。自然を感得し、自然から何かを与えてもらった後に、そこへ人間からの返答をフォアハンドの正確さで打ち返す。何故なら自然は成仏することを待っているのだし、自然を成仏させることができるのは人間だけなのだから。そこには、山頭火が唯一自らに感じている「責任」の所在があるのだ。

この点において、山頭火ははっきりと、近代的である。その乖離を、そのニヒリズムを、その首尾一貫しないことを、云々したいのならすればいい。しかし自然との共生というお題目を唱えて、自然に対する人間的責任を放棄するような似非近代人としての日本人ならば、俳句にいつまでも季語を入れ込んでおけばいいのだ。季語とは、ルールから逸脱する主体に対して歴史がタガをはめようとしていると考えるような大方の陳腐な見方とは反対に、実は作者の主体そのものなのである。季語とはエゴであり、魂を捨てきれないものたちの繰り返す陰惨な嗚咽《おえつ》にすぎない。山頭火は自らの内部に近代的な「どうしようもない私」という主体を抱えているので、それ以上に季語を使うことで私を二段重ねにする必要がそもそもない。あまりにも明晰で、理路整然とした話ではないだろうか？

山頭火の日記に少し目を通せば分かることだが、山頭火は一瞬たりとも知性のスイッチを自ら進んで切ることがない。だから酒を飲まずにはいられないのだし、逆にそうでなかったらあそこまで苦しむことも、人生の道草をくって素晴らしい俳句を生み出すこともなかったことだろう。山頭火が歩くのは逃げるためであり、楽しむためであり、酒と水を比べては結局酒を選ぶためであり、他人に邪魔されることなく好きなだけ自己憐憫に浸るためである。そしてもちろん句を「拾う」ためであり、堕落するためであり、精進するためである。自らを削りに削り、ありのままで、正直であるためである。だからこそ「観照」によってさらに感性を磨き上げ、言葉と人間と自然が三つ巴になって傍目には無駄としか思えないお喋りを楽しみ出す瞬間を捉えることが、ゆっくりとではあってもある種の着実さをもって可能となってくるのである。

昼もしづかな蠅が蠅たたきを知つてゐる

蠅が蠅たたきを知っている。そのことだけが孤独の中で山頭火が存在し続けているという事実を、流れ去り日増しに色を失っていく環境につなぎとめている。蠅ですら蠅のありように見合った形で山頭火を承認しているというのに、人間は意地でも山頭火の存在を承認しようとはしない。人間はまず視線の中に自らの棲み家を移した上で、その視線を遮断することに躍起になっているからだ。山頭火の言葉を信じるなら、山頭火が人々に対して発揮する優しさは、彼らの姿をありのままに見ることなのだと言う。何故なら人は他者を理解したらその人とともに過ごすことができなくなると知っているので、他者を見ようとしない、特に親密で互いを必要としている者たちほど、見ることがない、だからこそ視線の対価として孤独を選んだものたちが、代わりに見てあげなくてはならない。その種の論理の当然の帰結として、山頭火が歩けば歩くほど、修練を積めば積むほど、他者への意見が辛辣に、かつより容赦のないものになっていく様は見ていて興味深い。

「今日は行乞エピソードとして特種が二つあった、その一つは文字通りに一銭を投げ与えられたことだ、その一銭を投げ与えた彼女は主婦の友の愛読者らしかった、私は黙ってその一銭を拾って、そこにいた主人公に返してあげた、他の一つは或る店で女の声で、出ませんよといわれたことだ、彼女も婦人倶楽部の愛読者だったろう。」

何故婦人雑誌を目の敵にしているのかはちょっと分からないが、「主人公」などという言葉の選び方は流石に俳人、皮肉が効いている。

「今日は強情婆と馬鹿娘に出くわした、何と強情我慢の婆さんだったろう、地獄行間違なし、そしてまた、馬鹿娘の馬鹿らしさはどうだ、極楽の入口だった。」

なんというか…　面白い。

「Iさんだって俗物だ、俗物中の最も悪い俗物だ、プチブル意識の外には何物も持っていない存在物だから。」

つまりこの世界には、人間の織りなす瞬間の喜劇以外には何もないと言っているのだろう。人間は所詮存在物であるくせに、自分を存在物だと思っていないから傲慢だというのではない。傲慢さにおいて自然の足元にも及ばないくせにたまに自らの事を傲慢だと感じることが、この上なく傲慢なのである。近代が異論の余地のない視線のやりとりだとしたら、そこで流通しているのはそれぞれの限界が額面として刻印された通貨に他ならない。自分だけが自分の限界に気付くことができない、そんなインディアンポーカーの渦中に居るのだと言ってもよい。だからこそ、自らの限界を自ら規定する行為がむしろ、自分がありのままで他者になろうとする無分別な逸脱を意味しているのだ。

その一方で自然のほうはといえば、限界と境界領域をふんだんに織り込んだ輪舞を見せつけてくる。

かさりこそり音させて鳴かぬ虫が来た

この短い句節の中に自然の摂理をそのまま読み込んでしまう山頭火の俳句は、もう比べるものさえないような、近代俳句の完成の域を示している。この虫は鳴かない。猫は空を飛ばない。山頭火は…

「山頭火はなまけもの也、わがままもの也、きまぐれもの也、虫に似たり、草の如し」

意外といい塩梅《あんばい》になっているのだ。

「自戒三則

一、物を粗末にしないこと
二、腹を立てないこと
三、愚痴をいわないこと

請願三章

一、無理をしないこと
二、後悔しないこと
三、自己に佞らないこと

欣求三条

一、勉強すること
二、観照すること
三、句作すること」

無理をしないこと、が、それも用意周到に「請願」の章に滑り込んでいることに注意して欲しい。自己に佞《おもね》らず、同時に無理をしないことを、請い願う… どういった種類の複雑さを日々山頭火が生きているのか、おぼろげにでも感じていただけるであろうか… 論理的に自らを律しようとする限り、人は必ず木石《ぼくせき》のようになることを宿命付けられてしまう。だから虫、だから草。木よりも虫、石よりも草…

死、すべてが死を指さしている。
山頭火にしか聴き取れない低い声で始終耳元でささやき続けている。
山頭火十歳のとき実母が井戸に身を投げて死んだことが、生涯つきまとう業となったであろうことは論を俟《ま》たないにしても、一家離散、親類縁者が次々と死んでいく。年譜を追っているだけで、あまりの気の毒さに泣けてくるくらいなのだ。山頭火三十六歳のとき、実の弟が山に分け入り首つり自殺をしたことなど、耐えがたい責め苦だったに違いない。

弟の自殺の翌年、山頭火は妻と正式に離婚して、小説家になるために上京する。もちろん自らの人生がこれほど小説的な人物は普通小説を書けないものだし、何といっても小説家になるには山頭火には文才がありすぎた。比較的長く生きた彼の祖母はいつも「業やれ業やれ」と呟いていたが、山頭火も後に句作をするときと酒を飲むときに「業だな業だな」と考えるようになっていたのだという。「祖母の業やれは悲しいあきらめであったが、私の業だなは寂しい自覚である」。悲しいあきらめと寂しい自覚の違いについては、いつまでも考えていることができるだろう。業である以上、山頭火にも自殺への誘惑がまとわりつくのは仕方のないことではあるのだが、それにしても、その程度は度を越えていて実際に自殺した人間の苦悩をかすませるくらいの色彩を放っていた。それほどまでに激しい死からの攻撃を受けていたにもかかわらず、山頭火は凌《しの》いだ…　本当に、ギリギリで凌ぎに凌いだと言っていい。仏教に縋りつき、いくつかの箴言を編み出して…

「死のうと思うて死に得ない苦しさと死ぬまいと思うて死なねばならない苦しさとそのいずれを選

ぼうか！」

パッと見言葉遊びのようにも見えるが、私は未来へのどうしようもない希望と土の中に引きずり込まれるような重力とそれを冷静に見つめている自我とが、ここまで極限に渾然一体となった叫びを他に知らない。この逡巡を別の角度から見れば、せっかく生きようと思っていて死んでしまってはやりきれないから、死のうと思いながら生きている方がまだましなのではないだろうか、と言い換えられる。生きるか死ぬかどっちかにしろ！　などと言いたがる世間知からしたら、ほとんど小ズルいようにすら見える逡巡なのだが、生涯をかけて運命に裏切られ続けて来た山頭火は、もはや世界が必ず自分の意図とは逆に動くようにしか見えていないのだし、次に裏切りの一押しが加えられたらそれは自らの死に違いない筈だという推定を立てているために、生きていたいと考えることをまずは自らに禁ずる他はない。底抜けに明るく人一倍生命力に溢れた山頭火と死との綱引きは、ある意味一生涯にわたって続いた。それでも年齢とともに、あらゆる人生の可能性を自力他力で踏みにじって行ったその果てに、山頭火は心底彼らしい奇妙な突き抜け方をする。

「死なないでいるだけだった！」

そうだ、それでいい！　何故か山頭火を応援しているような心境になってしまうが、励まされているのはもちろん私たちの方だ。この時山頭火は、「在るべきもの」と「在らずにはゐないもの」との呪縛から解かれて、「在るもの」に行きついたのだと言っている。又も徹頭徹尾論理的なのだが、「在らずにはゐないもの」がかなり凝っている。本来「ない」はずなのに「ない」ところに落ち着いてくれないもの、である。荘子やエピクロスや竜樹を思わせる古代の論理学を、今まさに現在進行形で自らの思考によって編み出しながら、近代の自我を救おうとする一人の男の姿を想像してみて欲しい。

ギリギリで凌いだということは、すなわち勝ったということだ。運命と真っ向勝負するなどは愚の骨頂である。しかしながら、運命をはぐらかし続け、その道を辿っているように見せて別の場所に居たり、言葉そのものの意味を作り変えて運命に偽の箱を開けさせるといったことは、可能なのである。

何としても逃げてくれ、山頭火よ。あなたのその法外な不幸から。思考という言い訳を忍者のマキビシのように振り撒きながら。「幸福な不幸者」。そうだ、その通り、すべての概念に二重の意味を持たせて煙に巻くんだ。どんな事業も中途半端に放置するんだ。手を付けたものを最後まで貫徹したり、目的を達成したりしてはいけない。「強者は破壊する、弱者は弥縫する」。そうだ、そうだ！　破壊しろ。あなたは類稀《たぐいまれ》な強者だ。あなたの俳句を待っている我々は、あなたにあなたの死に打ち勝ってもらわないと困るのだ。

山頭火は、最後の最後まで死から逃げ切っただけではなく、自ら念願だと語っていた心臓発作による「コロリ往生」まで成し遂げてしまった。

享年五十八歳は、死の業を背負って生きた稀有の詩人にとって、充分に長い人生だったことを暗示している。

それにしても離婚した妻の佐藤サキノが女手ひとつで額縁を売る商店を切り盛りし、山頭火の息子と自分自身とをちゃんと養っていたという事実は、日本の文学史にどれだけの貢献をもたらしたのか計り知れないものがある。山頭火が出家していなくなったせいで事業が上手くいったのだろうと言われればそれまでだが、もし彼女と息子までもが離散したり不幸な死に見舞われていたとしたら、山頭火は確実に壊れていただろう。

さて、いよいよこの論考の本題に入ろう。日本人にとって、死によってすら逃れることのできない象徴化された国土という檻から、山頭火が無事に脱出できたのかどうかを検証する必要がある。

特に平安時代以降、この国には本来の意味での出口がない。どんなに放浪しても、死に場所を求めて彷徨《さまよ》っても、ないものは見つからないのである。

ヤマトタケルの遠征は一見するとアレキサンダー大王のミニチュア版のようだが、それでもやはり帰還することを前提にしている。アレキサンダー大王にはインドで押し返されなければどこまでも進んだであろうと思わせる何かがある。ジンギスカンだってそうだ。しかしながら日本人の放浪となると、西行も芭蕉も、国土というテキストを一通り読んだ上で、へ廻って戻ってくる、そんな伝統的なコンテクストに則った放浪なのだ。山頭火は、西行や芭蕉のように無用の用なのだという論を読んだことがあるが、荘子の無用の用を言っているのであれば山頭火だけが無用の用である。そうでなければ文学も芸術も何でも無用の用になってしまって子供だましのような議論になってしまう。西行や芭蕉は社会の本道から外れて別の事をやっているだけだが、山頭火は何かを「やる」という規範それ自体を崩してしまっているからだ。堀田善衞が鴨長明に関するエッセイの中で、西行のエゴイズムと呼んでいるのもこれに近いことを指していると思われるし、山頭火は芭蕉への讃嘆の念を隠さないがそれでも芭蕉を「日本貴族的だ」と述べるときには、底に流れる秘めた闘志、先人たちが見出し得なかった新しい放浪への静かな矜持が匂い立っている。

死に場所を求めて辿り着いた山頭火にとっての北限の地、平泉で、ついに、ひとつの驚くべき句が生まれる。この句は、何というか、絶望に区切りをつけるというか、それより先の絶望に対して以下同文でくくってしまうような、業と切り結んだ末の最終的な肉体の勝利を思わせる。

平泉

ここまでを来し水飲んで去る

かれこれ千年以上にわたって日本を呪縛していたコンテクストに対する宣戦布告であり、革命の号砲となるのがこの句なのだと考えても、決して誇張ではないだろう。道の奥にも自分の死に場所はないのだと自らの目で確かめた山頭火は、もう日本の国土に刻まれた歴史を読むこともしなければ、芭蕉の上からさらなる歴史を塗り重ねようとすることもしないと高らかに宣言しているのである。近代の、個人という孤独を隅々まで知悉したが故の決別宣言であった。

ならば結局山頭火もまた象徴の次元においては敗北し、国土という檻から逃れることはできなかったのにもかかわらず、単にそこから目を背けただけだったのだろうか？　水を飲んで去ることは、敗北した自らを黙って運んでいる肉体への寂しい自覚なのだろうか？　そんな筈はないのだ。他の事は何をやっても駄目だが、句作と逃げることにかけては山頭火の右に出るものは居ない筈なのだ…

もりもりもりあがる雲へ歩む

そうか上か！　言われてみれば当たり前じゃないか！　この句は、人の生の始まりと終わりを結び、ねじれて円環状になったメビウスの輪だ。生の始まりの時、形のない希望とそこはかとない哀しみまじりに見上げていたあの空と雲、そして今、この世には何もないのだと自らの足で確かめ終わった後に事実最後の場所として誘っているあの雲。死に場所が他にどこにある。もう誰にも、何も言われなくていい、特に自分自身には。雲へと歩む道を見つけたのは、あなただけだ。あなたは、この島から、逃げ切った。

誰が想像し得ただろう、垂直に屹立した神聖なるはしごを上っていくのがあなただったなんて。日本の中空構造に覆い隠された、水無川となった父権の系譜を受け継ぐのが、社会からも家庭からも落伍者だと見做されたあなただったなんて。それでも間違いなくあなたは空虚な中心にちゃっかりと草鞋《わらじ》を脱いだ。その句作と同様、見事な奇襲攻撃だった。無力だと見せかけておいて、一人だけ居るべき場所に居るなんて。あなたは高天原に上り、同じようにもがき続ける近代の後輩たちの確かな北極星となった。日本の中空構造を形成するために、一番初めに犠牲になった男性の太陽神であるヒルコ。人はあなたが自らヒルコになろうとしているのだと思っていた。しかしながら、そんな中途半端な遠慮深さはあなたとははなから無関係なものだった。ヒルコは羽化して、しっかりと、アメノミナカヌシになった。

でも山頭火… 一足早く旅立ったあなたに残念な報告をしなければならない。あの後戦争は長引き熾烈さを増し、日本の歴史と伝統を完全に履き違えた者たちが、桜が散るのは美しいなどという全く関係のない事象に事寄せて純真な若者を「十死零生」などという悲しい作戦に駆り出しては殺害したのだった。あなたは何か桜の句を書いていましたっけ? 多くはないが、確かいくつかありましたよね?

さくらまんかいにして刑務所

そう、そうでしたね。桜に彩られた国土という心の牢獄。あなたは十分に予感していた。「まんかい」が平仮名であるということに、どれだけの人が意味を見出せることだろう。近代に取り憑いた死神たちの存在と正体を。

よい道がよい建物へ、焼場です

しぐれつつしづかにも六百五十柱

あまりに多くの（ここでの六百五十はひとつの県に一回に帰って来た遺骨の数だと思われるが、数え切れないほど多いと感じさせる。あるいは六百五十年という、架空の歴史における特異な年号のようにも見てとれる）供犠が供され、多くの殺人があり、今もまだ続いている。だいじょうぶ、山頭火はまだ読み継がれていますよ。何だか的外れな民芸調のイメージを押し付けられてはいますけどね。でもそれだって擬態の一種だと考えれば悪い話じゃない。あなたは全く、自分でも言っている通り、したたかに生き残る昆虫さながらだ。


雲へと歩む句は辞世である、というよりも正確には辞世の最初の句である。

そう考えたい。

山頭火の遺稿から、自らも俳人であった大洲生まれの文芸評論家村上護氏が句を拾ってくれている。それが、山頭火が最後に住みついた松山一草庵の名を取って、ちくま文庫の『山頭火句集』の中に「一草庵」という独立した章立てで紹介されている。解説で氏は「選句には筆者が当たったが、もとより自信あっての所業ではない」と謙遜されているが、ここに現れる雲へ歩む句以下の五句はまさに圧巻で、そのまま山頭火が地上に残した遺書なのだと考えても差し支えがないように私には思われる。魂はすでに空へ上り、最後の遅延の中に肉体だけが取り残されている。

おもひでがそれからそれへ酒のこぼれて

この句は意外にも山頭火の中でただ唯一ノスタルジーを伴ったセンチメンタリズムを持っている。生家をホタルに開け渡したときも、母の四十九回忌のときも、ノスタルジーとは無縁だったのに。今はもう、思い出に身を任せる時なのだ。

生える草の枯れゆく草のとき移る

生き残る者たちにバトンを渡す。シンプルなようだが、最初の「生える草の」の「の」が超絶技巧の域である。このひとつの「の」のお陰で「とき」が時間のあらゆる層に同時に掛かり、さらに生える草がいずれ枯れてゆく循環をも感じさせている。単純な無常観ではない、いくつもの質と波長の異なった時間を、それぞれに別の人間的結末と答えを隠し持っているせいで互いに尻尾を摑み合う真実の格闘として、同時に見渡すことができる、いや、そもそもそんなことが可能なのだということを思い出させてくれる。

先夜今夜の犬猫事件に微苦笑しつゝ一句
秋の夜や犬から貰つたり猫に与へたり

やっぱり最後は笑いの中にいる。内容が気になるところを同じく全く内容が分からない説明書きを加えるという反復のボケであると同時に、周囲に集う人たちと（孤独なようで山頭火にはいつも必要十分な仲間たちがいた）時を超えて句集を読む我々とを峻別している。でも、サークルの友人たちに読ませるのも、時空の彼方に言葉を送るのも、今となってはもう同じなのだ。

焼かれる虫の香ひかんばしく

ついに、虫になれた、もしくは、虫として死ぬ…
今夕暮れの新幹線の中で、私ももう山頭火を読んでいるのか彼について書いているのかが分からなくなってきた。窓の外を眺めながら、山、鉄塔、山、鉄塔… 目に入るものが否応なしに言葉になってゆく。

# 兼好の方程式

よの中をわたりくらべて今ぞしる安波の鳴門は浪風もなし

——伝兼好法師作

兼好法師は傍観者なのか？　当然だ。しかしそれは、筋金入りのプロの傍観者であって、そもそも歴史に残る傍観者などという特異な存在が、いかなる原理で身を律し、移動し、採算を取り、情熱と折り合いをつけていくのかといった事柄を解き明かしていくのが込み入った作業でないなどとはとても言えないだろう。とりわけ真実を仮の姿に見せかけたり、仮の姿を真実から産出したりするために、仮の姿に仮の姿を纏わせるといった技法に長けている場合にはなおさらである。

傍観者であるためには何よりもまず、歴史が鋳直されたり捏造されたりする複数の現場に、恰も偶然のように居合わせている必要がある。自分たちが時代の中心に居ると考えているような連中はたいていの場合歴史を反復しているだけなのでわざわざ見に行く必要が無いということも多いし、中心の周辺、周辺の中心といった場所にはまだまだ、それこそ予想もつかないような宝の山が眠っていることだってあるのだ。耳目を驚かすような大事件が見た目通りに重要な場合もあれば、実のところそれらはほとんど意味を持たず、市井の会話の何気ない変化が時代の転換を示唆していることだってある。だからプロの傍観者たるもの、時代を嗅ぎ分ける嗅覚に優れているのもさることながら、上層から下層、中央から周辺に亘って広範な人脈を張り巡らせ、しかもその人脈が財貨や権力といった世俗的な価値を産み出さないように、あくまで無価値なものとなるように念入りに仕立て上げねばならない。兼好法師は自ら動き、常に外に向かって仕掛けていく。だがそれによって何をしているのかと言えば、専ら蜘蛛の巣のような網を編んでいるだけなのである。後は受け身になって、網に時代が掛かるのを待てば良いのである。

『徒然草』の第一の罠、それはこれほどまでに人口に膾炙した序段からして、既に、よく意味が分からないという点にある。ここで読者は何よりもまず読むことの不可能性を突き付けられ、この事実にいかなる態度を取るつもりなのか、兼好法師その人に対する回答を迫られることになる。有耶無耶にすることもできるだろう。しかしながら、有耶無耶にしないこともできるはずだ。

序段にあって何といっても分かりにくいのが、「あやしうこそものぐるほしけれ」の部分である。スタンダードな岩波文庫版では次のような解釈がつけられている。「妙にばかばかしい気持ちがすることだ」。これはいくらなんでも違う。断言しても良いが、兼好法師が自ら文章を書いて、それを、文章にしろ書く行為自体にしろ書いている自分自身にしろ、ばかばかしいと感じることなどあるはずがないのだ。『徒然草』全編に亘って強調されているのは、細部の正確さやたった一言の発言が歴史そのものと同じくらいに重要であるような局面というものが確かにあり、それが山脈のように連なって人の人生を形作っているということに他ならない。例えば『徒然草』には笑いだけを目的とした章段がいくつかあるが、そこでのコメディの完成度は極めて高く、必ず何とも言えない余韻を残していく。コメディですらそうなのだ。どこをとっても、ばかばかしいなどといった印象とはほど遠いのである。

また、いくらか脱線するがどうしても指摘させて欲しいのだが、岩波文庫版の表紙に書かれた宣伝文がこんな文句ではじまっているのもやはり見逃せるものではない。「『徒然草』の面白さはモンテーニュの『エセー』に似ている」。『徒然草』にも『エセー』にもそれぞれに良いところがあるが、思索の多様性と深さ、その完成度において、モンテーニュは兼好法師の敵ではない。しかのみならず『徒然草』は『エセー』より二百年以上も前に成立した随筆文学の大先輩ではないか。「似ている」、はちょっと酷すぎる気がするのだがどうだろう? 何がしかの理由で舶来物を持ち上げたいというのならこちらとしても言うべきことは無いが、少なくとも第百二十段、「遠きものを宝とせず」の章段は一度読み返してみて欲しいものである。

序段に戻ろう。「ものぐるほし」は、「ばかばかしい」のでもなく、「心が千々に乱れる」のとも違う。「もの」とは一般に、すぐには特定することのできない「何か」である。これが例えば「ものさわがし」であったなら、「何となく騒々しい」といった意味合いに取っても問題ないのであろうが、「ものぐるほし」は「何となく狂おしい」の意味に取ることはできず、「狂おしい」を強調したものだと解釈する以外にない。狂気はその原因が分からないとき、より凶暴に吹き荒れるのだ。だから兼好法師が怪しいくらいに物狂おしいと書いている以上、最高の稠密さをもって、気が狂いそうになるような高揚を経験しているのである。多くの人にとって、「つれづれなるままに」、「心に移りゆくよしなし事をそこはかとなく書きつくる」、といった一見のどかな行為を内に持った光景が、突如として狂気と高揚の高みに飛翔した理由が想像できないために、中途半端な誤訳が氾濫してしまうのである。

序段の誤訳と言えばこんな例もある。

「鬱屈のあまり一日じゅう硯にむかって、心のなかを浮かびすぎるとりとめもない考えをあれこれと書きつけてみたが、変に気違いじみたものである。」

こちらも酷い話である。今度は兼好法師は勝手に鬱屈させられてしまった。これは佐藤春夫による現代語訳なのだが、佐藤春夫だから鬱屈が好きなのだろう、で済む話ではない。先回りして言っておくと、中世と近代の精神性の相違なども全く関係がない。これは近代というものがどれほどまでに文章を「読む」能力を危険に晒すのかを示す典型的な証左に他ならない。

そもそもの「つれづれ」の語について少し考えてみよう。『徒然草』の別の箇所で実際に「つれづれ」の語がどう使われているのかを見てみることにしよう。たとえば第十七段はかくも短い。

「山寺にかきこもりて、仏に仕うまつるこそ、つれづれもなく、心の濁りも清まる心地すれ。」

山寺に籠って勤行しているあいだは、「つれづれ」が無いのだという。また、第七十五段は有名な「つれづれわぶる人」の章段である。ここでは「つれづれ」を嫌って無理をしてでも他人と交わるよりは、孤独を楽しむ方が良いのだといったようなことを主張している。ちなみに佐藤春夫はこの二つの「つれづれ」をどちらも「退屈」と訳しているが、さすがは宣伝の上手と見るべきだろう（佐藤春夫の主著に『退屈読本』という実際に退屈な本がある）。しかしこれは表面的な語義だけから見てもおかしな話なのである。鬱屈したり退屈したりするのは「つれづれわぶる人」であって、「つれづれ」自体には正の意味も負の意味もない。そして兼好法師はもちろん、鬱屈も退屈もしていない。意気軒昂で、ピンピンとしている。

『徒然草』に現れる「つれづれ」を見ると、兼好法師が発明したと言ってもよいある思考法、弁証法的運動ならぬ弁証法的不動性とでも呼べそうな、興味深い知性のあり方にそのまま対応していることが分かってくる。まずはある命題を正とする、次にその命題に対応するアンチテーゼを、こちらも無条件で正とする。その時、両端が正であることに異議を差し挟もうとする者が現れたら（たいてい現れるので）、その者の首根っこを捕まえて否とするのである。ここでの場合に当てはめてみると、つれづれは是、つれづれがないのも是、つれづれをわぶるのは非ということになる。

この思考法はかなり一般化された形で『徒然草』の随所に見出されるもので、さらに言えば兼好法師という特殊な人格を造形するための唯一真正な構造式なのかもしれない。この操作によって思考は、それを思考する主体に、世界を理解した、もしくは理解に近付いた、もしくは少なくとも我思うゆえに我くらいは有るのだろうという幻想を与えることを完全にやめてしまう。その代わりに別のそれまで不動と見えていた場所で新たな蠕動運動がはじまり、道徳上の無限後退が阻止され、繰り返し元居た場所に立ち戻りながら胸騒ぎを伴った〝深さ〟を開示するのである。理解に見限られた者たちに真理を垣間見させてくれるのは、思考の不在に対応するヒステリックな合わせ鏡としての「怪異」ではなく、この決然たる「深さ」の方なのだ。

兼好法師の用いる思考法の前では、何よりもまず多種多様な懐疑主義が吹き飛んでしまい、自分には思考する能力がわずかばかりではあっても備わっているのだと思いたいがために、真理に近付く方法はあらゆることを疑ってかかることだなどと口走ってしまうのが、どれだけ初歩的なミスなのかということが白日の下に晒される。すべてを疑うなどは、兼好法師に言わせれば、非効率極まりない思考法なのである。逆に極限まで効率を重視した兼好法師の思考法をより平易な言葉で言い表すなら、それは懐疑とは対極に位置する「寛容さ」なのだとも言ってもよい。兼好自身の美しい表現によれば、それは「左右に広く、前後方向にも距離があるような緩《ゆる》やかさ」、ということになる。

兼好法師の成功は、寛容さに道徳的社会的価値を纏わせるのではなく、ダイレクトに合理性を追求するための道具立てにしてしまったことにある。彼が何故あれほど軽やかに複数の人生や階級や社会的な場面を切り替えるのか、そこに壁がないかのように移動できるのかを考えたとき、否が応にも兼好法師の極めて合理的な側面が浮かび上がってくるではないか。『徒然草』の散文の過激さに比べて、兼好の和歌が打って変わって無難で優等生的であるという事実も、兼好法師が所謂〝世渡り〟のために身に付ける仮面の精巧さを窺わせる。鄙びた場所に庵を構えるなら、寒さ暑さにあらかじめ対処しておく。公職を退くなら田畑を買って収入を確保しておく。そして何をおいても薬！　薬！　そうした用意周到さが社会の内側に留まっている者たちにそこはかとないいかがわしさを感じさせるのだが、一言でもそれを実際に指摘しようものなら、バランス感覚を重んじる兼好法師にぴしゃりと制せられてしまう。その種の粗探しは、「無下の事なり」（第五十八段）。

理由は単純だ。ここからは兼好法師のプライベートの話なのであって、余人が口を差し挟むべきではないのだ。私の仕事は何なのか、それはあなたたちには分からない。あなたたちにも分かるよう、私は書道家だったり、歌人だったり、家庭教師だったり、僧だったり、はたまた世捨人だったりと、充分に付き合っているじゃないか。それでは不足だとでも言うのかい？　歌人としては私はこの時代の四天王とまで呼ばれているんだよ。文句が言いたいんだったらせめてそれぐらいに成ってからにして欲しいものだね。私の仕事は、本当の仕事は、これはここだけの話にしておいてもらいたいんだが、あらゆる事柄を評価し直すことなんだ。常識だとか、因襲だとか、人間性だとかを一切合切取り払ってね。人間の生にとって何が必要か、何が価値を持っているのか、何が最後まで錆び付かないのかを、徹底的に洗い直すことなんだ。私は並外れて合理的な性格でね、無駄なことはほんの少しだってしたくはないんだよ。だって人生は短いし、一度切りのものなんだから。この探求は果てのないものなのかもしれない。でもそれはそれで結構進んでもいるんだ。実際今の私は無駄をかなり削ぎ落とすことに成功しているよ。するとこの人生には、何というか、奇妙な隙間のようなものが現れはじめるんだ。後ろめたさや焦燥感とは無縁の、真正なる余暇がね。それはとても深く、また煌びやかな時間なんだけど、敢えて表現しようとすると「つれづれ」と言うより他ないんだよ。私はこの世への置き土産として、私の人生を捧げた研究の成果を、いつか『徒然草』という書物に纏めることになると思うんだ。そう、題はもう決まっていてね。

『徒然草』が中学校や高等学校の古典の教科書に載っているというのは、驚くべきことである。ある省庁が少子化対策に躍起になっているときに、一方では子供を作らないことを真っ向から推奨するような古典を堂々と教えているというのは、悪名高い中央官庁間の横の連絡不足によるものであろうか。いやいや、古典というのは元来そうしたものなのである。『源氏物語』のエロスは青少年に教えるには明らかに早すぎる。もっともその登場人物は現代の青少年よりは若かったりもするけれどね。これが『徒然草』となると、その破壊力は『源氏物語』の比ではない。何しろほとんどありとあらゆる人間社会の紐帯を解きほぐし、下着姿にしてしまうのだから。義務や労働、社会的制約はもちろん、夢や希望といった詰まるところは社会的であるにすぎないポジティブさに至るまで、兼好法師の視線がもつ森羅万象を無効化する魔力からは逃れることなどできはしないのだ。

昔、僕が居た教室でも、古文の先生が妙に居心地悪そうにしていたのを思い出す。序段からして、どこかすっきりと訳せずに、釈然としない澱《おり》のようなものが残ってしまうのだから…　生意気盛りで口さがない学生たちの集中砲火。「意味が分かりません！」「なんでものぐるおしいんですか？」…ああした不可思議な時間こそが、『徒然草』の〝意味〟なのだと理解するのは、もっと後になってからだ。教える者が完全に教える側に立つことも、学ぶ者が完全に学ぶ側に立つことも、兼好法師その人が拒絶したことなのだと。兼好法師の拒絶は留まるところを知らない。何故人は、「世捨人は世を捨てなければならない」とか、「芸を習うなら上手くならなければならない」などといった、論理的に正しいのかすら定かではないような「不寛容」な考えを持ちたがるのか。それは人が言葉の表面に囚われていて、自らを縛っているのが言語そのものだということに気が付かないからだ。気付かないが故に自己というものの場所を見失い、自分を責め苛むのと同様他者をも責めることになるのである。

第三十八段、「才能は煩悩の増長せるなり。」

これほどまでに反社会的な言説を、何食わぬ顔で、臆面もなく自らの文章に紛れ込ませることのできる兼好法師に、人は無意識の恐れを抱く。だからこそ、『徒然草』には他の古典文学ではちょっと見られないような堅牢で執拗なイメージの囲いが用意されているのである。『徒然草』は無聊《ぶりょう》を託《かこ》って鬱屈した老人が手すさびに書いた、いつの時代にもあるような愚痴と自慢話にすぎないとか。偏屈な老人によるあてどない思い出話の羅列であるとか。またもっと狡猾なものになると、「この時代を知るための第一級の資料である」とか言い出すわけだ。まるでサド侯爵の翻訳本を出すときに、出版社が言い訳がましく「精神障害の資料として」と付け加えておくのと同じように。兼好法師の資料が、仮にそれが単なる資料にすぎなかったとしたところで、何故他の資料とはかくもかけはなれたものであるのかという本質的な問いは、棚上げにされてしまう。ここまでイメージの檻に閉じ込められてしまった後では、するべきことはただひとつ、『徒然草』を読まないことくらいしかないではないか。読んだとしても資料として読みなさい。それ以外は偏屈な老人の繰り言なんだから、ほどほどに耳を傾けてね。京都の地名とか、某《なにがし》の中納言が誰の事を指しているのかとか、ほら歴史って面白いだろ。でもね、残念でした、兼好法師その人の面白さに比べたら歴史の面白さなど二の次なのである。それに何といっても、『徒然草』に対して公然と敵対するのは、サド侯爵に対して敵対的な立場を取ることに比べて遥かに難しいという、歴然たる事実が残ってしまうのである。

何故なら兼好法師はすでに歴史の中に素知らぬ顔で潜り込んでいるのだ。言ったろ、稀有の、プロの傍観者なんだって。すごく積極的なスパイなんだって。

そもそも、鬱屈だ退屈だ偏屈だって、何が何でも兼好法師を屈服させたいみたいだけど、歴史上何ものにも屈服しなかった人物が居るとしたら、それこそが兼好法師なんだよ。伸びやかさ、迷いの無い筆の運び、どこからどう見たって「屈」の字からはほど遠いじゃないか。屈服というのは、運命が見渡せない者が陥る罠なんだ。今をときめく人気者だって、天下を取った武家だって、盛者必衰のことわりからは逃れられない。そう『平家物語』が教えてくれているのに、なんで学ぼうとしないんだい？　はじめから盛者にならなけりゃ良いだけだろ？　誰かが言ってたよね、「分をわきまえることは、ほとんど悟りに等しい」って。神道の家系に生まれ、宮仕えをこなし、歌道で名をあげ、仏教の僧であり、書道家。好きな本は『老子』と『荘子』、それに『梁塵秘抄』。退屈する要素なんて、どこにも見当たらないよね。

しばしば指摘されることだが、『徒然草』は第三十段から四十段あたりを境に、文体や主題が変化している。『徒然草』が兼好法師の人生を通じた比較的長い期間にわたって書き溜められ、最終的に本人の手によって編輯されたことを意味しているというのは、その通りだろう。ここで加えて指摘しておきたいのは、三十段くらいまでの第一期からそれ以降の第二期への変化をもたらした、恐らくは最重要の要因、他でもない清少納言についてである。

そもそも日本では『土佐日記』をはじめとして、男が自らの言説を確立するために女の言説を後追いするという、世界史的にも珍しい現象がまま起こるのだが、この現象にもっとも意識的に向き合ったのが兼好法師だった。その姿勢たるや間違いなく確信犯であり、初期の兼好法師（そんなものが存在するとしてだが）の唯一無二の関心事だと言ってもいいほどなのである。ある固有名を持った女が矢鱈と気になるのであれば、何をおいてもすべきことはその名をさっさと公表してしまうことである。事実清少納言の名はしょっぱなの第一段でいきなり現れて、その後は二度と現れない。以降は『枕草子』という作品名で呼ばれることとなる。これは兼好から清少納言へのれっきとした挑戦状以外の何ものでもない。詰まる所勝ち負けなどないのだが、勝ち負けを感じさせてしまうという、古来からの男と女の戦いに踏み出すのだ。

先ほど、兼好法師の用意周到さという表現を用いたが、ここにこそその真骨頂が見て取れるであろう。世を捨てるとき、最後に問題になるのは、収入でも、苫屋の住み心地でも、一人暮らしの寂しさでもない。世を捨てた男という性は、何をもって成立し得るのかという問いに対する、確信そのものなのである。空也は、一遍上人は、西行法師は、真に世を捨てることができたのであろうか。祇王も仏御前も、女たちだって見事なまでに世を捨てているではないか。兼好法師は言語の中核を押さえることは、感性のあり方を押さえることなのだと正確に理解している。その上で、感性のモードが三百年前のある一人の女性に押さえられている現状のままに、自ら世を捨てるという行為の無謀さに戦慄しているのである。女たちは無だし、男たちは自分が無だと言いたがる無にすぎないのだ。

西行法師は桜に一点張りをするという、意想外の力技でこの難局に立ち向かっていった。西行ほど即物的でない、言ってしまえばより頭の良い兼好法師には、この方法は取れそうにないのである。どこか見下しながらも驚嘆の念を禁じ得ない、西行に対する兼好のそんなアンビヴァレントな感情はここから来ていると見て間違いない。兼好法師には最終的な解決から逃げる術はない、清少納言と真っ向勝負をして、日本語の内部にあって男の性へと陣地を奪い返す以外には活路がないのだ。

作家兼好の真価はここにある。慈円の『愚管抄』などを見ても、この問題に直面した当時の男たちが、どれだけ及び腰だったのかは明らかだ。『保元物語』をものした名もなき天才がこの問題を易々とクリアして見せるが、それだって武家と合戦というあくまでも男の世界を後ろ盾としてのことである。鎌倉仏教の創始者たちが日本語の論説を切り開いていくのも、これもあくまで仏教という男の世界を後ろ盾にしてのことなのである。兼好は身ひとつで、女たちの牛耳っている本丸に切り込んでいく。兼好の唯一絶対で永劫に不朽の仕事は、日本語に男の感性を組み込んだことに他ならない。

見かけより遥かに厳しい戦いである以上、兼好法師だって使えるものは何でも使いたい。まず頼りにするのはいつの時代も変わらぬ皇室だし、仏教だって使う。しかしながら、結局のところ、その程度なのである。『徒然草』のフェアネスとでも言おうか、仏教思想のややこしい部分は出てこないし、虚心坦懐に『徒然草』を読んだだけではこの作者が和歌と書道のプロだと言う気さえしない。言われてみれば和歌の話がちょっと多いかな？　と感じるくらいである。兼好はひたすらに自らの感性と肉体だけで『徒然草』を書いていて、他所の権威を援用して自らの言説を補強することがない。それをしてしまっては当初の目的を達成できないのだから、当たり前と言えば当たり前なのだが、極めて潔い態度であることには違いがない。

涙ぐましいと言っても良いほどの真面目さと謙虚さをもって、この第一期と言われる時期、兼好の文体は清少納言の産み出したフォーマットに準拠している。ここで探られているのは、感性の〝内容〟である。言わば男と女の感じ方はどう違うのか、そんな女性雑誌のコラムにでもなりそうな話なのだ。しかしこうした基礎研究を疎かにしては後々大楼閣を築き上げることもままならないだろうし、感性が何を要素として成り立っているのかについて、学ぶことは多いだろう。そして兼好法師はついに気付く。清少納言に無いもの。女たちのエクリチュールや、その影響下にある和歌の世界が持っていないもの。いや、和歌の世界にはあったのだ。人麻呂に、貫之に。しかしながら彼らのやり方が巧緻にすぎたため、時代が進み、人々が生殖行為や殖財行為に精を出す中で、日用品と化した和歌からは失われつつあったのだ。

それは、「構成」である。

「構成」の本質は、世の人が思うものとは似ても似つかないものだった。それは春夏秋冬ではなく、みそあまりひともじではなく、何番歌合せといったものではなく、序破急のようなものとも無関係だ。「構成」は「ルール」や「形式」とは全く別物だったのである。内容から染み出し、粒子の交換を経て、前面と背景、部分と全体を飛び交い、イメージの代わりに何かを形成しては消失する。「構成」はとかく動的なものだし、ルールを取り去れば取り去るほどますます輝きを増す何ものかであったのだ。女たちはここをコントロールしていたに違いない。しかし彼女たちはどうしたってミーハーであることは否めないし、ルールを逸脱することに関しては天才的だが、ルールを無視するのは嫌いだ。一方の兼好法師はこれでもう何だって好きに書ける！　いや、逆なのかな？　真実以外の事は書けなくなったのだから。まあそれだって構わない、真実にだって幅があるのだし、そんな幅の話だったら兼好法師にとっては無二の得意分野じゃないか。

世論が形成されるさま、パニックの起こるさま、あだ名というものがいかにして作られるのか。芋頭ばかり食べていても徳が高いと思われる人物が居る一方で、どんなに自己アピールを重ねても尊敬されない人物が居るのは、何故だろう？　そんなことすべてには、理由がないなりの理由があるのだ。女たちは鋭利で、儚い。その一言は最高の和歌よりもあるいは素晴らしいものには違いないが、自分がそれを書かない限りは時の波に呑まれてしまうだろう。ならば少しだけ書いて、口を噤《つぐ》んでしまおう。夜に錦を着ることが無駄であるなんて、そんなことが本当に言えるのだろうか…　むしろ夜こそが…

転換期の三十段から四十段の間に起こっているのは、正確に言って、兼好法師が女たちに別れを告げている儀式なのだと考えて構わない。兼好法師は自分の気に入った女について正直に書いたあと、すっかり女嫌いになってしまう。兼好法師の好きなタイプは、大まかに言って、「自ら動く女」だ。彼女たちは位相の逆転に対応しているのだから。この先、深窓に籠って書物を読み、何かの訪れを待つのはむしろ男たちのほうなのだから。

第三十一段、雪の降った朝、ある女のもとに送った手紙に返事が来る。

「この雪をどんな風に思ったのか、感想を一言も書かないようないけずな人が言うことなんて、聞けるわけがありません。まったくあなたのような人は、いやな人ですね。」

これこそ、現代のほとんどの男たちが想像もできないほどに女たちとその営みに通暁していた兼好法師が選んだ、人生で最高の愛の言葉なのである。何故か？　この時兼好法師は、清少納言から、同時代の一人の女を通して、「雪について感想を持つ権利」を手渡されているのだ。待ちに待った免許皆伝である。

こうして『徒然草』の文体が完成する。

真髄はその構成力である。男というものは、歴史や言語と同様、単に「構成」されていたにすぎない、そんな認識から新しい形態の「個人」が登場する。個人の外郭は歴史を形作っているものと大差がなかった。それは他者からの干渉と捏造に耐え、無理な姿勢を取らされ真実を取り逃がしつつある永遠の失意である。ところがこの個人にいくらかの自由を与えてさえやれば、飛翔し、歴史を啄《ついば》み、一瞬の火花を散らして孤独の中に戻っていく、そんな鳥の日常にも似た反復の力を生み出すことをもできるのだ。

南北朝動乱の記述が『徒然草』に出てこないだって？　そんなことは当たり前だ。あんな分かりやすいものはいずれ誰かが書くだろう。実際兼好法師が書かなくたって、『太平記』が勝手に書かれ、なんと兼好法師自身おいしい脇役でちゃっかり出演までしているじゃないか。社会は作家というものを理解しない。自分たちのために年代記でも書いてくれるもんだと、甘っちょろい考えに浸りきっているのである。とんでもない、兼好法師にはもっともっと重大な仕事があるのだ。真実を書くこと。それが真実だと気付かれないように。ひとたび文体を手に入れたなら、歴史は兼好の書斎からいくらでも飛び立っていくのだし、こっちの歴史は足利兄弟の検閲にあって改竄されることもない。武士がどれだけ名を惜しもうが、それが後世どのように語られるかは予想もつかないが、歴史と合流した兼好は、兼好が語ったように歴史から語られることが確定しているのだ。だから自分の仕事に全力を注ごう。その仕事の中身とは？　相変わらず傍観すること、見ることだ。兼好法師はここでも文字通り命懸けで、今度は高師直《こうのもろなお》のところに潜り込んでいる。権威だとか寺だとかが欲しいのなら、夢窓疎石のように足利直義でもたらしこんでおけば事は済む。しかし兼好の仕事は、これから歴史の主役に躍り出る東夷《あずまえびす》について、自分の目で見て、知って、評価することなのだ。だとすればもっとも極端かつ典型例でもある高師直を見ておくのが、一番効率が良いのである。そう、ことは相変わらず効率にかかっている。高師直のところに兼好法師が居たところで何の足しにもならないし、いかなる化学反応も期待できない。下手をすればなで斬りにされかねない。しかし兼好法師は、後世が必死に信じたがるような暢気《のんき》な世捨て人ではさらさらない。一所懸命の坂東武者に一瞬懸命の気概で襲いかかる歴史の工作員なのである。当然と言えば当然なのだが、高師直のもとで兼好に危険が迫る。このような状況に追い込まれたスパイがすべきことは、当時も現代も全く変わらない。脱出せよ！　兼好の愛読書が『荘子』だったということが、ここで生きてくる。兼好は自分を役立たずの無用の長物と見せかけて、知らぬ間にこっそりと姿をくらますことに成功する。

さあいよいよ、『徒然草』を編輯しよう。もう充分書き溜めたのだから。若いころのと、脂が乗ったころのと、まとまりに欠ける断片と。そんなに難しく考えずとも、全部ぶち込んでしまって構わない。もちろん配列には気を配るとしても、全体の構成には秘策があるのだ。

第百三十七段、「万の事も、始め、終りこそをかしけれ。」

そうここはけれん味なく、最初と最後でがっちり摑まえてしまおう。旅のはじまりは、一番最後の段に置く。こうすることで人の一生が終わりまで進んでも、またはじまりに戻るのだと、成長や経験などというものは言われるほど大したものじゃなく、人には子供時代と青春時代と壮年時代と老境があるのだということを感じさせることができるだろう。すべては八歳のとき、始源のブッダはどうやって悟りを得たのかと父を問い詰めたときにはじまった。答えは、分からなかった。人はここで大きく二つの進路に分かたれるのではないだろうか？　だって分からないという答えに納得できる者であれば、自らブッダに成ってみようなどとは露とも思わないはずだから。そうして辿り着いた旅の最終地点は、逆に序段に置いておこう。個人というものの持つ可能性は想像以上だった。自ら歴史を紡ぎ、人の世のありとあらゆる相を見渡し、生まれ落ちたものにとって望み得る最高のものを得たという高揚感と、そのまま蒸発してしまいたいような虚無感が同時に襲ってくるのだ。それはもう、ものぐるほしいとしか表現しようのない気持ちなのだが、多くの人々にとって書くという行為がここまでの揮発性を持っているなんて想像もできない話なのではないだろうか？　それも、いい。いつかまた、誰かがこの道を歩くだろう。

「身をやぶるよりも、心を傷《いた》ましむるは、人を害《そこな》ふ事なほ甚《はなは》だし。」（第百二十九段）

「深き水は、涼しげなし。浅くて流れたる、遥かに涼し。」（第五十五段）

# 兼好法師との対話

真の人は、智もなく、徳もなく、功もなく、名もなし

――『徒然草』第三十八段

日本語に耳を傾けよう。夏の建物を通り抜ける風のように、何ひとつはっきりと断言しないながらも、反駁不能の実感を持ち続ける、古代からの蓄積に。それは強制的にどこかに留めることができない。本当は書くことも、伝えることもできないものだ。だから兼好法師は、今まさに何かが書き付けられようとする瞬間、あの有名な序段で、白い紙にではなく硯にむかう。文章がいまだ液状になっていて、揺曳し環流する様を捉えようというのだ。すると漢字は平仮名に、篆書は草書になり、人間存在は文字の連なりに、文字は考える葦になる。

日本語で思考することは可能なのか――これこそは日本語が生まれたり、刷新されたり、見放されたり、再び見直されたりする度に問われてきた、千年一日の大問題である。兼好法師が彼なりに辿り

着いた答えは、確かに微妙なものではあるが、随想という形式から人が想像するような気まぐれなものではさらさらないし、むしろ全くもって隙のない精緻さを備えているのである。平仮名が漢字のパロディである以上、漢字を取り囲み、孤立させる絶対的圧力は日本語のほうに属している。そこで、たとえ結論においていかに正しく思えようとも、捕虜となった敵兵が一見無力に見えたとしても、背後に広がる思考の紆余曲折を取り押さえているわけではないということを、万人に思い起こさせる必要が生じるのだ。どんな体系言語でも、そこに混入した異物を同化したり排除したりしようとする生理的機能を備えているものだが、見かけの寛容さと根強い頑固さを兼ね備える日本語に風穴を開けるのは並大抵のことではない。それ故に日本語は進歩しつつなおも留まり続けるのだから、近代的であると同時に古代の匂いを放っているわけで、やはりかなり特殊な孤立言語だと考えるべきだろう。けれども突き詰めてみれば、どんな言語も程度の差こそあれその種の特徴を持っているわけだし、どうしても普遍性や自由を手に入れたいというのなら、結局は母国語を通して母国語を乗り越える以外に道はない筈なのだ。兼好法師は、ほほえみや、ごまかしや、問題のすり替えや、真に迫った降伏といった様々な手段でその場をきり抜けようとする日本的論理の筋道を知り尽くし、曖昧さの間道で待ち伏せすることに成功した、希有の狩人であった。

現代の日本では誰もが義務教育として『徒然草』を習うことになっている。ただし暗黙の了解として、序段を暗記した後は当たり障りのない章段まで一気にすっ飛ばすことにもなっている。戦後の価値観に照らす以上、天皇礼賛があったり、子孫を残さないことこそが好ましい生き方だと言われてしまったり、出家したはずの古典的著述家が、艶っぽい女の話を持ち出すまでにほんの数段落も待てないというのでは、まずいのである。しかし言うまでもなく、兼好法師その人の声を聞くためには、それ自体決して当たり障りがないわけではない序段から、あの感動的なラストシーンまで、見落としてよい章段はひとつもない。そして彼ほど「古典的」なる概念からかけ離れた著述家もいないのである。人間の一般的偏狭さとは、その展望にではなく、取捨選択の行為にこそ属しているのだから、聞きたいことだけを聞いたり、読みたいことだけを読んだりする事で、個々人や集団の偏狭さが補強されることには、見るべきものは何もない。それこそ遠大な遠回りにすぎず、たとえ誰かがそうした遅延行為の上に胡座をかくつもりでいたところで、やっぱり肉体や生命が賭けられている以上、いずれは味気ない結末を受け入れるより他なくなってしまう。ならば、本来なら智は「見ない振り」などできないのだということを、あくまで宗教によることなく語り継ぐにはどうしたらよいのだろうか。なにしろ時代はすでに末世なのだから、仏教そのものが仏教はあってないようなものだと宣言してしまっているのだし、次に仏教の言説が熱狂を取り戻すのは、五十六億七千万年も先のことだといって問題を明け渡してしまっているのである。だからこそ文学が宗教を引き継いで、何か俗悪なことを「許し」たり、極限にまで高められたユーモアで語らなければならなかったのだ。

『徒然草』がほとんど破格と言っていい「許し」の文学であるということは、わざわざ指摘しなくてもいいことだとは思えない。ここではあらゆるものが、丁寧かつ正確に裏返されている。表面上語られているものは、本来なら語らなくても済むものだったし、少なくとも彼が夢見ている世界で唯一語るに値したものは、沈黙と目配せの奥に隠されている。日本語自体が、多かれ少なかれこの種のストイックな態度を要求するものであるとはいえ、兼好ほどの一貫した決意を持って、苛立つことも溺れることもなく、自らを保ったままやり通すということが、どれほど困難を伴う行為なのかは忘れてはならないだろう。自分が何について喋っているのかを最後まで見届けるために、彼がどれだけ身をかわし、黙し、腹に据えかね、許し、かつ朗らかだったかは想像に難くない。

すべてが裏返され両面化されているということこそを、『徒然草』を読むために唯一不可欠のルールとすべきなのだ。先鋭化された時候の挨拶とでも呼んだ方がいいこの書は、兼好自身、『枕草子』が存在すれば充分だと定義付け、「表記と意味が出来立てほやほやのゴーフルのようにぴったり張り合わされて生まれてくる」（ジャック・ラカン）日本語の、超表面化された鏡面に思いがけぬ乱反射をもたらしている。この磨き上げられた表面における不意打ちとも言える屈折に兼好の触れ難さがあり、彼の触れ難さには底知れぬ親しみがこめられているのである。

であればこそ、西へ行こうとして東へ行ってしまった、そう、例えば西行のような思想家も認めておいてやろう。ただ、西行人気はどうやら本物のようだから、彼の不寛容さだけは明示して、明らかな限界を指摘しておかねばなるまい（第十段）。逆に貫之や人麻呂はわざわざ賞揚しなくとも自力で残っていくだろう。それでもどうしたわけか――恐らく嫉妬か何かからだと思うが――貫之が下手な歌詠みだなど言い出す輩もいるらしいから、一本釘だけは刺しておこう。浄土宗もわざわざけなさないでおいてやろう。ああいうことには黙っていられない理屈っぽい連中が必ずいるものだから、そいつらに任せておけばいい。むしろ自分はいいところをみてやろう。彼らだって真剣なんだからその点は認めてやろうよ。奇怪で鼻つまみ者の修道者だって、連中なりの仁義を通すなら、なかなか気持ちがいいものじゃないか。その代わり本物のユーモアは本物の宗教に任せておいてくれ。例えば仁和寺とか。こいつらの阿呆さかげんは半端じゃない。腹の底から笑える。どちらかといえば生真面目すぎるきらいのある禅宗のユーモアより遥かに破茶目茶だし、昨日今日のぽっと出がひり出せる種類のアイロニーじゃない…　──そうその調子、これこそが『徒然草』のリズムだ──世俗の伝承や有職故実も重視しよう。語源の探索や動植物の知識といったことも。そこにはいまだ汲み尽くせない真実の泉が眠っている。ただし迷妄は否。どうやって見分ければいいのかって？　なに、たいしてむずかしいことじゃないさ。でも迷妄を暴く栄誉ということなら、政治家たちに残しておいてやろう。理性の勝利や理性の敗北といったことに関わる様々なエピソードは彼らの人生のクライマックスなのだから。智慧は過去の英雄に、徳は政治家に、功名は頑張って生きている連中に、女をくどく栄誉は若者に、ユーモアは宗教家に残しておいてやろう。ではあなたは、あなたは何を受け持つのですか、兼好法師よ？　だから言っているじゃないか、私は智もなく、徳もなく、功もなく、名もない。つまり私は真人だと。でもここはまあ世間に通りがいいように、幾分慎ましく、書道家とでもしておこうか。

厄介な人物である。とにかく喰えない男なのだ、この兼好法師なる求道者は。巧妙な遁世者にして、稀代の忍辱の人。彼はイメージやステレオタイプの拘束に抗うために、多大な時間を費やしたりはしない。かといって権力が利用しようとすると使い勝手が悪く、一刀両断にするわけにもいかず、あの高師直にしても眉を顰めて厄介払いするのがせいぜいだったのだ。『太平記』には、そうした兼好が残そうとした「名」が、一体どんな種類のものだったのかが如実に表れている。彼は『太平記』にほんの少し顔を出し、そこからも逃げてしまうのだが、まさに書かれつつある歴史の目の前で歴史そのものから逃げてみせるというのがどれほど高度な技巧なのかということが分かるためには、実際に兼好が再評価されるまで待たねばならなかったということは、彼が少なくとも表面上自らの境遇に全く不満を持っていないように見える以上、かなり示唆的であると言わねばなるまい。対照的に権力の中枢にほど近いところに居たために『太平記』の随所で活躍する夢窓国師は、確かに一歩も譲らぬヴァイタリティの人とはいえ、一人の思想家としてみるとどうしても尻尾を出さずにはいられない。歴史に追いつかれるとでも言ったらいいのだろうか、現世応報の内燃機関に捉えられ陥りがちな罠にはまったところを写真に撮られてしまうこの作庭家は、まさに智も徳も功も名もあるのだが、すべてを理解したとしても何かを理解しているわけではないのだということをさらけだしてしまう。

夢窓国師には――その痩軀の、思いつめたような美形の顔立ちには、日本人の、つまりは超越的ラングが標榜されるときの批評家的典型を見ることができる。彼は諸国語間の距離を利用し、その温度差を捨象することで透徹した視点を手に入れるのだが、この方法の弱点は、なによりもまず、「神秘」を手つかずにしてしまうことにある。論理的な操作ということなら、彼のアプローチは確かに面白い（例えば浄土宗に関しては、方便として存在意義を認めた上で、「ならば『法華経』は仏の言葉ではないのか」)。しかしながら、彼はその名の割には、夢に対して造形が浅いのだ。兼好がこの種の弱点を見逃す筈はなく、『徒然草』の中に、夢の専門家である明恵上人のエピソードを抜け目なく滑り込ませることで答えている。

栂尾の上人、道を過ぎたまひけるに、河にて馬洗ふ男、「足、足」と言ひければ、上人立ちとまりて、「あな尊や、宿執開発の人かな。阿字阿字と唱ふるぞや。いかなる人の御馬ぞ、あまりに尊くおぼゆるは。」と尋ねたまひければ、「府生殿の御馬に候ふ。」と答へけり。「こはめでたきことかな。阿字本不生にこそあなれ。うれしき結縁をもしつるかな。」とて、感涙をのごはれけるとぞ。(第百四十四段)

ここで兼好が強弁しているところによれば、現実性とは夢と同様、駄洒落を踏まえて解釈されるべき何ものかであり、そうではないとして現実の独立性を主張するのは、馬の足のようなものだというのだ。つまり、メタファーの不在が馬脚を現すのは、意味と言葉が世界の深奥で呼応していると考えてしまうあまりに、結果として、馬にも分かる言語を喋ってしまう時なのである。ならばそうならないためにはどうしたらよいのだろう。ひとつにはあらゆる地点で過去の声を聞くことが考えられる。現在の声というのはどう出るか分からない塞翁が馬なのだから、所詮は帰納法で見えてくる幻影にすぎず、二度あることが三度起こったというだけのことにすぎないのだ。

そもそもあなたが今まで辿ってきた変遷に目をやるだけでも、同時代の人間相互のコミュニケーションの困難さを悟るには充分の筈だし、世界の多様性を前にして最大限の謙虚さを示すにしかるべき理由くらいは得られるものなのだ。それでも無駄に動きまわったり喋り散らしたりしていたいのなら、どうぞご自由に。

久しく隔りて逢ひたる人の、我が方にありつる事、数々に残りなく語り続くるこそ、あいなけれ。隔てなく馴れぬる人も、程経て見るは、恥づかしからぬかは。(第五十六段)

過去と現在はそれぞれが全く別の成長を遂げる、二つの遠く隔たったシステムで、この二つが不意に出会うことは、それだけでかなり衝撃のある宇宙的事件であるはずなので、その衝撃をあらかじめ避けようとして、自分は現在だけを見つめているとか、人はそうそう変わるものではないとか、誰でも自分の選択には責任を負うべきだとか安易に言明してしまうようでは、単に過去と現在を混同してしまうことになる。お前は過去に拘泥しているといわれると、むきになってそれを否定しにかかる人間が後を絶たないというのも、まさにこの混同がなせるわざに他ならない。すべてを過去形で捉えることが、実は永遠の現在を救っているのだということは、まだそれほど一般的な考え方ではないのである。

随想という形式の本来の目的は、なるべくなら主体が「行きたがらない」場所に踏み込みつつ、結果的に大多数の人間が「生きたがらない」生き方を体現してしまう倒錯を通じて、自動化された想起

＝思考を断ち切ることにある。だからこそただ筆を運び書き続けるというだけのことが、この上なく「ものぐるほしい」冒険になるのだ。決して、抑圧された記憶と向き合わなければならないが故に「ものぐるほしい」のではなく、記憶の減衰が記憶の増殖と表裏一体であるような現場を目の当たりにすることで、主体の抑圧のシステムなどいとも簡単に迂回してしまうことが「ものぐるほしい」のである。

兼好は、年を追うごとにますます引き延ばされ、ますます稠密になってゆく時間の流れの中に浮かんでいる。ろくに役に立たないはずだった博識が、にわかにダイアモンドの輝きを放ちはじめる。

春の暮れ、エロティックな空、趣味よく寂れた貴族の邸宅の奥で、二十歳くらいの好青年が何かを読んでいる。手紙か、漢詩か。文字を通して彼の感覚は研ぎ澄まされ、膨れ上がった感覚がまたも文字の中に戻っていく。その後ろ姿は若き日の兼好自身なのか（ある意味では当然そうだ）。この際だって美しい章段は、即座にベラスケス的だ。どこまでも明るく、ほの暗く、二重化されている。海や雲といったものに直接刻まれた人間たちの営み。ようやく、今度こそ、兼好が彼自身を許す時が来たのだ。彼はリアルタイムで、自分が知りもしなかった筈のことを思い出しつつある。彼が女よりも紙の匂いに夢中になっていた若き日に、女たちもまた彼に夢中になっていたのだということを。彼は彼自身、充分にヴィジュアライズされていたということを。彼は彼がもっともなりたかったもの、要するに過去そのものになりつつあるのだ。つまらないことだろうか？　確かにそうかもしれない。しかし同時に、あまりに現実的で真に迫っているので、諦めを通り越して一種の驚嘆の念が彼を支配しているのだとも言える。彼が、乖離した記憶装置の中に貯め込んでいる女たちの記憶には、揺るがせにできない根拠があるのだとしたら、このナルシシズムに一体どんな汚点があろう。すべては実際に起こった、夢のような現実の話なのだ。確かにいいところで醒めてしまった夢が多いとはいえ、それはまあ、常にそういうものなのだ。

夏の朝——春の記憶の中で（春の執着から、どう出るか分からない賽子《さいころ》の虚無に移行する夏の空白）——彼は双ヶ丘の草庵の戸口に立って、目の前に朝日を浴びて広がる京の街並みを眺めるだろう。そこでは相変わらず権力の争奪合戦が行われ、なんの権利も持たない連中があがいているのだが、同時にそれは兼好一人の手中に収められてもいる。彼は高師直よりも明らかに女を見る目があるのだし、佐々木道誉より数倍バサラなのだから、誰に遠慮することがあろう。それでも収入は大事なんですよ！　大事じゃないとは言ってない、喰っていくのに困らないくらいの土地は買ってあるさ。それでは不誠実なのでは？　出家はポーズにすぎないのですか？　当然だ、ポーズではないということこそポーズ以外の何物でもないのだから。それでは話にならない、あなたとは話してもしょうがない。分かった分かった、それでもいい、読んでさえもらえれば。私は読みませんよ。それならそれで結構、そもそもあなたに写本をお渡ししましたっけ？　なんの勝算もなく、称賛もなく、粘り抜いただけの価値はあったのだ。そして、繰り返しになるが、彼ほど粘り強くやり抜くのは並大抵のことではない。

「兼好」——彼が事も無げに俗名と法名の両方に用い、現実に出家をするか否かは彼の人生にとって何ら重大なファクターではないと証明してみせたこの名前は、「好き嫌い」から一人の「女」が欠落することで、相対性の彼方の絶対性に至る、究極の趣味性のことに他ならない。彼は一人の女と、一人の女の不在を巡って、自分が何が好きで何が嫌いなのかを手探るのだが、その結果得られた確実性は、ありとあらゆる現実を繋ぎ止めて余りある夢の解釈装置になっている。その解釈装置が新たな現実を篩《ふる》いにかけるほど巧妙なものになったとき、現実の側にもうほとんど見るべきものが残っていないとしたところで、それは彼の責任ではないし、やっぱり良い庭園や、良い発言、良い決断というものがあるのである。

あるいはこの名前はもっと簡単に、こう読んだほうがいいのかもしれない。「好きな女はいたけれど、嫌いな女など本当にいたのだろうか」。

さあ、戦場となった都市に背を向けて、本当の戦い、趣味の戦いに出かけよう。国や官位や財宝や生命よりも重大な、「好き」と「嫌い」の戦いに。同時代に骨のある奴がいないなら、数世紀をまたいで喧嘩をふっかけてやろう。事実、無類の喧嘩好きで、洗練された趣味という点ではこの上なくうるさい江戸時代の連中は、一も二もなく兼好を引っ張り出して喧嘩を買ってみせたではないか。「てやんでぇ、鰹が食えねぇたぁ聞き捨てならねぇ、そんなとんちきのひょうたくれは鯉でも食ってやがれ」。ようやく理解者を見出した兼好がしわ深い顔をさらにしわくちゃにして、にったりと笑う。彼は、自分が仄めかしておいたことが、いずれは正確に読み取られ得るということを知っていたのである。

# 不壊の砦――『保元物語』について

『保元物語』は傑作である。ということは常識だと思っていた。

もちろん知名度では『平家物語』が一貫して独走状態にあるものの、国文学者や評論家の間では、「でも本当に凄いのはやっぱり保元だよねえ」なんていう会話が普通に交わされているものだと勝手に信じ込んでいたのである。どうも実情はそうではないらしい。

『保元物語』はあの時期の所謂軍記物文学と言われる作品群の中にあって一頭地抜けた別格の存在であって、この書物の、今では誰だったのかさえ分からない作者の技量は、ほかの時代ほかのジャンルのどの文学作品と比べても見劣りすることのない圧倒的なものだ。分量こそ少ないが、司馬遷、ヘロドトス、クセノフォンといった古代的明晰さにも通ずる品格を秘め、『保元物語』なかりせば日本の全文学史が片手落ちになってしまうのではないかとさえ感じさせる代物に仕上がっている。

この名もなき天才が、およそ五百年ののちにもう一人の天才である曲亭馬琴を開花させる起爆剤になったことも決して偶然ではないし、『保元物語』と比べたら『平家物語』はただの万人受けする口当たりに平均化された、インスタントの味噌汁にさえ見えてくるのだ。『平家物語』がどこか平坦で大河ドラマ的な事物の羅列に見えることについては、それが琵琶語りという芸能だったこと、仏教のプロパガンダだったこと、年月とともに幾度となく研磨されてきたことなど幾つもの理由が見出されよう。しかしながら、ならばなぜ、『保元物語』はこれほどまでに生々しいのだろう。同じように積年にわたり書写という方法で伝えられて来ていながら、本質的な部分で改竄や挿入、時代的錯誤の影響をあまり受けていないように見えるのはなぜなのか。言葉を換えるなら、なぜ『保元物語』は不壊だったのかという問題がいまだ手つかずで残っているのである…

『平家物語』が事件のレベルで事物の因果関係を捉えているのに対して、『保元物語』は人間のレベルで事件の因果関係を捉える。『平家物語』の登場人物が時勢の絶対性の中で翻弄されていくのに対して、『保元物語』の登場人物は同じように翻弄されながらも、事件というのはつまるところ人間が起こすものなのだという主体性を決して手放そうとはしないのだ。『平家物語』がかき立てる想像力が、その行間を埋めることで登場人物をより引き立たせようという種類のものだとしたら、『保元物語』にはそもそも行間がない。あるいは行間しかない。プルーストの水中花よろしく、『保元物語』にはすべてが凝縮してあらかじめ備わっているかのようなのだ。『保元物語』が多くの行数を費やしている事柄は、一見そうは見えない場合でも必ずそれだけの行数を費やす価値がある事柄になっていることからも分かるように、必然性の糸で縦横に織られていると言っても過言ではない。だから『保元物語』がかき立てる想像力は、まるで『保元物語』の延長であるか、その解釈であるか、馬琴や国芳との場合のように天才同士の誘爆であるかといったパターンを取らざるを得ないのである。

そもそも『保元物語』は、どういうわけか、ヒロイックな悲劇的主人公についての物語なのであって、その時点ですでに、矮小化されたふやけた脳味噌には支えきれないものなのだ。矮小化された脳味噌は真っ直ぐに勝利を目指す。だからこそ世界はいつまでもしみったれたままに留まらざるを得ない。聡明なものは相手も聡明だと考えることによって躓く、塩野七生だったらそう言うだろう。善良なものは相手の悪意を低く見積もって躓く、バルタサール・グラシアンならそう言うだろう。これらをひっくるめて司馬遷が世界の法則を導き出す、「良い奴は早く死ぬ」。悲劇と喜劇が最大限の等質性を獲得するこの場所で、敗者への視線が生まれ、敗者だけが生き、敗者だけが語られる空間が開かれる。いくらか喜劇が優っているとはいえ、神は細部に宿り、それ以外のことは棚上げにされ、不動性の内側からもう一つの戦いがいままさに幕を上げる。ある判断が不意に生まれ、自らを弁護することもなく未来に直接投げかけられる。

具体的な例を挙げながら見てみよう。

『保元物語』の主な登場人物である六条判官為義の長男、源義朝は、為義の親族中で唯一敵側である後白河天皇方につく。ついたまでは良かったのだが、保元の乱に勝ったのち、平清盛に責められて実の父親を殺す羽目になるなど散々な運命を辿ることとなる。結局は居場所がなくなり、三年後にはどうしようもなく薄っぺらい佞臣《ねいしん》である衛門督信頼卿の口車に乗せられ平治の乱の首謀者に名を連ねて敗北の上斬首される。

この件に関して『平治物語』の解釈はいかにも仏教説話的でティピカルなものだ。そこでは義朝の不運は実の親を殺した因果応報が早くも覿面《てきめん》に現れた、ということになろう。

一方『保元物語』には全く別の因果関係が仕込まれている。

後白河天皇方が崇徳院方の籠る御所に夜討をかけた際、平清盛は大炊御門の西門を攻める担当に割り当てられている。その門に押し寄せたとき、平清盛は自らの名乗りを上げるよりも先に開口一番こう言い放つのだ、「この門を固めたるは、源氏か、平氏か?」

この合戦の折、源氏も平氏もそれぞれが個別に天皇側と新院側に分かれて戦っている。合戦の表向きの趣旨は天皇の後継問題である。本来なら源氏平氏の色分けは建前上無関係であるべきところ、清盛はすでに源氏対平氏の構図でのみ物事を捉えているということが、この一言のセリフで表現されている。平清盛といえば、平氏の正嫡ながら文武ともに見るべきところのない男で、その射る矢は「へろへろ」、誰もが蔭では見下している人物である。本人もそれが分かっているからこそ、保身の為の政治感覚は抜群に優れている。勿論清盛の目的は平氏一党で自分を取り巻かせ、朝廷を支配して源氏を追い落とすことにある。政治の天才である清盛がそうしたいと考えている以上、以降の歴史は現実にそのように動いていくことになるだろう。ほどなくして平治の乱では、すでに源平相克の構図が顕著になってくる。

となると、めぼしい源氏の中でただ一人後白河帝側についた義朝は政治的な判断をそもそも誤っているのだ。

それが筋だと考えたのか、天皇側が優勢だと考えたのか、はたまた惰性でそうなるよりほかなかったのかはよく分からない。父の為義がかなりいじけた性格に書かれていることから考えると、『愚管抄』にあるように親子の確執がそもそも根深かったというのが妥当なところなのかもしれない。しかし結果的には義朝の判断は全くにして時勢を読み違えたものであって、いまだ表層に現れない隠然たる因果の糸に鈍感すぎた、よってしかるべく不幸な結果を招くことになろう。これが『保元物語』の持つ内在的論理である。

保元の乱以降の動乱期から源平合戦、そして最終的な源氏の勝利と鎌倉幕府の設立までを、この清盛のたった一言のセリフで暗示する『保元物語』の語り口は秀逸というほかなく、まるで歴史そのものとほかの歴史書が『保元物語』の掌の上で踊っているような印象さえ生むのである。

清盛以外で、この合戦をすでに源平合戦の端緒だと捉えているのが、ほかならぬ為朝である。『保元物語』の主人公と言ってもよい鎮西八郎源為朝は、政治的天才である清盛に唯一対抗できた可能性をもって描かれる弓矢と軍略の天才である。新院側の大将格である左大臣藤原頼長が為朝に、この戦の作戦はどうしようかと問うと、為朝は次のように答える。

「この為朝、幼少のころより九州に住んで、合戦に及ぶこと二十から三十回、勝つこともあれば負けることもありました。その経験から勝つ秘訣を述べるなら、夜討をかけるに越したことはありません」

これが常人であるところの左大臣頼長には理解できず、為朝の作戦案は即刻却下されてしまう。確かに無茶苦茶な話ではある。左大臣からしたら大の大人が数知れず命がけで取り組んでいても勝つ法則など分からないのに、そんな単純な理屈で勝てるわけはないではないか、そう考えてしまうのだ。あまつさえ左大臣は為朝の若気の至りだとさえ感じてしまう。勿論為朝は実際に軍略の天才なので彼のほうが正しい。彼の言う通りにしておけば問題はなかったのだ。

ここで為朝は特に拘泥せずに引き下がる。もし本当に勝ちたければ、上手く上司を賺《すか》したり誘導したり、やりようはあっただろう。しかし為朝はそれをせず、戦いに負けてからいつまでも、あの時俺の言う様にしておけば…、などと愚痴り続けることになる。一体これは何を言っているのかというと、為朝にとってこの世の様々な事象はお遊びにすぎず、本心ではどちらが勝とうとあまり大した問題ではないのだ。自己の能力に限界がある清盛が政治手腕で必死に権力にしがみつくのとは対照的に、神のごとき膂力《りょりょく》に恵まれた為朝はどのような状況に陥っても自分は対処できるはずだという余裕に包まれていて、勝つことそのものには真剣にならないのである。為朝の行動にも忠だ孝だ悌だと色々理屈はつけられようが、実のところどうでもいいのだ。敵側についた長兄の義朝を、射抜ける機会があったのに射抜かなかったのも、唯一敵として歯ごたえのある兄貴を殺してしまっては、為朝自身の遊びが終わってしまうからに他ならない。

もともと八男として生まれた為朝が、並み居る兄たちを「言《こと》ともせず」頭角を現し、才能に任せて好き放題に振る舞っている時点で、通り一遍の道徳観は通用しない。為朝にとっての道徳は自身の物語が続くためのネタのようなものであって、希代の戦略家である彼は道徳が不道徳よりも有利であると知り抜いているにすぎない。ある種の人格にとって道徳が与えてくれる冒険は、不道徳による壊乱を補って余りあるものなのだ。


保元の乱敗戦の後、為朝は病を患って温泉に入っているところを搦め取られ、弓が引けないように腕の筋肉を切られた上で伊豆大島に流されることとなる。『平家物語』からはじまり、『義経記』や『曾我物語』など、主として語りの芸能で演じられた軍記物語では、時代とともにどちらかと言えばお涙頂戴の悲劇的な色合いが強くなっていく。しかし『保元物語』はこんな時ですらテキストとしての深い喜劇性を保っていて、その種の感傷とは無縁であり、全くと言っていいほど悲壮感がない。

堅牢な輿《こし》に押し込められて伊豆に護送される為朝にも、しょげる気配は微塵もない。

「まったく朝廷の権力というのはすげえもんだ。この為朝が凡人に生け捕られちゃうんだからな。お前ら俺が不具になったもんだからもう大したことはできないと思ってんだろ。こんなもん俺がちょっと動きさえすれば。ほら、どうだ。」

なんてことを言いながら自分の乗っている輿を揺らすと、担いでいた二十人ほどの輿舁《こしか》きが一斉に転倒するなど、相変わらず為朝に振り回されながら物語は進むのである。

「日本が生んだ英雄のなかで、西洋的叙事詩の世界にいちばん近い存在は源為朝だろう。」そうドナルド・キーン氏が指摘している通り、事実為朝はヘラクレス的な英雄像をその身に体現している。伊豆へと護送される為朝の描写は、為朝の物語がそう簡単には終わらないことを、誰の目にもはっきりと予見させる。人間的な事件の顚末は、為朝という人格をなんら傷つけるには至っていないからである。

先に、『平家物語』は事件を基準にして因果の糸を編んでいると述べたが、そのような叙述の形式では、事件が終わってしまえば物語も終わってしまう。国破れて山河在り。一の谷も屋島も壇ノ浦も、源平の合戦が終われば悠久の自然がスクリーンを占め、潮騒と松籟だけが鳴りわたる無言の世界に帰ってゆくのだ。そのような世界観を通俗的な見識では日本的であると言ってしまう。無常である、盛者必衰である、人々が移り変わっても国土が連綿と続いていく侘びと寂びの美学であると。ならば『保元物語』は、日本文学ではないのだろうか？　なぜここに突如として西洋的な叙事詩が浮かび上がり、人間を主体として物語が構成されるなどといった珍事が起こっているのだろう。なぜここにはヘラクレスがいて、後に述べるようにドン・キホーテとサンチョ・パンサまでもがいて、マキャベリズムがあっさりと語られ、仏教が故郷に帰ったかのように海の彼方から響いてくるのだろう。『保元物語』にとって事件とは、あくまで人間の個性と個性がたまたまぶつかり合い火花を散らす、一瞬の祝祭でしかない。そう言ってみたところでそれら「個性」の出自を示すことになるのだろうか？　日本人は日本人なりの個人のポジションを謳歌していたのではなかったか。中国の個人、古代の個人、共和制の個人、封建制の個人、それら個人の相違よりもより重要な形で、もし私が個人であるならば『平家物語』よりも『保元物語』の登場人物でありたいと考えるのはなぜなのだろう。『源氏物語』で先鞭をつけられたある大問題が、ここに完結する。物語は、歴史よりも情報量が多いのである。

清盛はその思惑通り、平氏の天下を作ることになるだろう。為朝は、事実流罪などものともせずに、最低でも伊豆諸島を切り従えて支配下に置くことになるだろう。彼らの物語は当然のように続いていく。社会的なインパクトはさておいても、物語的なインパクトでは為朝の個性のほうが圧倒的に優っている。そのせいで為朝はどうやら琉球に渡ったらしいという虚実定かならぬ話になってくる。

曲亭馬琴がそれを引き継いで、後日譚として『椿説弓張月』を物すことになるのだが、ここで着目したいのは、馬琴が繰り返し、自分の物語は一見荒唐無稽に見えるかもしれないが、例えば義経が生き延びて大陸に渡りチンギス・ハンになったといったような荒唐無稽な伝説と自分の物語とは一線を画しているのだ、と主張していることである。荒唐無稽にも二種類あるのだと、馬琴は事ごとに説得を試みる。事実馬琴は、『水滸伝』など中国の演義物を参考にして日本の戯作者となったと述懐しているが、『水滸伝』がどちらかというと法外なスペクタクルで楽しませようとする物語であるのに対し、馬琴の荒唐無稽さには彼なりの必然性があり、トータルな構造を維持していて、遺漏がないのである。このことを考え合わせると、馬琴の主張は、為朝の物語はすでに『保元物語』に描かれていた物語の射程に沿って生まれたのであり、人間の性格と情念が生み出す可能性は、それが実現された末の現実と比べても、リアリティという面において何一つ劣っていないのだ、ということになろう。

だから、崇徳院は実際にはもっと穏やかな人間だった、などと言ってみても（それは崇徳院が残した有名な「瀬をはやみ」の和歌を見ればある意味明らかだと言える）、崇徳院の怨念の深さを十分に書き表した『保元物語』の描写の妥当性が傷つくことはないし、為朝が勝手に自分の中に試練を積み上げていく過程は、ヘラクレス的な人間離れした英雄と為朝を同一視する視点に対し、なんら現実の平板さからの異議を差し挟む余地を残さないのである。


『保元物語』の言葉は歴史的事実を超えて真実を捉え、リアリティの存在価値そのものを揺るがすところにまで到達する。異なる時代の異なる現実で生きていた人間たちが、まさにこの言葉に捉えられることによって時間を超越していく現場に私たちは居合わせることができる。

例えば、『平家物語』の登場人物は諦めが良すぎるように見えるし、曾我兄弟は親の敵《かたき》討ちに執着するのは結構だがあまりに生硬で不器用に思える。これだけを見たら、どちらの作品の登場人物も、我々とは別の価値観の中で生きる、遠い世界の人々に見えてしまう。これを中世と近代の自我の違いだとか、社会規範の違いであるとか、何かしらの理屈を捻り出しては、そんなものなのだろうと読み手は勝手に納得していたにすぎないのではないか。

「猩々は血を惜しむ、犀は角を惜しみ、日本の武士は名を惜しむ」（『義経記』）という当時の価値観があったとしよう。これは見方によっては当たり前だとも言えてしまう。そもそも軍記物の登場人物たちは職業軍人なのだから戦闘で死ぬことははじめから織り込み済みであるし、日本の戦争はほとんどが同一民族同士のいわば内戦である以上、負けるなら負けるで潔いほうが全体的な損耗も少なく、実際後世に語り継がれて面目を施すことも期待できる。そうなれば一族郎党の安全や再興につながる可能性もあり、いわば合理的である。また「敵討ち」などの慣習を見ても、平安時代は長らく死刑が行われなかった平和な時代だと言ってもそれはあくまで中央権力の周囲だけで、国内の大方の地域では私闘や殺人が横行していたであろう。それを取り締まる権力も特に強力でないとしたら、敵討ちという私的復讐のシステムは抑止力としてこれもまた合理的であったはずだ。

「名を惜しむ」ことも「敵討ち」も、現実に社会的に機能している規範であって、古代人や未開人の文化と同様、そこまで理解不能ではないはずなのだ。だが実際にそれらがどのように機能していたかということになると、急いで出家や自殺に向かってしまう『平家物語』の登場人物も、周囲がどう言おうと時代がどう変わろうと敵討ちに邁進するだけの曾我兄弟も、あまり多くを教えてはくれない。

ところが、『保元物語』ではそうしたことが打って変わって「分かる」のである。達意の仏師が生木からいきなり彫り出したかのように、『保元物語』の登場人物たちは忽然と我々の現前に現れ、矛盾や二面性や社会との軋轢に、我々と同じようにもがき、苦しみ、その姿を作品に留めている。他の物語で描かれていることがまるで嘘のように、『保元物語』に描かれた九百年前の人々は、我々と同じ人間だと感じさせるのである。

極めて滑稽でありながら、かつ感動的でさえある、『保元物語』のこんな一シーンを見てみよう。先述したように平清盛は大炊御門の西門に攻め寄せ、ここを守っているのは平氏か源氏か？　と声を張り上げた。守っていたのは源氏も源氏、源為朝その人だった。強弓であっという間に二人まとめて串刺しにされたのを見た清盛は、早くも何だかんだと言い訳しながら、ここはやめて別の門を攻めることにしようなどと言い出す。清盛の側近で唯一常識のある長男の重盛が、「馬鹿なことを言わないでください、敵が強いからと言って逃げてたら戦にならないでしょう」と言って突撃しようとするが、清盛が「何やってんだ、危ない危ない」と言って部下に重盛を抑えさせてしまう。そんな中、清盛軍の中から山田惟行という血気盛んな一人の武人が勇気を見せるのである。「たとえ大将が退いても俺は覚悟がついたぞ、俺の鎧だって代々受け継いだ立派なものなんだ、それでも射抜かれたなら自業自得、名誉の語り草にもなろう、皆の衆、証人になってよく見ておけ！」なんてことを叫んで味方を奮い立たせようとするが、そこは清盛軍の兵士たちは皆よく心得たもので我先にと逃げてしまう。気が付けば惟行の周囲には誰もいない。

「惟行、力及ばず、ただ一騎、すごすごとぞ控えたる。」

気の毒にこの山田惟行、やる気だけはあるが何せ貧乏侍であり、手下も替えの馬も持ち合わせていない。ただ一人馬の口どりをする従者がいるだけだ。このドン・キホーテがサンチョ・パンサに言う様、「こうなっては仕方がない、明日死体が検分されて、惟行は口ばっかりで臆病だなどと笑われてはたまらない。潔く向かって行って正面から為朝に射られよう。お前も前世の因縁かこんな頼りない主に仕えることになって気の毒だったたな。俺の雄姿を目に焼き付けて、人に語ってくれよな。」

ここで惟行は常人の常として細かいことが心配になる、「くれぐれも不名誉なところは伝えなくていいのだぞ、かっこいいところだけを人に語り伝えるんだぞ」などと具体的な指示を出して念を押している。

しかし話はこれで終わらない。このサンチョ・パンサも的外れというか空気が読めないというか、そう言われて変なスイッチが入ってしまうのである。「なにを仰りますご主人様、お武家に仕えるにゃこんなことははなっから覚悟のうちでさ。ご主人様が討たれるのは自分が討たれた後のこと。語り伝えるなんてのは自分みたいな下っ端のすることじゃねえでがす」などと豪語して先に突っ込んでいってしまうのである。自分の武勇伝を語らせようという最後の望みもこうして絶たれた惟行は、すべてを諦めて一騎為朝に向かって行く。

山田惟行は決して口ばかりの男ではなかった。強弓で為朝を脅かし、言葉での罵り合いでも負けていず為朝からも一目置いてもらえるのだが、あえなく従者ともども討ち取られてしまう。「名を惜しむ」という価値観も、蓋を開けてみれば現実にはこうした行き違いの積み重ねで生まれていたのであれば、我々もごく自然にその内実をうかがい知ることができるというものだ。この一件に『保元物語』は次のような評釈を加えている。

「余りに武者の剛なるも、還りて嗚呼にぞおぼえたる。」

（武者とはいえあまりに豪胆なのも、かえってバカに見えるものだ。）

相変わらず容赦のない語り口である。

ならば惟行は無駄死にしたことになるのだろうか。とんでもない、こうして『保元物語』が例外的なまでに長い行数を費やしていることで、結果的には不朽の名を留めているではないか。天才が天才である所以を描く英雄譚である『保元物語』は、こうして時代に翻弄される常人の勇気と奮闘、錯誤と献身、小さな自我の存在の叫びにも温かい眼差しを送っているのである。そしてそれこそが、世界が『保元物語』のように構成されていると言える、紛れもない証なのだ。精妙であるがゆえに改竄できず、躍動しているがゆえに付け足せず、真実が隠されているがゆえに不壊である。まさに『保元物語』の文体は究竟の砦だと言えよう。

## 補記

この原稿を書き終わった後、私は、自らの主張を根底から揺るがす一つの事実に気付かされた。ある一系統の写本が、無残なまでの改変を被っていたのだ。それはある種の恐怖、空恐ろしさすらをも感じさせるものだった。その写本は、明らかに意図的に、『保元物語』の良い面だけを破壊していた。

まさに為朝が二度と強弓を射れないように腕の腱を絶ち切られたのと同じように、言葉の関節を外し、躍動感を奪い、『保元物語』が二度と立ち上がれないようにしてしまっている。なぜこんなことをするのか、私に思いつくのはある悲しい仮説でしかない。物事が詰まらない方が良いと信じ切っている人物、独りよがりの真面目さで精妙の技を理解せずに、軍記物語とは本来こういうものだと信じ込んでいる似非教養自慢の愚かな人物が、歴史のどこかの時点で、一人で、良かれと思ってやったのだ……まるで冷や水を浴びせられたかのような体験だった。不壊の砦、そんな題名で書いたものの、現実には不壊ではなかった……こんなにもあっけなく壊れてしまうものなのだ……所謂専門の研究者でない私は、恥ずかしながら、そんな事例が存在するということを想像すらできていなかったのである。一から書き直そうかとも思ったが、自らへの戒めと、たったひとつの悪意に屈するわけにもいかないと思い、敢えてこのまま発表する。最後に、信太周・犬井善壽氏が、原本を甦らせようという意図のもとに校注したという小学館『日本古典文学全集』版の素晴らしさを改めて指摘し、私のような人間が好き勝手に古典を論じるに当たって、学者諸氏の不断の努力にどれだけ多くを負っているかを今一度自ら肝に銘じ、心からの尊敬と感謝の念を表明したい。

# マイスター馬琴

馬琴の雄大な構想は信じ難い完璧さを備えている。

――小谷野敦『八犬伝綺想』

馬琴は柿本人麻呂に似ている。言葉がイメージと音とリズムを兼ね備えた自動運動となり、極限においては作為と不作為の境界線を踏み越えると、急に物語と人物関係の交錯、感情と社会的抑圧、それらを真っ直ぐに突破しようとしたときに垣間見える真実が、玉手箱のように一斉に飛び出してくる。どの層に背景が設定されていて、どの層で筋書が動きつつあるのか、どこに主眼が置かれていてどこがダミーなのか、そうした事柄を見極める作為が徒労に終わるであろうと誰の目にもはっきりと映し出されたとき、結果として中空に吊り上げられた読者は、言語空間の開かれた国土を鳥瞰しつつ飛び続けることになる。

物語も、感情も、風景も、善悪も、実はすべてが同じ平面に配置されているたった一つの静けさの帰結にすぎないのだというあまりに非人間的な事実を、ここまで誤解の余地がないように、かつ衆人環視の中で証明し続けるという行為には一体どれくらいの明晰さが必要だというのだろう。馬琴にあっても人麻呂にあっても主役は対象物でも対象物に関わる表現でもなく、言語空間そのものなのである。

日本語は半分は中国語であるということ、そのため象徴と比喩のレベルで全体を補足しようとしても、空間の中に異次元の小空間というか、狭隘な抜け道のようなものが口を開けていて、境界面を囲い込むことが不可能だという事実に対し、馬琴の取った戦略は確かに前代未聞のものであった。結果として大成功を収めることになるこの戦略は、日本語を解毒し、瀉血し、否が応にも治療してしまうほどのインパクトを持っていた。この試みは最終的に日本語の特殊性を捨象してしまうことすら夢ではないと感じさせる大事業となり、それを人並み外れたスケールでやりおおせてしまった馬琴は、日本語の鎖国性を解き放つことになる確かな端緒を摑んだのである。

馬琴の言語は海を恐れてはいないのか？

勿論だ。でもここは慎重の上にも慎重を重ねよう。いきなり万国博覧会向けの大風呂敷を広げても、それこそ大言壮語か荒唐無稽にしか聞こえないだろう。この問題の根は深い。だからこそ、一歩一歩なのだ。

言語における開港の地として選ばれたのは安房である。安房という場所の特異点は、その先には何もないということに尽きている。もしこれが紀伊半島であれば、思い切って南に漕ぎ出せばいつかは補陀落《ふだらく》山に辿り着くかもしれないと夢想することも可能だが、房総半島の南には現実に縁取られた大海原以外には何もないのだ。外房の遥かな水平線を眺めながら育った日蓮が、我国の歴史上際立って不退転かつ普遍性に憧れた思想家であったように、馬琴も、もう既に泡沫となって砕け散る覚悟を決めている。救済を拒否し、評価は数百年の後に預け切ってしまい、言語の海に飛び込んで出来ることはすべてし尽すつもりなのだ。

まずは読者を増やそう。戯作者なのだから、何といっても市場を広く取るべきだ。大衆の好みと文学的高尚さというジレンマを、馬琴はあっさりと超えていく。秘訣はそう難しくない。中国語と日本語を並置してしまえば良いのである。振り仮名は誰にでも分かる口語で調子よく、漢字はあくまで小難しく、中世の助字から中国の歴史的な俗字までぶち込んで、時折訳の分からない考證でおどかしておけばいい。そうすれば口さがない読者は勝手に迷い込んで最後の最後には馬琴の正確さを思い知ることになるだろうし、ただ楽しみたいだけの女子供は存分に楽しませてあげてもこちらに損はない。馬琴自身が何度も述べているように、『八犬伝』は「婦幼のねぶりを覚ます」ものなのだし、大切なのは「因を推《お》し、果を説《と》く」ことにある。男たちというのはこちらが女子供と楽しそうに遊んでいると鹿爪らしく何かと茶々を入れてくるものだから、そんな連中を如何に煙に巻くかという点さえ押さえておけば、半永久的に遊んでいることも不可能ではない。何となれば「因を推《お》し、果を説《と》く」ことは世の男たちが考えるよりも格段に困難かつ本質的な営為なので、その仕事を真に成し遂げようとする者にとっては一刻たりとも常識に耳を傾けている暇などないのだ。すべてを自らの目で見つめなおさなければならないのである。

読者の皆さんにはここから是非一つ筆者の趣味に付き合っていただきたい。『八犬伝』に関して今まで他で言われたことがなく比較的重要なことが残っているので、ちょっと分析を試みてみようと思う。馬琴の立体的な構築力の前では論理的な整合性などはほとんど何の意味も持たないし、『八犬伝』の中に何かを発見したと考えることは、常に自分自身の性的なナイーブさを発見することに他ならないのだという馬鹿げた迷宮に飛び込むことは勿論承知の上でのことだ。

『南総里見八犬伝』は、肇輯《じょうしゅう》から第八輯までで成り立っている前半部分と、それとほぼ同量のボリュームを持ちながら第九輯とされている後半部に分かれている。前半部と後半部では物語の肌触りそのものが異なり、この前半部と後半部の間に何が起こっているのかは古来様々な評者の恰好の論題となってきた。これにチャレンジしてみよう。

まず指摘したいのが、前半部において馬琴の最もお気に入りのフレーズとして繰り返されて来たある種の表現が、後半部になるとぱったりと出てこなくなってしまうことだ。その表現というのが実は、

「名詮自性」、「禍福は糾《あざな》へる縄（纆）の如し」、「塞翁が馬」の三つなのである。「名詮自性」は名目が本質を規定しているということであるから、一種の運命論である。「禍福云々」と「塞翁が馬」は、何がどう転ぶか人知によっては測り難しという天命論であるから、これも一種の運命論である。前半と後半では運命に対するスタンスが変化しているらしいのである。しかしもう少し詳しく見てみると、この三つの表現は後半部において全く出てこないのではない。途中からぽつぽつと復活してくる。しかもそれらは偶々《たまたま》出現するのではなく、明らかに意図的に、安房里見家二代目当主の里見義成の台詞の中でのみ語られるのだ。これにはどんな含意があるのだろう。

この一つの謎を解くだけでもあまりに多彩な要素が絡んでくるので、覚悟していただきたい。まずはやはり男と女という問題が存在する。話は馬琴の出世作である『椿説弓張月』にまで一気に遡る。『弓張月』の英雄源為朝は、ほぼ完全に女によって揺さぶりを掛けられることのないキャラクターとして描かれている。そもそも女が重要になるのは、何かを持続させシステムを維持してゆく必要性からだ。平清盛が池之禅尼の感情的哀訴を受け入れて頼朝を助命してしまったかと思えば、当の頼朝は北条政子の尻に敷かれている。彼らが女に躓くのは、彼らのしていることが「政治」だからである。一方の為朝は、「政治」もしなければ「統治」もしない。只管《ひたすら》に戦闘行為だけをする。伊豆の島々で首領に祭り上げられることはあっても、それは為朝が「統治」を目論んだからではなく、そこに蔓延《はびこ》っている悪しきリーダーや迷信を打ち破ることによって、結果的に風通しが良くなり民衆を利したからにすぎない。戦闘行為が終わると、為朝にはすることがなくなってしまう。このような行動パターンであれば本質的に女は必要がないのだ。

ではそんな為朝に馬琴がどんな女を娶《めあわ》せたかといえば、これがまた非常に特殊な女であるところの、九州の豪族の娘、白縫である。彼女は生まれついての男勝りで武芸を能《よ》くし、侍女たちに薙刀を持たせて私設のアマゾネス軍団のようなものまで作っている。為朝と白縫は物語上全く何事も言及されない二年間の結婚生活を過ごした以外は、ほとんどお互いに「はぐれて」いる。『八犬伝』でも犬士たちはストーリーテリングの必要上互いにはぐれがちだが、為朝と白縫は物語全編に亘って「はぐれて」いるために、白縫は完全に為朝の軍事的別働隊として機能するようになる。

『弓張月』はほとんどの場面が伊豆や琉球の島嶼部に設定されているが、語られていない背後にはやはり日本列島が横たわっていて、崇徳院や為朝をはじき出してしまった本州のシステムに対する為朝の一方的なゲリラ戦という様相を呈している。ゲリラ戦の要諦が小部隊を独立分散させることだとすると、白縫の行動は正しい。互いが強く、かつ「はぐれて」いることによって、この夫婦の軍事的生産性は極めて高いのである。

この点を頭において『八犬伝』を見ると、『弓張月』の英雄譚とは異なり『八犬伝』の方は徹底してシステマティックになっていて、一人一人の登場人物も、相対的に小粒になっている。八犬士も為朝に比べれば遥かに小粒だし、そもそも八等分されている。悪役も、弱い。『弓張月』には妖術師の曚雲《もううん》であるとか、禍《わざわい》そのものの化身であるとか手強い敵も居たが、『八犬伝』の悪役は大概は制度を悪用している俗人か、それ以外の生き方を知らないような小悪党たちであって、いざ対決となると八犬士たちに鎧袖一触で敗れてしまう。前半部にあって唯一いくらか手強そうなのは化け猫が化けている赤岩一角という人物だが、この人物にしても、目を治すための薬として生きた胎児の胆《きも》を食べたいなどと口では恐ろし気なことを言うものの、武力はこけおどしで非常に弱い。そんな赤岩一角の妖術で手下にされてしまった貒《まみ》という山中の妖怪に至っては、目が覚めるほどに弱い。この貒という、顔が狸で、かろうじて人間に化けることができるかできないか、程度の妖怪がどれだけ弱いか、貒自身が述べている件《くだり》を見てみよう。

「性鈍《さがにぶ》ければ狐狸《こり》と遊ばず、ここをもて髑髏《どくろ》を被《かつ》ぎて、人を魅《まよは》す霊《りやう》もなし。形肥《こえ》たれば、ゆくこと遅かり。この故に人を啖《くら》ふ、豺狼《やまいぬ》の悍《たけ》きに似ず。毎《つね》に穴居《けつきよ》して他を求《もとめ》ねば、園圃《はたけ》を暴《あら》さず、稲穀《いなほ》を窃《ぬすま》ず、可もなく不可もなきものなり。」（第八十七回）

だから見逃してくれという話なのであるが、確かに可もなく不可もない妖怪である。

そんな『八犬伝』の世界に突如として、かなりのそして唯一の強敵が出現する。八百比丘尼妙椿という女の妖術使いである。この人物こそが『八犬伝』の前半と後半の連結部に介入して、「名詮自性」、「禍福云々」、「塞翁が馬」の三つのフレーズを吹き散らしてしまう張本人なのである。作品では後になって判明することなのだが、この八百比丘尼妙椿の正体は、その昔、八犬士の象徴的母親である伏姫と結婚した例の問題の犬、八房の母犬が死んでしまったとき、代わりに乳をあげて八房を育てた牝狸なのである。そんな牝狸がなぜここまで里見家に対する執怨を抱え続けて来たのか、妙椿本人が説明する理由が面白い。

　犬の八房が里見家にもらわれたとき、この犬は山中で狸に育てられていたという逸話を聞いた当主の里見義実が、それは奇特である、狸という字は犬偏に里と書く、将に名詮自性、この犬は里見家の犬となる運命だったのだ、とはしゃいだことがあった。

　それが許せなかった、というのだ。

「狸」という字を、勝手に偏《へん》と旁《つくり》に分解して解釈を加えるというのは、狸に対して失礼ではないか、と妙椿は言うのである。これは盲点である。実はその時までも里見義実は、白竜を見る祥瑞を得たり、安房の国に居ないはずの鯉を釣って来いと騙されたところ、かえって心強い味方の金碗孝吉《かなまりたかよし》と遭遇する機縁となり、鯉は里見の魚と書くからやはり良い縁だったのだと納得したり、すべての象徴が意に沿った方向を指していたのだった。だからつい調子に乗って「狸」の字を偏と旁に分解して都合のいいように解釈してしまったわけだが、まさか当の狸がここまで傷付いているとは思ってもいなかったのだ。先ほど狸の一派である貒《まみ》がどれだけ弱いかを態々《わざわざ》引用までして見ていただいたのだが、『八犬伝』が狸に対するリスペクトを欠いているというのは残念ながら事実であり、この点に関して妙椿の怒りには一理も二理もあるのである。

さてこの妙椿という名は、もともと妙真の偽物という程度の意味である。では妙真とは誰なのかといえば、山林房八という登場人物の母であり、この房八という名は勿論例の問題の犬、八房と通底している。妙真＝妙椿は問題の犬の母に当たり、八犬士から見て祖母の位置を占めている。『八犬伝』に関する多くの論評において、伏姫を大地母神に擬《なぞら》えることが当たり前のようになされているが、僕の見るところ大地母神のパロディはこの妙真＝妙椿のラインであって、伏姫は処女懐胎のパロディである。大地母神と処女懐胎は本来相反するものと考えるべきであろう。妙真＝妙椿が大地母神の和魂《にぎみたま》＝荒魂《あらみたま》のような対をなしていて、その上妙椿という名前には、実際の八百比丘尼が白い椿の枝を持っていたということと同時に、どうしても『椿説弓張月』の「椿」を聴き取らないわけにはいかない。

次はもう少し核心に迫った場所から補助線を引いてみよう。物語の総ての因果の種子である、伏姫と八房（犬）の婚姻の物語である。

もともとこの事件を引き起こしたのは、里見義実が安房を征定する以前にその類稀な魅力で安房の国をひっ掻き回していた妖婦玉梓《たまずさ》である。妖婦と言っても彼女本人としては女の武器を最大限に駆使していただけであって、これは立場の弱い女が世を渡るたつきであるのだから私には罪がない、捕えられた玉梓はそう抗弁する。彼女の弁論と魅力に説得されそうになった里見義実が気の迷いを起こして一旦は彼女を助けようと言ってしまったがために、玉梓の深い恨みを買ってしまう。結局処刑された玉梓は即座に怨霊となって金碗孝吉を切腹に追い込んだ後、里見義実を陥れる復讐に着手する。玉梓は後に八百比丘尼妙椿となる狸に乗り移り、犬の八房を育て、里見家へ送り込んでおく。そして里見家が敵に包囲されたとき、敵将の首を取って来てくれたら娘の伏姫を嫁がせてやるのになあ、と懲りずに八房に対して軽い口約束をしてしまった義実の言質を盾に取り、伏姫を拉《らっ》し去ってしまうのだ。

拉し去ってしまう、とは言ったものの、実際ここで主導的役割を果たしているのは伏姫その人だ。伏姫が犬のところに嫁に行くと選択したことが決定的になる。世界最初の近代小説である『源氏物語』にしてからが既にそうだが、女が「ノー」を突き付けることによって生殖のシステムを壊乱してしまうという近代小説の一つの定石がある。「ノー」を突き付けられた男が、「いやよいやよも好きのうち」とか、「他に良い男が居るんだろう」などと軽く考えていると、その女が生殖を拒絶したまま死んでしまったりして、陰陽和合という人類規模のフィクションが打ち崩されてしまう。馬琴のパロディが秀逸なのはこうした定石を反転させ、伏姫が逆に「イエス」を突き付けることによって生殖のシステムを壊乱してしまうことにある（ジョイスの『ユリシーズ』を思い出しても構わないだろう）。

犬からしてみれば、伏姫が自分のところに嫁いでくること自体が驚きだ。八房が今や自分のものとなった伏姫を見て、涎を垂らしながら身悶えしているのを、今にも飛び掛からんとする獣欲の生々しい表現だと捉えている評者がいたが、それは違うと思う。八房は総じて行儀よく振る舞っているように見えるし、「セックスは駄目よ」という伏姫の訓戒をちゃんと聞き入れている。八房が体現しているのは寧ろ男の単性的欲望であり、これは女性の交換価値のみを所有したいという権力欲に等しい。そうなるとセックスは蛇足だ。城主のお姫様が、自分のような犬と、犬が暮らすような洞窟で暮らしている、このことだけでも犬からしたらほとんど革命的な価値転換であって、その種の奇跡が実際に起こった証である伏姫の姿を見ているだけで、犬は涎を垂らし身悶えするほどの絶頂状態に置かれているのである。

伏姫を見つめるもう一つの眼差しは、今度は逆に女の単性的欲望を体現する玉梓の怨霊だ。女の欲望とは、男の語る言葉はすべてが偽善であってその偽善の本質を理解しようとしないことこそが男の本質である、だからこそ偽善の証左を抗う余地のない現実態において男に突き付けたい、というものである。こちらの欲望も、実のところ、今となっては丸々成就してしまっている。義実の言葉尻を摑まえて娘を奪ってしまうという計略は、別段さほど上等なものではない。あれは戯れにした口約束だからと言って義実が再び前言を翻してしまえば元も子もないのだし、義実は実際にそうしようとする。これを当の伏姫本人が覆してしまうのである。玉梓は自分こそが女の怨念を代表する無二の象徴だと思っていたところ、女として想定外の方法を選び取った女であるところの伏姫の姿を、今となっては畏怖の念とともにただ見つめるより他にない。

こうして伏姫は一つの「イエス」によって、男の欲望と女の欲望を、同時にかつ想像以上に完全な形で満たしてしまうのである。欲望が満たされれば世界は静止する。それだと原稿料が入らないので、世界のもう一つの側面が動き出すこととなる。伏姫の「イエス」が彼にとっては明らかに「ノー」であるところの金碗大輔＝丶大《ちゅだい》法師と、処女懐胎による次世代の物語が幕を開ける。

丶大《ちゅだい》法師の側から見た『八犬伝』の読みについては、小谷野敦氏のデビュー作である『八犬伝綺想』

が群を抜いて面白いので是非参照していただきたい。伏姫、八房、玉梓の三名についてはここで成仏する。玉梓の成仏は本文には明瞭に書かれていないが、高田衛氏の『八犬伝の世界』が指摘しているように、挿絵を見ると役小角《えんのおづぬ》の隣でしっかりと成仏している。八房も『法華経』の力を借りてきちんと成仏する。伏姫の胎内から現れた八つの玉のうちの一つ、「孝」の文字が現れた玉を、はじめに登場する八犬士である犬塚信乃の母である手束《たづか》に手渡すため、天駆ける八房に跨った伏姫が飛んでくるという挿絵があるが、その絵を見ても姫・犬ともに極めてハイテンションになっていて、確かに成仏している。

そもそもこの物語の主人公である八犬士たちは何のために産まれてくるのだろうか。成仏できない母＝大地母神の猛威に対抗するためである。伏姫に受胎告知をするため、役小角はご丁寧にも態々笛吹童子に姿を変えてやって来るのだが、キリスト教で受胎告知を大天使ガブリエルが受け持っているように、男の預言者が直接神の声を聴くのに対して女たちには何故メッセンジャーが遣わされるのかという非対称性を考えても、もっと単純に最後まで残るのが女たちであるということからしても、母が取り残されていることを軽視してはならないのだ。

妙真＝妙椿の祖母のラインは、どちらも自らの子供を失っている。妙椿の子八房は成仏しているので八房本人にとっては幸福なのかもしれないが、成仏するとはそもそも現世の血縁を捨てて向う岸に行ってしまうことだから、母からしてみれば意味の分からないものに子供を奪われたに等しい。妙真の子山林房八も義に殉ずる形で物語上は十分に意義深い死に方をしている。妙真はその死に一応納得してはいるものの、子を失った悲しみは消えない。

「憖《なまじい》に呼活《よびいけ》られて、強顔《つれな》きものは命なり、悲しきかな」

「呼活《よびいけ》る」は普通息を吹き返させる、蘇生させるの意味で用いられるが、妙真はそもそも自分がこの世に生まれたことに当てていて、彼女の生が虚構になってしまった喪失感がよく出ている。これに対し蜑崎《あまさき》照文が説得を試みる。

「怜悧《さかし》けれども婦人の臆断《おくだん》、時の不祥に値《あへ》ばとて、生を軽《かろん》んじ死を楽《ねが》ふは、亦甚《またはなはだ》しき惑《まよ》ひならずや」

(第四十一回)

蜑崎の言葉を信じて最後まで生き抜く妙真も、喪失を埋めるには至らない。後に管領戦で犬坂毛野が、女たちを工作員として敵に潜入させようと無茶なことを言い出したとき、高齢なのだから待っているようにと周囲が勧めても妙真が自分も行くと言って一歩も引かないシーンなどは、子を失った余生としての生を受け止めることのできない妙真の本心がよく表れている。

こうして妙真が比較的大人しく不幸を耐え忍んでいるのに対し、妙椿は根が狸なだけに積極的な権利要求を振りかざすこととなる。

里見義実が言葉を玩弄し、八房が経文の功徳で成仏してしまい、妙椿の言語に対する憎悪は爆発する。妙椿にとって生きるとは、金を稼ぎ金を使い病気になり病気を癒し、セックスをして生命を繋ぐことなのであって、言語について考えることで時間を無駄にすることではないのだ。漢字を偏と旁に分けて勝手なことを言うなどは、論外なのである。『八犬伝』全編を通して徹底的なまでにセックスそのものに対する価値の切り下げと貶めが行われているのだが、ただ唯一この八百比丘尼妙椿の誘惑だけは肉感的で魅力的なものだと言わざるを得ない。妙椿が手先として操っている蟇田素藤《ひきたもとふじ》が戦いに敗れたとき、今バタバタしてもどうにもならないのだから、時期を待つ間、桃源郷のような奥山に籠って私とセックスをしていましょう、いずれ私がどうにかしますから…　この強烈な誘惑を撥ね退けるためにこそ、八犬士たちはあれほどまでに仁義八行の化物と化しているのである。

ようやく断片が出揃ったようだ。『八犬伝』の前半と後半の狭間に何が起こっているのか？　何故ここで『八犬伝』随一の強力な妖術を駆使する大地母神＝妙椿が大暴れするのか、私見を述べたいと思う。

妙椿は、『八犬伝』の中で只一人、作者である馬琴本人に噛み付いている登場人物なのである。妙椿狸のメッセージは、次のようなものだ。

「あなたはもう十分に戦った。本当にこれ以上自分を我慢する必要があるのでしょうか？　あなたは総ての罪を背負った。神道、儒教、仏教の、それぞれに相反する教えさえ、悉く自らへの譏《そし》りとして聴き取った。他人との摩擦を恐れて閉じ籠もった。快楽を求めてはそれ以上に後悔の念に苛《さいな》まれた。勿論その理由はよく分かります。もうあなたしか居ないのだから。後世はこの時代を振り返って見出すでしょう、人情本だ読本だ合巻だなどと騒いでみたところで、結局そこにはあなた一人が聳《そび》え立っているにすぎないということを。あなたにはそのことが分かりすぎるほど分かっていて、自分の仕事に押し潰されそうになっている。『八犬伝』を完結させることが、そんなに大事なことかしら？　第一何なのよ、このひねこびた物語は！　屁理屈ばっかり捏ねて。私と一緒にあの頃に帰りましょう。そう『椿説弓張月』を書いた頃に。義侠心に富み、たった一人でも世界と戦うことができるのだとどこかで信じていた時代に。最後に勝つのは言葉ではなくて現実なのだから、さあ私と一緒にもう一度踏み入りましょう、現実の肉の幻へ――そうして大地の恵みを過大評価する大地母神の殺し文句――本当のあなたはそんな人ではないのよ！」

自らの過去と透明な因果律の中で続いていた母の支配からの最後のメッセージを聴き取った馬琴は、躊躇なく妙椿狸に断罪を下す。

この断罪の絶対性、スピード感と迷いの無さこそをよくよく味わっていただきたい。それこそが今、馬琴が住んでいる世界なのだ。もう誰も何も言うべきことを知らない世界で、猛威を振るうサディズムの鏡面反射。馬琴は自分が閉じ籠もることで、その種のサディズムが下女を虐めることくらいにしか使われない自らの現状を、結局のところ善しとしているのである。

妙椿の背中には、八房が成仏した時と同じ「如是畜生、発菩提心」の八文字が浮かび上がり、妙椿は敢えなく成仏させられてしまう。それと同時に馬琴は、『八犬伝』前半部を書いていた作者としての馬琴自身を、一挙に相対化してしまうのだ。このメタテキスト的な操作は、歴史上ただこの時にだけ現れる、際立って特殊なものである。物語とその作者との関係性がずらされたといったような生易しいものではない。前半部を読みながら、『八犬伝』とはおおよそこのようなものだろうと理解していた読者の観念は、全面的に否定される。そして後半にあっては、それを書いている作者が、通常の意味においては最早存在しないかのように語りが展開していくのだ。

言葉を換えていうなら、馬琴はこの時点で、一度「引退」しているのである。

『八犬伝』前半部において、読者が物語の裏側に存在する馬琴自身の肉声を最も強く感じ取っていたのが、例の「禍福は糾える縄の如し」等の文句が現れる時であった。例として極めて美しい一節を挙げておこう。

「抑《そもそも》禍福は糾《あざなへ》る纆《なは》の如し。何人《なにひと》か今の禍《わざはひ》を見て後《のち》の福《さいは》ひなるよしをしるべき。世の嘲哢《あざけり》は好憎より起り、物の汚穢《けがれ》は潔白より成る。しからば誹謗《そしり》も厭ふに足らず、恥辱も只よく忍ぶべし。隠れたるより、顕れたるなし。蟄《こも》れるものはかならず出《いづ》。」（第十二回）

「顕れたるなし」は誤筆か誤植か、「顕れざるなし」の間違いだろう。こうした福音書のような美しい文章が現れることは、これから先もう二度とないだろう。何故ならば今後我々が直面する近代という時代は、正確に言ってそういう時代なのだから。ここから先「禍福云々」を持ち出すのは、より小粒になった里見家の二代目当主義成だけである。義成の言葉に人を動かす説得力は微塵も残っていない。義成は八犬士という暴走する機構に振り回され、たまに自らのリーダーとしての無力さを確認するかのように口を挟んでみることくらいしかできない。あまつさえ義成は、あれほどはっきりと、「漢字を偏と旁に分けて勝手な理屈を捏ねるな」と主張した八百比丘尼妙椿その人の名前を偏と旁に分けて下手な言葉遊びをしさえする。妙椿からしたらまさしく踏んだり蹴ったりの展開になるのである。でも妙椿はもう気にしないだろう、彼女は彼女で成仏して、記憶を自らから切り離した馬琴の半身としけ込んでいるのだから。

『八犬伝』後半部は、作者が不在のままに書き続けられる。残されたのは並外れた反復の物語であって、作者、というより読者がそこに作者が存在すると勘違いしていた何がしかのダミーの役割は、里見義成でも十分に果たせる筈だ。

まず馬琴は物語のスケールを一段階押し広げる。八犬士が互いにはぐれていた前半部から、後半部になると八犬士は安房の里見家に集結している。八犬士それぞれは犬塚とか犬坂とか、どれにも犬の字は付いているもののバラバラの名字なので、これを丶大《ちゅだい》法師の養子にしてしまって金碗の姓を名乗ろうという話になる。姓氏を名乗るには天皇の勅許が必要だから京都に頼みに行くと言うので、八犬士最年少の犬江新兵衛が使節に選ばれる。丶大法師はそんなことで帝を煩わせてはいけないと叱責するが、八犬士を止めることはもう誰にもできはしない。そんなこんなで上京してみればこれがまた大当たりとなる。京都にはたいして意味もない銀閣寺を作ってみたりと趣味にかまけて政道を顧みない足利義政が居て、喜んで朝廷に取次ぎ金碗宿禰《すくね》という姓氏を認可してくれる。義政からしたら既にかなり台所事情が悪化している上に恩賞として与える土地もろくになく将軍家としての求心力を失いつつあったところへ、姓氏などという今では誰も喜ばないものに大金を払う奇特なカモが現れたのだ。まさに魚心に水心である。

この後半部最初の新兵衛上京の物語が早くも読者にきな臭い違和感を覚えさせ、これは蛇足ではないのか、書肆の商売上の都合による単なる引き伸ばしではないのかとの批判が多かったと見えて、馬琴本人が言い訳をする羽目に陥っている。馬琴は『水滸伝』もこういう構成になっているではないかなどと色々言っているのだが、要は、京都に行って日本全体の話にしない限り、『八犬伝』は房総半島を中心とした関東でのみ繰り広げられるローカルな物語になってしまうではないか、と言うのである。裏を返せば『八犬伝』はローカルな物語ではないということだ。

馬琴は普遍性へのアプローチに舵を切っている。世界は階段を上っても同じように俗悪なのだ。ならば一階梯を上ればいい、そうすればフラクタル幾何学のように様々な倍率で人間の俗悪さが反復し共鳴し合って、普遍性とローカルな閉塞が同時に充足を果たすだろう。こうした反復とそこに付随する微細な差異に対する揺るぎない信念が、『八犬伝』に都合の良い意味や理想化を見出そうとするあらゆる読みを相対化させ、プリズム偏光させ、迷宮へと迷い込ませてしまうのである。

「約莫《およそ》作者の筆労《ひつろう》は、多く平和の話説《ものがたり》にあり」（第百三十回）

馬琴の時代「平和」という単語は現在の「無為」、「平穏」に近く、目を引く事件が起こらないという程度の意味である。『八犬伝』後半はおしなべて平和の物語なのだ。平和の中でかつてないほど多くの人が死に、因果の車輪が回り、微細な挿話が繰り返される。にもかかわらず、何事も起ってはいない。こうして馬琴は、近代という時代を眺めるための望遠鏡の倍率を教えてくれているのである。

馬琴の日記を見ると、どうやって馬琴が言語空間の中に溶けていったのかを窺い知ることができる。すべてが書き記されつつある中で、馬琴は自らを取り巻く日常や苦悩と、それらに関する叙述との間の質感の差を確かめながら進んでいる。馬琴の日記は『東鑑《あずまかがみ》』ではない。右府殿も、畠山次郎も、熊谷直実も出てこない。その代わりに庶民がひっきりなしに出入りし、お裾分けが飛び交い、大小の身体的不調がしき波のように押し寄せる。この日記が『東鑑』よりもスケールが小さいという者がいたとしても、その理由を示すことなどできはしないはずだ。何故なら「この日」と「あの日」の違いなど、誰にも分からないのだから。『東鑑』では一日に記録される天気はせいぜい二つが良いところだった。朝の天気予報のように、晴時々曇り。でも馬琴の日記では一日のうちに多い時には五回も六回も空模様が変わる。一日は、もしかしたら、とても長いのではないか？　我々が何かを思考し得ると考えていると一日は横目で見ながら飛び去ってしまうけれど…　一日は、反復である限りは反復だが、反復でない限りは反復ではない、そう主張しつつ、馬琴は自らを、ゆっくりとゆっくりと歴史そのものと化してゆく。

本当の引退の時が近付いている。

「己戯墨《おのれぎぼく》に遊びしより、無慮ここに五十年、客舎《かくしゃ》に盧生の枕を借らでも、稍覚《ややさめ》ぬべき比《ころ》なれば、細書《さいしょ》は懶《ものう》く、不如意になりぬ。然《され》ば本輯《ほんしふ》又五巻を、稿じ果《はた》さば、其折則硯の余滴《よてき》に、戯墨の足を洗《あらは》まく欲《ほり》す、筆硯読書皆排斥して、徐《しずか》に余年を送るに至らば、静坐《せいざ》日長し思慮を省《はぶ》きて、後少年の如くなるべし」（巻之三十六簡端附言）

この件《くだり》を読んで涙に誘われない者など居るのだろうか。少年の頃に戻るという馬琴の夢想は叶わなかった。代わりに失明したのちも書き続けた『八犬伝』はしっかりと完結し、永遠の謎として我々の世界に残された。四天王に護られて、伏姫の聖母被昇天。狛犬のような姿で丶大法師《ちゅだい》が前に控えている。彼も一生かかって追い続けた一番成りたかったもの、「伏姫の犬」にようやく成れたのだ。最後の最後まで、全くもって奇妙な物語なのである。

# 思考／芳香――歌川国芳

おのづから打ち、おのづからあたる

――宮本武蔵『五輪書』

趣味、風合、はっきり描かれているものと暗に示されているもの、射程、黙殺といった種々の条件で織りなされた「国芳らしさ」を仮定するとき、国芳らしい他人の作品はいくつか見つけることができても、国芳らしくない国芳の作品はただの一つも見当たらない。実はこれは、その見せかけよりも遥かに重大な事件なのである。師弟関係や流派の伝統に束縛され、版元や大衆の動向に容易に左右される浮世絵の世界にあっては、どんな絵師でも大抵一度は、不得意なジャンルや不本意な画題に手を染めた証拠を残しているものだからだ。実際彼の兄弟子にあたる国貞には、「応需」――求めに応じて描いた――という断り書きのある作品も多い。もっともこれには、オーダーメイドである、といった陽性の意味合いも含まれている。しかし、いち早く近代の曙光を見定め、求める行為もそれに応ずる行為も自然環境の様に持続している匿名のものなのだ、だからこそ応ずる行為の根底にある暗黙の了解を絶ち切ることに芸術行為の主眼があるのだと考えた国芳にとってみれば、国貞の態度は不本意さに対する、そして何が不本意なのかを確定できない事態への、苦しい自己弁護にしか映らなかったとしても不思議ではない。

国芳のほとんど十年以上にも及ぶ沈黙、才能の開花は人一倍早く、大衆的なセンスも有り余るほどなのに、全くと言っていいほど世間に知られていなかった、一般に雌伏期間と呼ばれるこの時期は、国芳の画題に対する選択性、不本意な作品を結局のところ一つも残さなかった（少なくとも傍目にはそう感じられる）厳格さから読みなおしてみるべきであろう。

雌伏期の国芳を本気にさせ、それ以後は絵筆を片時も離さずに精進させるきっかけとなったという、ある有名なエピソードがある。貧窮極まった彼が、ついには家の葭戸《よしど》を売ろうとして夜中に出かけたところ、顔見知りの遊女に声を掛けられた。見ると彼女が他ならぬ兄弟子の国貞と連れ添っていたので、自らの貧乏は腕の至らなさ故だと心底恥じたというのである。真偽の程はともかく、これほど「国芳らしい」エピソードには、必ずや重大な多義性が含まれていてしかるべきだろう。一枚の絵のような情景に、早くもいくつかの矛盾が同居している。まずは、名前が売れた後も金銭には全くと言っていいほど頓着しないことで、虚栄も権勢も二の次なのだと証明してみせた国芳の才能の最後の一押しが、まさに権威を象徴する遊女を介してなされたこと。次に、兄弟子という至近の距離にある国貞の権勢を、十年以上も現実的なものとして見ていなかったらしいことへの、意図的な言い落とし。そして何よりも、歌川派若手の二本の柱である国貞と国芳が、方や飛ぶ鳥を落す勢い、方や食うにも困る状態で、同じ画面で鉢合わせるという寓話。

これは彼が、男と女、社会的連環を、国芳不在の形で、一旦閉じたものとして確認し終えたことを意味している。ここには、社会が国芳を承認しているのではなく、国芳が社会を承認しているという、動かし難い構図がある。彼は芸術家として自己を規定するには、適応力に恵まれすぎているのである。その為、自らが欠落した社会をまるで自らの陰画的作品であるかのように作り上げる必要に迫られているのである。これは誇大なところの見当たらない、奇妙な誇大妄想と言わざるを得ない。概して、権力的なところの見当たらない権力なのである。

このエピソードには、堤防の決壊ぎりぎりまで湛えられたような矛盾の頂点が捉えられていて、実際この事件を境にエネルギーのバランスが逆転し、国芳に蓄えられていた矛盾が堰を切って流れ出す。彼は早い段階で認められた場合より、結局のところ、先行者と社会的土壌を巡る全体的関連性をかなり興味深いものとする事に成功したのである。そして、やればできるのだ、とひとたび天下に示した後は、彼の生き様と作品が渾然一体となり、今度は死の瞬間に至るまで僅かな空白期すら挟まずに一気呵成に回転して行くのだ。たった一度の急転直下で人生そのものが規定されるように、彼ははじめから、人生のすべての行程を一連の計画の中に組み込んでいるかのようなのだ。そうした後にはじめて、理論を超えた統一性、堂々と論理的なものでもある矛盾、正当性を明かすことのない一貫性が演出される。

それ故彼の画歴には成長の痕跡がない。ある画題が繰り返し描かれる場合でさえ、後期のものが前期のものより成熟しているということがない。つまり、主題や意匠の多様性にもかかわらず、彼は迷いを迷いとして提示することがただの一度もなかったのだ。一体このことは何を示唆しているのだろうか。国芳と同じように死の間際まで弛まざる努力を見せはしたが、七十三歳にしてようやく少し悟るところがあったと自ら述懐する北斎とは、国芳は質的に異なる路程を歩いている。彼ははじめから準備万端で登場した。

その必要があったのである。北斎が世捨て人のような求道者的偏執に囚われているかたわら、報酬の多寡によらず気に入らない仕事は決してしなかったという国芳の方は、それでも他人に対し偏屈だという印象すらろくに与えない。国芳ははじめから問題の所在を熟知していて、たとえ沈黙することはあっても、遠回りしたのでも、途方に暮れているわけでもない。何故ならそれこそが、メッセージを「読ませる」ためになくてはならないものだったからだ。彼は、描くべきでないと思ったものは決して描かない。そして、描いても構わない側を無限と言えるほどに増殖させ、思いがけないバリエーションを編み出し、ややもすれば自動システムのように彼方に突っ走っていったかと思えば、いつのまにかもとの場所に戻っている。スペクタクルによって絶対的に相対化された社会で、ある一つの言説が説得性を持つということは、全体性、つまり世界との等価物を必要とすることを、国芳は発見する（もしくはどういうわけか、はじめから知っている）。それでいてようやく、観客は——絵画の場合も、迷わず観客と言うべきだろう——ある高圧的でない「権威」、やわらかな触れ難さに身を任せることができるのだ。

科学的なものであれ、形而上学的なものであれ、更には文化的なものや俗に現実と呼ばれるものであれ、ことすべては催眠と催眠の戦いにかかっている。脱中心化された主体にとっては、ごく初歩的な意味さえも、催眠効果を介して二次的に与えられるものとなるだろう。つまりはあらゆる意味作用が、即座に賭けを意味しているのだ。何かが賭けられる場所では、どんな強靱さも単独では敗北の危険を孕む。だからこそ、勝利を求めるなら、（どうしても紛れ込んでしまう）不完全性を、（こちらもまた確かに存在している）完全性によって隠蔽する他はない。もっとも醒めたもの、つまりはもっとも意識的なものがより遠くまで進むという点で、世界の隅々までをその背後に隠し持った国芳のポーカーフェイスは、すべてが説得のメカニズムに捧げられている——そして彼の勝利は、現代に生きる僕にとって、ほとんど疑いようのないものに見える。

自己を自己自身によって存立させることで、彼は他人にとっては恩寵にも等しいものを与え、彼自身に品格を与える。全体性、囲い、あるいは建築と言っても過言では無いような、意思の単独性が変質する奇妙な臨界点を通して、思考を欠いたままに思考し、説得と気付かれぬままに説得すること…

ここには国芳を他の多くの画家から隔てる決定的な差異が存在している。実際、彼の弟子の月岡芳年や、少年期に一時期弟子入りしたことのある河鍋暁斎が、国芳の死後に歩んだ道を見れば分かるように、国芳と等価なメッセージを、別の方向で、彼ほどの技巧を持たないままに伝えようとしたら、そこにはかなり凄惨な画面が出現してしまうのだ。しかし国芳には流血やこれ見よがしの残酷さは微塵もないことに、気付いてもらえることと思う。

ではここで、実際に国芳は何を描き、何を描かなかったのか、顕著な例で見てみることにしよう。国芳の扱いかたが明らかに独特である画題、「忠臣蔵」の場合を取り上げる。彼の『誠忠義士肖像』シリーズで最初に目に付くのは、大星由良之助のすべてを見透かすような醒めた眼差しに見て取れる「思慮深さ」である。秘めた怨恨を覆い隠しているのではなく、怨恨とは既に遠く隔たったところにいるこの澄明さ。『水滸伝』シリーズで彼が見せた凄まじい形相の武者絵を赤穂浪士のシリーズにも期待していた当時の人々は、肩透かしを食ってしまい、この肖像は余り売れなかったと言われている。そして更に驚くべき作品、『忠臣蔵十一段目夜討之図』（口絵1）。ここでは、犬を手なずけるもの、見張りに立つもの、縄梯子で壁を登るものとそれぞれの役目に従って戦術的に配置された義士達が描かれていて、人知を超えた熱情は表面上はどこにも見出せない。ここまでくると、国芳が、「忠臣蔵」に人々が思い描くイメージには沿わない、新しい視点を導入しようとしていることは明白だ。

まるで、「人間を殺すことは思いのほか大変だということを示そうと」したという、ヒッチコックの戦略にも通じるこの静けさが物語っているように、人々が無意識のうちに「忠臣蔵」に期待する死のけばけばしさに、国芳は荷担しない。一言で言うならば、彼はスペクタクル的なクライマックスを許さないのである。そのためにはこのように、「舞台裏」の視点を導入してしまえば充分だと思われるかもしれないが、国芳の戦略の決定的に画期的なことは、「スペクタクルの社会」とは、舞台裏をまず確定しておいてそこに侵略する運動のことなのだと見切ったことにある。だから、舞台裏をはじめからすべて表に晒してしまうか、逆に舞台裏を完全に舞台裏として隠しておくだけでは不充分なのであって、懸錘、鉛直方向への、物質への、あるいは精神への離脱を可能にしておくことに重点が置かれなければならない。あたかも非常口のように、イメージの自動性の中に扉を据え、逆に言えば、スペクタクルの持つ行為の自動性とは、実は非常口のない飛行機のようなものなのだと告発すること。そういったことを、極度に意識的に、しかし説明的になることなく、国芳は淡々と実行してゆく。さしあたり国芳が描くものは、物語の表面的真実——よくて一般的抽象化であるような真実性でもなければ、物語から離脱した物質、たとえば「実存」のようなものでもない。寧ろあくまで物語の仮面を被った、任意の個性や瞬間である。いや、こうした観点からすれば「実存」さえも、そもそも物語の不在という物語にすぎないのだ。

『化物忠臣蔵』や、『忠義重し命軽し』で、今度は正面から茶化していることからも分かるように、「忠臣蔵」の場合決まって生じてきてしまうあるイデオロギー的イメージと戦うには、自分を常に二つの地点に位置付けておく必要がある。決して動揺したり見かけに興奮したりすることのない遂行のための静けさと、いつでも垂直に離脱する笑いと。というのも、貧困なイデオロギーというものは、いつだってばかばかしすぎるか、あるいは自分とは無関係だと感じられるほど生真面目な故にこそ、検閲を擦りぬけて生き延び、時に津波のように熱狂的に備給されるのだ。だからイデオロギーを完全に消滅させるのは、やっぱり最終的にはイメージの豊饒さ以外のものではない。リアルさを予告なく強調することで、集団連想的な想像力の貧困を暴露しながら、国芳が救っているのは他でもない、想像力そのものなのである。一方で「忠臣蔵」の「勇壮さ」に水を差しながら、一方では彼が好んで描いた、大きな魚とたった一人で格闘する伝説の勇者達の武者絵が存在しているのもそのためだ。想像界の戦いでは最大の敵を捕え、組み敷き、自らを捨ててかえりみないことが重要になり、現実の戦いでは、慎重の上にも慎重を期すことを学ばねばならないのである。言いかえるならここでは、〈空想的であるということは、本来はもっとも大きな現実に対して現実的に振舞うことなのだ〉、ごくあっさりとそう主張されているともいえるだろう。

空想の戦場で戦いを続ける者達。妖怪を飼い馴らし、冥土と現世を自在に往来し、嵐をおこし、それを静め、何が起ころうとも碁盤に向かってゲームを続ける、目を見開いた勇者達がいる。そして、それ以外の人間は、みんな猫である――身も蓋もなく、誰よりも断固として、国芳は何度も繰り返しそう宣言する。彼は決して片手落ちにはならない。武者絵において突出している彼はまた、凡庸さを描くことにおいても比類のない画家なのである。

もう一度北斎と比べよう。富嶽三十六景の『神奈川沖浪裏』で、押し送り船の漕ぎ手である船子達は、大波に耐えるために船の両側に四人ずつきれいに並んで配置され、屈みこんでいる。あるいは『甲州石班澤《かじかざわ》』では、漁夫と釣り糸のおりなす三角形が、富士の稜線と相似の関係にあることはよく指摘される。こうして「無名」の人々は、構図、アクセント、そして何より無名性といった意味を拾いながら風景に参加する。内面ははじめから無いか、少なくてもここでは描かれていないのだと感じる。これに反して、国芳では、凡庸さは一人一人の内面性において、表情、行為、振るまいとして捉えられるのだが、その内面それ自体が常に「一人」の人間に満たないか、あるいは「一人」を大きくはみ出しているので、彼の登場人物は、過不足なく「一人」である場合——英雄達の場合——を除くと、どういうわけか、「数えられない」という印象を与える。「頭数」や「多数決」という怪しげな概念に、彼は一顧だに与えない。何しろ懐に入れた子猫に物語を語り聞かせていたと言うくらいなのだから…

そこから個人が無数に増殖してしまう群集図が生まれ、その中で喧嘩をしたり怒鳴りあったりしている人々は、軍隊による会戦の趨勢のような一種の「流れ」の中にいる。ちょうど分子の世界を覗いてみたとき、ミクロな視野ではそれぞれがめいめい勝手に動きまわりながら、マクロな視点で見ると、予定調和や目的性が出現するのと同様に。ただし国芳は、現代なら迷わず「大衆」と呼ばれたであろうそうした視点が、通常見落としがちなある視点を補完する。つまり、反対に、「一人」の形をとった全体（例えば『東都名所・新吉原』で、吉原の帰りに浅草田圃の畦に佇む男のように）、圧倒され、夢うつつで、印象に呑み込まれ、彼自身に引きずられるがままに引きずられていくような、群集と切り離されるとすぐさま別の渦巻きに呑み込まれてしまう男が、単独で、描かれる。そんな男は、彼自身から溢れ出してしまっている。見違えるような主体もなく、どうにか物語の形をとったかすかな文脈がやっと重ねられるだけなのに、明確な理由がほとんど見出せないままに、彼らは確固として自立し、恍惚とし、こう言ってよければ、美しい。こうして国芳は、道徳と物質を二つながらまとめて破棄しようと試みる。「一人」と「多数」の不安定な同一性、「一人」に成ることの難しさと悲劇。僕ら鑑賞する人間が、国芳の「眼」の中に入ったとでも言ったらいいだろうか。客観的な第二の目、より反省的で、光学的で、視差角的な目が存在しないまま、単体のまなざしが画面を覆い、複数性へ向かう運動を予感させながらも、今はまだ単一のままに留まり、どうしようもなく醒めきって事実関係を捉えている。

象徴と偶然の受肉とが、ある一定の比率をとると（この比率こそ、画家が彼だけの為に調合するものであり、技法的秘訣の最奥義なのだが）、象徴が実質をふるいにかけ、形式主義や幾何学のこれ見よがしの強調にまで行き着かずとも、遥かにスマートかつ効果的に構図を抽出することができるようになる。特に国芳の場合に秀逸なのは、彼が現在進行形で描いているものが、抽象画だというサインを欠いたままに抽象画であることなのである。そのため国芳は他の絵画や画家ではなく、現実と直に抽象性を競う。しかもそれが現実のそもそも持っている抽象性に依拠しているのではなく、一種の切迫感のようなものを現実に押し付けることで、現実が抽象化を急ぐように仕向けているかのようなのだ。

僕がある画商を訪ねたときのことだ。「国芳は少ないんですよね」と言いながら、ご主人が七枚の中判をテーブルに並べてくれた。そのうちの四枚までが『教訓善悪小僧揃』という揃いものだった。確かに売れ残りそうな絵ではあった。ロマンティックなところは微塵もなく、ただただ丁稚小僧達の悪戯や性癖が並べられている。その並べかたもどこか無造作で、まるでわざと情景的な奥行きを消しているかのようだ。狂画と言うには、必ずしも笑いを狙ったものとも思われず、出版された当時も、一体誰が買ったのだろうといぶかしくさせるような作品だった。ところが、しばらく見つめているうちに、その絵が急に動き出した。いや、動きと言うのは正確ではない、音なのだ。雑音、雑踏、雑談。まさしくそれはデジタル化され、暗号化され、液化され、隠されていたのだった。都市そのものと言ってもいい段差、かすかな齟齬が、互いに干渉し共鳴しあってざわめきとなり、無数の無意味によってはじめて出現する喧騒、それも概念化された喧騒ではなく、エキストラを集めて人工的に再現するのが一見不可能に見える、「間」の集積と言ってもいい、そんなポリフォニーを奏ではじめた。

国芳は、普通絵にしないようなものを、わざわざ絵にする。すべてを描く必要、「すべて」が含み持つ領域を超えて、「すべて」の範囲を隙間に押し広げるように描くこと。硬直とはおしなべて「すべて」の硬直であり、結局は「すべて」が存在する場所には、必ず忘れられているものがある、ということの見落としなのだ。国芳は他でも無い、「思考」の問題を手がけているのである。崇高さと市井のざわめきとの共存だけでも、ここまで徹底してやられると、既に大抵の軟弱な思考を黙らせるのに充分な駒が国芳側には揃ったことになる。

余剰とは、これほど重大なものなのだ。小さな初動が引き起こす結果の重大さは誰もが認めないわけにはいかない。かすかな波動が、必然性の目に見えぬ絆を辿って増殖していく。ここでもまた、ヒッチコックの手法を引き合いに出してみよう。サスペンス映画でヒッチコックが作り出す恐怖は、我々がごく自然に映画に照射してしまう期待を、微妙に揺らし、ちょうどブランコを漕いだり吊り橋を揺らすときのように、遅れてフィードバックされる印象に対して再度的確な推進力が与えられ、いつのまにか手に負えなくなってしまっているような恐怖だ。同様に国芳の場合も、ただ単に見ることは決して中性の行為ではないと知らしめた上で、人がただ見ようとしてその実投げかけている意味を、丁寧にほぐし、返送し、置き去りにしてみせる——おもに置き去りにしてみせる。お陰で我々は、自分自身から逃げ遅れる。そして、芸術作品が特徴的に与えるあの不安と熱狂、つまり、目の前に容易に汲み尽くせないものがある、そしてそれは失われつつあるものとして未来に存在するという、大枠のところで人を安心させる感覚に導かれる。「安心」と言ったのは、それが、禅の用語としてかろうじて保存されている「安心」、妖怪と死者と暗闇と、更には笑いや子供や英雄達まで含みもった秩序的調和に他ならないからだ。

だから、国芳の戯画は、単にふざけているのでも、その場限りのものでもなく、他の総ての作品と同じ高度にある。国芳の戯画の面白さには、けちのつけようがない。不思議な笑いである。濾過されて永続化された笑いとでも言おうか。静かで、透き通っていて、そっと蓋を開けられるのを待っているような笑い… あるものは直接僕らの琴線に触れて哄笑を誘う。またあるものは、ちょうど乾燥させて保存が利くようにした食物を、口の中でゆっくりと戻しながら味わうときのように、僕らが生きている超近代都市の外気にあたっても、復旧し、じわじわと膨らんでくるような笑いだ。画面に遍在する節度——狂ってる、信じられない、といった印象を与えるときでさえ、そこに描かれた動物や登場人物は、何かを誇張しているわけでも狂っているわけでもなく、寧ろ大真面目で、上手い喜劇俳優が勢いや「ノリ」よりも正確な再現力を使って笑わせるように、各々の役割の中に没頭している。いたずらに騒がしくなく、ドンちゃんした音が響いているわけでも無く（いや、かなり響いているかな？）、一気に背景のそのまた背後まで吸い込まれ、見るものと演じる者を一つに巻き込んで浮上してくる、時にはその生真面目さにおいて感嘆せざるを得ないような笑いなのである。

例えば僕らが、博物館で過去の時代の生活用具や、模型によって再現された市井の生活などを目にするときの、あの遠さ。空恐ろしく、どこか寒々しく、必ずしも興味が持てるわけではない、失われてしまった想像的宇宙の広大さ、そんな凍結した真空の対極に国芳の笑いがある。いくつかの画集の解説には、狂画・戯画の類は、江戸期の文化や生活を肌で知らない我々には理解し難いものもあるといったようなことが書かれている場合があるが、そうした見方は、いくらなんでも紋切り型すぎはしないだろうか。少なくとも国芳の戯画に限っていえば、逆の面の方がずっと引き立っている。国芳の戯画を見ながら、人は、我々こそが江戸の生活を「知っている」のだと思い出す。捏造された歴史が一体どれだけ決定的に過去から、つまるところ現在が秘めている可能性から人々を断絶させているものなのか、国芳の戯画はいついかなるときでも教えてくれる。

また逆に、何かが過去から未来に直通して、我々を迂回したのだと感じてもよいだろう。国芳の同時代人は国芳で笑っただろう、そうして国芳が「在る」以上未来でもまた笑いが起こるだろう、だから僕らは笑わなくてもいい、そう感じることが、決して小さくは無い開放、参加しなくても良い、つまりは参加しても良いという気にさせるのだ。そうして僕らが国芳を見たときに感じる安堵の気持ち、地に足がつかないことが突然心地よい浮遊状態に反転してしまうような自由の感覚は、この感覚、生活が何よりも先に存在すると考えることで、生きたものに対する感覚を失っている現実論者の重苦しい博物館的主張を、反転してしまうことから来る。

大切なのは道徳でも常識でもなく「命」であり、それが当たり前だと言えるまでには、一度廃棄された生活をもう一度外側から創り直さなければならない。汗、肌、子供達が復権する。知的障害児、清潔とはとても言えない女、なんの役にも立ちそうにない男達の姿も見える。どんな楽しい笑いだって気をつけなければ抑圧的に働くものだし、並みの侵犯ではかえって侵犯される側を補強してしまうかも知れない。だからこそ国芳の侵犯能力は圧倒的なのである。小さな禁制を守りつつ、いきなり大きな侵犯だけを犯し、目的を達してしまう。目的そのものの持つ内在性や、効果への絶対の信頼がありさえすれば、そんな方法を取る事も可能なのである。

思えば実生活での彼は、政道批判の嫌疑をかけられ、何度か奉行所に出向き、釈明し、無罪放免となっている。微に入り細を穿つような江戸幕府の禁令に眉を顰める我々現代人から見ると、この事実だけでもどこかしら奇妙に見えてくる。その上、国芳の喧嘩殺法で特に圧巻なのは、彼自身が何一つ手を下さなくとも彼の思惑通りにことが運ぶような、一種の磁場を周囲に作り上げてしまったことだ。新作に風刺や政道批判を探そうとして、人々は躍起になる。こうなれば、何を描いてもちょっとした導火線さえしこませておけば、人々の誤読を爆発させることが可能になる。おかげで絵師自身は全く安全に近い状態で間接攻撃をしかけるという、極度に有利な条件を手に入れてしまっている。検閲役の名主が調子に乗せられて、検印をデザインの一部にしてしまい、不謹慎だという理由で役を下ろされるかと思えば、海賊版の出版社が罰せられたりと周囲の騒ぎは絶えないのに、国芳本人はいつでも絶妙の引き際で切り抜ける。

兄弟子国貞との確執にしてもそうだ。国貞のほうには別段張合う気が無く、寧ろ手打ちにしたいくらいなのだが、全く戦意の衰えない国芳の隆盛とともに、ごく自然におさまりが悪くなってきてしまい、下手に二代目豊国を襲名して国芳側の失笑を買ってしまう。国芳から特別に攻撃を仕掛けたわけではなく、それどころか皮肉や当てこすりすら表立っては見当たらないのに、国貞が挑発に乗ってしまったような形になったわけだ。国貞にとっては、第一人者という肩書きを返上することが、たとえ返上しても収支をゼロに戻すことができないという点で、必ずしも簡単でないところが重荷になる。妥協点はない。有利だと思っていた布石が、いつのまにか自分の首を絞めに来る…　ほとんど剣を交える以前に勝負を決めてしまう兵法者、あるいは相手の力を利用して投げを打つ柔道のようなスマートさは、喧嘩慣れした江戸っ子達にとっても喝采に値したのだろう、（国芳の）葭がはびこって（国貞の）船が川を渡り難くなったという意味の、非常に的確な川柳が贈られている。

北斎を塚原卜伝に、国芳を宮本武蔵に見たてて、浮世絵界の双璧として描くというアイデアは、国芳自身が誂えたものだったという説が有力だ。北斎を引っ張り出すことで、襲名によって管理される既成の流派を再編し、個人としての芸術家の時代を率先して幕開けようという国芳の野心は、結局は実現しなかった。しかし、気付いたときには勝ってしまっているので、自分に生まれ持った才能があるのか、他の流派が揃って弱いのではないかと疑った、そうして、そんな状態を出発点に自分のためだけの鍛錬を開始した——ぬけぬけとそう言い放つ宮本武蔵に国芳が自らを重ねていたとしても、あながち的外れではなかったのだ。

強さ、おかしみ、情、非情、スピード、停滞、勝利、敗北。国芳は彼自身の内部に複数の属性を見つけ、彼自身の流動的なイメージとともに歩んでいる。こうした彼のスタイルそのものから、僕らは近代を感じ取る。とはいえ近代とはなんなのだろうか。それは、大きな個人差のある、未解決でアクチュアルな問題であり、猛烈な工業化や、かつてない規模の戦争や、予想不能な科学の進歩など目立ったアクセントによってそのつど新たに規定されてきた近代という語は、今、全世界的閉塞感と反復の粗雑さによって、明らかに何かが終わろうとしている世紀末の現代に至って、ようやくその全貌を見渡せるようになった。僕らの時代に、国芳が急浮上してきたことは偶然ではない。注意しなければならないのは、国芳は近代の幕開けでもなければ、多かれ少なかれ理解可能な移行期に居るのでもなく、近代という新事態を、胚胎されているにすぎないその将来的な末路に至るまで見極め、本質的な次元において解き明かしているということだ。

この小論の中で僕は、ドゥボールの「スペクタクルの社会」という概念を特に説明せずに使ってみたが、それも近代の総括的な課題が、その中でももっとも端的かつ正確に規定されていると思われたからに他ならない。その弊害は、情報化社会の現代で、ますます白日の下に晒されてきている。近代が明治維新とともにはじまるというのは、余りに皮相的かつ因果論的な誤謬にすぎない。それどころか、僕らが思いがけぬ時空に、国芳のような思いがけぬ人格を発見して気付くように、近代が明治維新とともに終わり、代わりに近代化がはじまってしまったとさえ言えるだろう。

国芳の戦略的巧妙さ、現代にも難なく通用してしまう様式を彼が編み出したことを、西洋的知性への未開、文化的単一性の中で伸び伸びと振舞えた絵師のまぐれ当たりだと考えるわけにはいかない。第一、実際の知識の渡来を待たなくてはならない医学などの蘭学と違って、知覚そのものの様式が問題になる絵画の分野は、もっとも早く西洋に接しているのだとも言える。何しろ一目瞭然なのだ。近隣で火事があれば消火に駆けつけ、宵越しの金は持たず、あたかも江戸っ子の代名詞であるかのように振るまいながら、彼は、何処からか集めてきた数百枚の西洋版画を保管していたという…

つまりはこういうことだ。この時代西洋から遠近法が伝わり国内に広まったものの、遠近法は必ずしも日本古来の平行法や浮世絵の技法を駆逐したわけではなかった。奥村政信の浮絵に典型的に見られるように、前景は遠近法、後景は平行法というような使い分けが意図的になされるようになり、遠近法は平行法を滑稽化するが、同時に平行法は遠近法の情報量の、おもいがけぬ空疎さを暴露してしまう。そして良く知られるようにジャポニズムを通じてゴッホやマネ――真っ先に国芳を選んだのはマネだという点にも注意して欲しい――へと逆流する海流も生じる。

こうして二つの体系が、互いに一歩も譲ることなく主張し合うとき、国芳は折衷案にも向かわなければ求道者を気取ることもせずに、体系間の異質さそのものの扱いかたを学ぼうと試みる。本質的で、誰の目にも見えていて、それだけに抵抗に遭わずに進入してくる異質さそのものこそが、絵画として解決されなければならなかった。ある客人に、自分が集めた西洋版画を得意げに見せながら、国芳はこう言った。

「西洋画は、真の画なり。余は常にこれに倣はんと欲すれども得ず、嘆息の至りなり。」

いきなりの敗北宣言？　もしくは敗北を表明することで、少なくとも自分には「真」に対する理解力と鑑識眼が備わっているのだとでも言いたいのだろうか？　まるで近代が国芳一人の背中に吹きつけているさまが目に見えるかのようだ。また、国芳のメジャーデビュー作となった「水滸伝」シリーズに至るまでの経緯が、『暁斎画談』の中に次のように記されている。

「(国芳は弟子達に)常に教へて云。我、武者絵を画ことを好めども、其拠処と為る基礎を得ず。一時、宋人李竜眠の描きし水滸伝百八人の像を見て大いに感ずる処有（…）思うに、武者を描くには、突然に人を投出し、其投られたる身振に目を着、或ひは組伏て反返さんと為る体抔に心を止て其息込を画べしと。」

ここでは李竜眠の名が登場する。明治以降僕らが繰り返し目にしてきた西洋と日本と中国の三つ巴がここに出揃う。運動と静止画のパラドックス、物理学と知覚の理論が引き起こすあの眩暈に関しては、西洋ではなく中国から学んだと、国芳ははっきり言明している。ここには奇妙な捩じれと策略、故意の言い落としの香りが漂っている。「真」とは、「写真」と言うときに使われるような、単に光学的な「真」のことにすぎないのだろうか？　重要なのはそうでないとは言い切れないということだ。ことあるごとに回帰する表面の威力、この点でまさに彼は、西洋的ロゴスを「感じ取る」。

先ほど僕は、国芳は「思考」の問題に取り組んでいるのだと書いたが、理性による思考とはそもそも何なのか？　ロゴスにまとわりついたパトスを抜きにして、ロゴスは可能なのだろうか。逆に、パトスに貫入するロゴスとパトスの差は本当に明確なのだろうか。我々がロゴスを扱うとき、そこには西洋というエキゾチシズムが付着し、純粋さから遠ざけはしないのだろうか？　言いかえれば、思考とは思考の記憶であったり、思考への憧憬ではないのか？　こんな状態で、果たしてたった一回でも、「真」に向かって何かが演繹されることなどあるのだろうか？　無限に登っていくだまし絵の階段さながらに、旋回しながら上昇し、かつひとところに留まるだけなのではないのか？　ある特異点に向けてシャッターを切ることができるなら、それ以上望むべくもないのではないか？

国芳はこうした形式論的問題を解決しようとはせずに、拮抗する体系が焦点を二つ持ちながら描く、楕円の上昇に身を委ねていく。そう、見かけに違わず、国芳はバロックなのだ。西洋画は真の絵だと言ったとき、つまりこれからは「真」が問題になるのだと言ったとき、彼は西洋的ロゴスの有用性と同時に危険にも遅滞なく気付いてしまう。国芳は、不可逆的な知覚の変化を引き起こすロゴスの歴史におけるこちら側の不思議な遅れと、遅れ自体がもたらす豊潤さに目をつける。彼は紺屋の生まれなのだが、この時代、西洋から入ってきた顔料「プルシアンブルー」の人気によって、はからずも東西二種類の藍色が争う潮目そのものから生まれ出たのだとも言える国芳にとって、思考は常に質量の闘争関係に置き換えることが可能だった。選び取ることは、時に思考よりも多くの思想を含む。だから思考の無効性を証明するために、どうしても先に答を提示する必要があったのだ。僕等の大地から西洋まで均質に続いているものを、大海原の他に一つ挙げよ。答えは「猫」である。

実際我々は、「思考」についてよりも、「答え」についてよりよく知っている。循環し、反転し、見つめ、繰り返し過去に立ち戻りながら彼方を探すとき、「答え」とは、遠方に見つからなかったものがすぐ傍――壁を隔てた隣の部屋、予測不可能な翌朝――に現れたときの、思考の遺棄のことに他ならない。国芳が見せるのは、そんな遺棄の瞬間なのだが、我々を驚かせるのは、思考の手順を踏まなくとも、そこで遺棄されるまでにもっとも厳密な種類の思考と等価であるような、ある構成物ができあがっているように感じられることなのだ。

思考がすべてを食い尽くし、最早手元には何一つ残っていないと思えたとき、そこで失われたものが背後に充満していて、犇《ひし》めき合い、人知れず待っている状態（この「犇めき合う」という感覚を、国芳の大半の作品から感じ取らねばなるまい）。何かをまだ保持していると考えているうちは見えないが、すべてがなくなった後、ようやく、また比較的身軽に越すことのできる敷居。これはちょうど、旧約聖書のヨブ記に記されているような、喪失そのものへの理解が、失ったものを返してくれるという物語に通じている。ヨブ記の場合はすべてが二倍返しであることが示唆しているように、主体を保持した上での調和より寧ろ豊饒なのだと言っても良いような二次的な状態。そんな状態を描くことで、国芳は思考の向こう側に立って、こちら側の循環を遺棄してみせているのである。

ヨブ記をもう一度よく見てみよう。ヨブが自分に課された不条理を訴え、権利を主張するのに対して、神の最終的な返答は、「自分はリヴァイアサンも創った」のだ、だから我慢しろという一見わけの分からないものである。しかし、ヨブはそれを聞いてはじめて説得され、納得し、神もヨブが納得したことを承認する。ここでは、思考の前線、そこから先は海原のもっとも危険な地帯である、という線がまず確定され、その向こうで跳梁跋扈する怪物を抜きにしては立ち行かないような線なのだということこそが、宣言されている。

そう、つまりは妖怪を加味した世界を生み出すこと… 辺境への境界を見定めたあと、こちら側を強化するのではなく、逆に自らを空疎にしてゆき、向こう側を豊かにしていくこと（絶望は深ければ深いほど良いのだと言わんばかりに）。国芳の妖怪は、見るとすぐ気付くことだが、妖怪としての表徴、記号、既成概念を、痛快なほどに欠いている。自然が産み出す畸形と張合うかのように、あるいはあたかも、思わぬ形態を産み出せば、それだけで自然を組み伏せることができるかのように… 「首が長い」とか、「眼が三つある」などとはっきりと説明することができないような、ただ比率が歪んでいるだけの不思議な爬虫類人間。あの巨大な骸骨で国芳の解剖学的知識の正確さが言われるが、巨大さによって逆に解剖学的知識を逃れたのだと見ることもできるだろう。おさまりの悪い、存在についての理由や意義を微塵も持たない妖怪達の群れの中に投げ込まれても、まだ確固として輪郭を保っている身体、美しい女や筋骨隆々とした英雄達も同じ画面に描かれる——彼らにはそれ以外の存在の仕方が見つからないのだ——。形式においても内容においても異質なので、二重に捩じれて異質なもの同士をかくして難なく並置し、それでもなおそれらは同じ地平、現場にあるのだと示そうとして、くもの巣のように画面全体に張り巡らされた稲妻、雨、波濤…　悳俊彦氏が正確にも「空間恐怖症であるかのように」画面を埋め尽くしてある、と表現した緊密性は、空間が暴力的に二つ生じてしまったこと、遠近法的空間の浸透を、国芳が必死で堰き止めている死線なのだ。新しい空間は、中にロゴスを満載した密輸船だった。鎖国は、何よりもまず特異な空間の進入によって破られてしまった。それにただ一人気付いた国芳が、自前の砲台と戦艦を建造しているのである。

外側に立ったと思った途端に内側に組み込まれるという思考のジレンマを逆手にとり、すべてを敢えて外へ構築し、外部が内側に反転する運動を利用して、外側からちょっとだけ余分に内側に招き入れてしまう。これは、「思考」そのものを標的にした、極端に大掛かりなユーモアであり、西洋では、二十世紀になってようやく主流になるような戦略である。

だから国芳が日蓮宗だったことも、日蓮に関する連作を残していることも、全く自然なことだと言わなければならない。人格神を排して経文そのものを信奉するという独特の戦略をとった日蓮は、元寇のとき、ヘタに神風が吹いて勝ってしまうぐらいなら、蒙古が九州から北海道まで一度は日本を焼け野原にしてくれれば良いと考えていたふしがある。問題は、内側を発見するために外側を発見することであり、外側に無媒介で内側を構築する必要があったのだ。かつて司馬遼太郎はこう書いた、「日本人は、思想というものは常に外からやって来るものだと思っている」と。しかしここでは、日本に限らず思想は常に外からやって来る、内側とは内側の中にいやでも生じてしまう外側との緊張状態そのもののことだ、という点が隠蔽されている。そしてこの隠蔽こそが、日本の鎖国をも説明する。つまり、陥りがちな落とし穴があるとすれば、中国など無いか中国しか無いと考えてしまうことに他ならない。

こうしたことは、確かに余りに厄介な問題で、明確なもの言いができるとも思えない。しかしここに偽りの複雑さではない複雑さ、国芳自身が実感していた複雑さを見ないのは、よほど欺瞞的な態度ではないだろうか。寧ろ、国芳が永らく忘れられてきたのは、単純な読みが必然的に滑稽に見えるほどにこの問題を突き詰めていたからだと考えるほうが、より自然ではないだろうか。思考の動きそのものが見えてしまうという、国芳の孤独。情熱において早熟であることは、理性において早熟であることに比べて数段御し難いために、ロゴスという新奇な道具が、情熱の未熟さを覆うためのお喋りに利用されることを、つまりは自分の孤独がほどなく二重に屈折したものになるだろうことを、国芳は見抜いていた。そうしてあの傑作、浮世絵のみならずあらゆる近代美術の珠玉だと僕には思える『勇国芳桐対模様』（口絵2）が現れる。

自分の背中を自画像にするという直截かつ革命的なアイデア。よく見ると背中には、龍と虎が描かれている。青龍は東の方角の守護神であり、白虎は西の方角を意味することは、あまりに明白過ぎたためか、意外に指摘されていない。自らの肉体を西洋と東洋の戦いの戦場にする勇気を持ち、公正であるために最後まで軍配を上げることを保留したという意味だろう。ただあくまで青龍を上に置き、自らの旗印としているのは、江戸の町における喧嘩と同様、自身の共同体的所属の宿命的側面を確認しているかのようだ。桐の対模様は（これも見落とされているが）国芳の分裂した自我、もはや二度と一つになることはない二重化に他ならない。自分の背中を紋章付きの盾のようにかざし、ひとまずは弟子の一団を守っているようだが、自作自演はもとより承知の上だ。弟子達は絵の後継者というよりは、彼ら自身獄死したり自殺するといった末路を辿る、いわば喧嘩要員であり、すべてが一連の、過度に現在形の儚さに包まれた秒針になっている。弟子の一人が魚、もう一人が鳥の着物を着ていることも見落としてはならない、その理由はすぐにはっきりするだろう…

無数の顔に貫入され、移り変わり、すべての表情を備え、万人の理想化を引き受ける覚悟を決めた交換可能な父親。これほど明るく力強い孤独を表明している絵がかつてあっただろうか。言いかえれば、これほど都会的な絵が… 他にも顔を隠した国芳本人が登場する場合、その絵には決まって、自信に満ち、意気が上がった、晴れ晴れしい啖呵のような題名が付けられている。『流行逢都絵希代稀物（ときにおおつえきたいのまれもの）』、『名誉、右に敵無左り甚五郎（めいよ、みぎにてきなしひだりじんごろう）』… そしてそんな絵のどれもが、現実から芸術へ、存在そのものを簒奪する、東洋のピュグマリオン、不撓不屈の芸術家達を描いたものであることは注目に値する。

国芳は、ついに本当の「敵」を見出したのだ。そしてそれこそが、近代最大の課題ではなかったか。

国芳の存在そのものによって、今後破棄される言説の領域は、広大なものになるのではないかと僕には思える。思考を介しては決して産み出せないものの宝庫、見ることと解釈とが膠のようにくっついていて切り離せない為に、思考の入る余地が無いような思考、更に解釈を加えることが作品の持つ味を損なうということが、誰の目にも明らかなような作品。国芳とは連続して増殖する解答の系列であり、そのために明確な解答が一つも得られないままの解答なのである。

僕らは国芳の作品を辿りながら、今ようやく半分の道のりをやって来たところだ。そう、ここには「第二部」の存在が控えている。第一部を海の部だとするなら、ここから先を空の部と名付けよう。国芳は自らの長女に、なんと「鳥」という名前をつけていた。空…　つまりは女達の、手付かずで広大な領域が…

『龍宮玉取姫之図』を見ればはっきりするに違いない。役割に徹して海中で生活している男達が、ただでさえ不完全な闘争心を不器用に誇張しながら迫り来る間際、生殖をつかさどる玉を自らの胎内に隠さんとしている海女の口元は、余裕の為に微笑んですらいないだろうか。間違いない、彼女はいざとなったら飛んで逃げることができるのだ。その意味を一瞬で見ぬいたマネは、国芳のこの絵の前に、ある自信に満ちて一途な瑕のない美人を座らせたが、この慎ましい一幅の絵は既にスキャンダルのはじまりだった。モデルの名はベルト・モリゾ。題名はこれも絶妙の的確さで、『休息』。

一方「鳥」と言う名の少女は、彼女自身絵を描くのが上手く、おそらくはパパっこの、パパから見ても最愛の娘だったに違いないのだが、かわいそうに若くして死んでしまう。それでも死ぬ前に、当然と言おうか偶然と言おうか、魚問屋に嫁いでいたのである。空と海の、互いに決して交わらない領域の、執拗なまでの併置と接触は、国芳にとってなくてはならないモティーフになっている。

文化文政期に登場した新しい女達は、後世様々な形容詞で呼ばれることになるだろう。お転婆、勇ましい、たくましい、男勝りの、鼻っぱしらの強い、向こう気の、じゃじゃ馬な、おきゃんな…僕には、中でも、「伝法な」がぴったりだと思える。浅草は伝法院の若衆達の乱暴さが、そのまま女達の形容になったこの言葉こそ、聖と俗を直結させ、道義の裏側に法を伝える女達の合言葉だ。ここでもまるで偶然であるかのように、伝法院は、関東では珍しく名庭を持っていることで知られている。陸地に直接海を持ち込んでしまうという日本庭園の思想そのものが、海禁政策を取って普遍性への彫琢を禁じた徳川的封建制度と根底から相容れない、もう一つの日本を象徴し続けていたのだった。

そんな新しくまた伝統的な暦の中から登場してきた女達を描くための、「歌川美人」という様式は、もちろん国貞や広重、英泉らによっても盛んに描かれていた。しかし国芳にあって驚くべきことは、彼が、たった一種類の女しか描かないことなのである。例えば国貞の場合には、年齢、成熟度、疲労感などによる種々の描き分けがある。しかし、国芳はたった一種類だ。仮に彼女が文字通り一人の女だと仮定してみよう。すると彼女は、たった一人で、男を愛し、愛され、ほとんどあらゆる体位でセックスをし、年寄りに抱かれたかと思えば、無経験な若者をリードし、娼婦であり、夢見る乙女であり、人気役者と寝た後に、家庭でのセックスを盛り上げることも難なくこなしてしまう、そんな女だということになる。国芳の春画世界は、その広さ、多彩さにおいて、間違いなく他を寄せ付けぬ、古今無双のものである。その春画世界の隅々まで同行し、目撃者であると同時に主演女優でもある彼女……そう、女「を」遍歴する時代は終わり、女「が」遍歴する時代が幕を開けたのだ。

その表情を一目見ただけで、彼女が男達の理想とはほとんど無縁の場所に居て、寧ろ夢想の権限は彼女達に属しているような、のっぴきならない主体性を持っていることはすぐに分かる。権力は移行しつつある。明治維新を待つまでもなく、革命前夜の沸騰期には両性の間で時間の奪い合いが表面化し、誘惑と軽蔑の果てしない輪舞が一斉に開花するのだ。こうした時代の力が人々を巻き込むとき、どうやら男達と女達との間には条件的ハンディがあるらしいということは、国芳の作品中に、海と空の物理的抵抗の差として、あるいはオスだけが八丈敷きの金玉を持ち歩かなくてはならない狸の戯画として、繰り返し登場するだろう。しかし同時にそれは女達にとっても決して楽なものではなく、いくらスピードを出しても先頭に立てないモードの奔流が、個々人の時間を拉しさる、終末的なまでの増殖なのだ。

不可思議な現実から目を逸らすことも無く、女達の戦いに分け入って、彼女達の遍歴の目撃者となった人物として、僕は国芳に、フランス革命期の画家フラゴナールを重ねたい。とりわけ、国芳の団扇絵『夕霞』（口絵3）と、フラゴナールの『捨てられて』（口絵4）を並べてみると、全く同じ主題

口絵１　歌川国芳『忠臣蔵十一段目夜討之図』

口絵２　歌川国芳『勇国芳桐対模様』

口絵３
歌川国芳
『夕霞』

口絵４
ジャン・オノレ・フラゴナール
『捨てられて』

口絵５　歌川国芳『東都首尾の松之図』

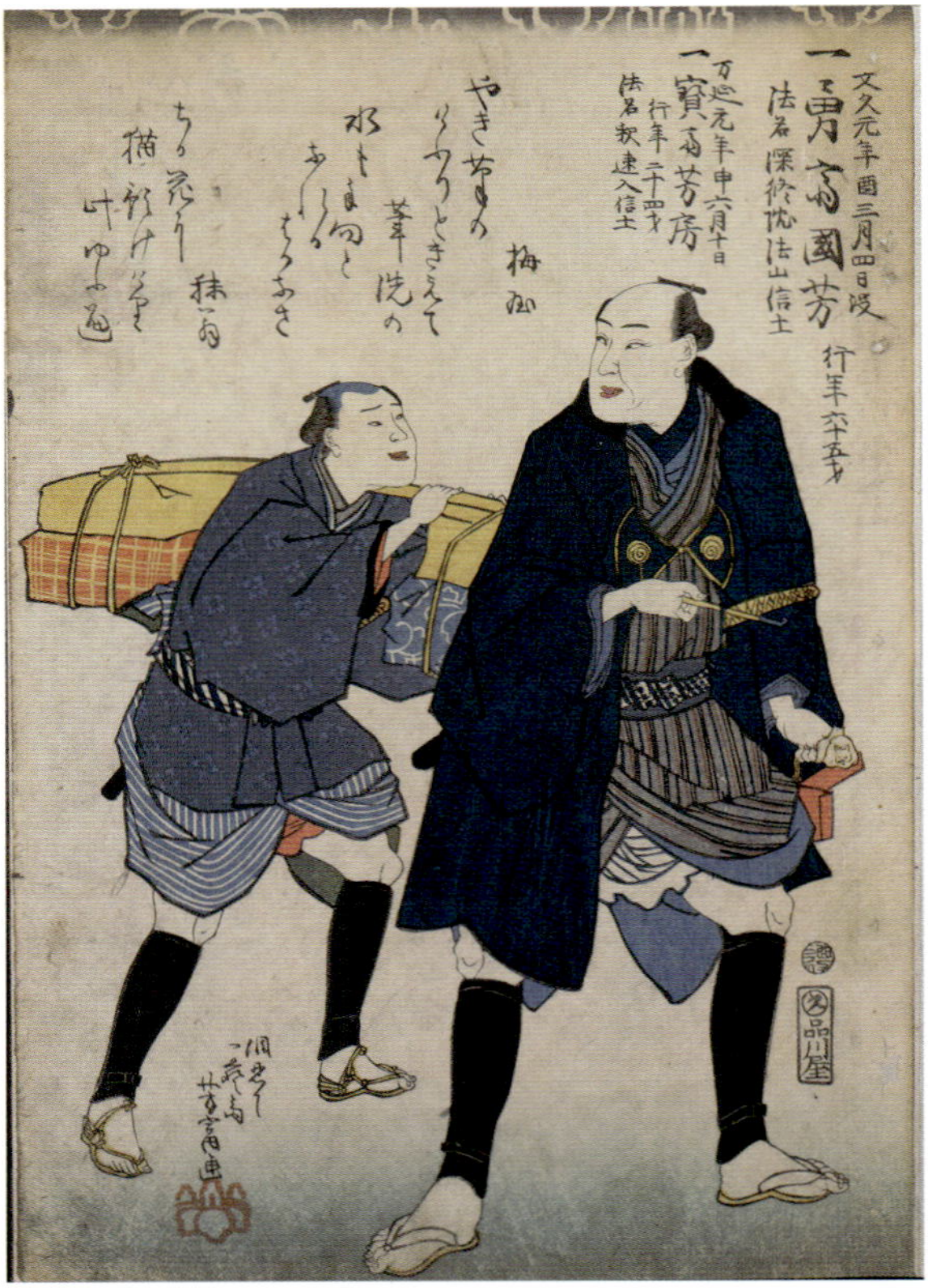


口絵６　歌川芳富『山海愛度図会　国芳肖像（死絵）』

の東西対をなす作品に見えてくる。

一七九一年の日付を持つ『捨てられて』は、男性的時間と女性的時間の系列の差異と、絶対的等質性を暴いた傑作である。この木立の中には、政治的なごたごたや軍靴の音は届いていない。高い位置に据え付けられた愛の天使が、足下で休んでいる女性に向かって何か叱咤するような表情をし、右手を上げ、ある方向を指し示している。「さあ、休んでいる暇は無い、立ちあがって次のロマンスへ飛び立つんだ、ぼやぼやしてちゃいけない！」愛の神の腕はそのまま球体の日時計に影を落す針になっている。「地球が回っている以上時間は過ぎていくのだし、お前がお前であるために味方につけることができるのは、もう時間以外には残されていないのだから！」既成の制度が打ち倒されつつある（それは即打ち倒されたことを意味する）世界では、生殖は時間そのものの実在を暴露し、肉体の遅延を白日のもとに晒す。女も男も、成熟しないうちに刈り取られ、成熟した後にも刈り取られる。しかし、つい今さっき失恋したあとで放心している彼女、失恋によってやっと一息ついたとも取れる不思議な表情の彼女こそが、人が一個の人間として成熟することが不可能になった社会における新しい悲喜劇、受肉した、いや、どんな肉体にも寄生する真実の芽生えなのだと考えてどうして悪いことがあるだろう。

彼女は愛の神に逆らってしばらくの休息をとる。夕方になればどうせまた立ちあがるだろうし、新しい夢が身を浸す以上、存在は不在なのだ。こうして一八三六年に国芳の『夕霞』に再び登場する彼女は、立ち直り、欄干に凭《もた》れて立っている。想い出の痕跡をとどめることも無く、風に吹かれて…空は広くて空虚だが、恐れることは無い…　団扇に描かれた桐の紋…　江戸中の女たちが国芳ファンなのだし、事実として国芳に見守られている…　日本髪を結って浴衣を着ているとはいえ、実は生粋のパリっ子である彼女は、内側と外側を同時に観想する為の、互い違いの眼差しで、すべて型どおりだが何もかもが新しい、そんな明日を眺めている。いや何も明日を待つ必要は無い、今宵…

恋人というよりは、娘と言った方がしっくりくるこうした女達は、男性による理想的な女性像を体現していないばかりか、崇高化された女性でもないこと、その一人の女性と象徴界の全体との交換が、少なくとも一回は成り立つような特異性を持たないことが、見る者を危険な不安定の内にとどめ置く。世界は空疎なままであてどなく繁殖していくのだろうか、もちろんそうだ、かといって崇高化の対象を経ずに、すべてを相対化することなどできないのではないか…　いや、崇高化の対象は、ちゃんと用意されていて、円環が閉じるようになっている。他でもない国芳の数少ない風景画、中でも『東都首尾の松之図』（口絵5）がそれである。恋愛と性交＝成功のまごうかたなき表徴である首尾の松に対する、独特の、しかし相変わらず迷いを感じさせないアプローチを見て欲しい。誰もがここには何かがあると感じながら、正確に名指すことができぬままに、出版当時も広重に圧されてあまり売れ行きの良くなかった暗がりの風景画。他の場所では洒脱で雅味のあるシックな色使いが、おどろおどろしい不安の色にもなることを、僕らは思い出す。

結論から言うならば、広重の風景画は理想化を被った一人の女性の不在に他ならないので、風景の彼方に理想化を保存するが、国芳は、崇高化の対象の不在によって変質した風景そのものを描くのである。国芳の風景画には奥行きがない（つまりそれは女の不在ではない）、そこに写真以上のものがあるとしたら、画紙の向こう側にではなく、こちら側にある。白日夢？　もちろんだ。ただ一歩進んで、国芳は「精神分析的」なのだということができよう。風景の裏側には一人の女が、逆に一人の女の裏には風景が隠されていることを悟った国芳は、そうした循環を絶ち切るだけで、女の腐敗と風景の腐敗がおのずから見て取れるのだということを示す。崇高なものとなった女の不在、それは比率が狂った蟹か、さもなければあらゆる地点を知り尽くした女の主体性によって、やっと等価物を見出せるのだと…

ロートレアモンの蟹を思い出してもいいし、ヘンリー・ミラーの蟹でもいい、手近なところでは平家蟹がいる。免疫不全とガンとの交点において、価値と勝敗をひっくり返す場所に決まって出没する栄光ある蟹の系譜に、首尾の松の蟹を付け加えることはたやすい。国芳による首尾の松は、女の不在ではなく、女の不在の不在だし、神経症の分析の分析になっている。国芳不遇期の数少ないヒット作の一つは、水中に座っている平知盛の図であったことを思い出す。敗者達への眼差し…　敗者達の眼差し…

ここで、ある一つの事実、国芳と似たコンセプトで女性像を描いたのは、国貞でも英泉でもなく、実は作品数こそ少ないが広重だということを、指摘したい。ただ、広重の女達には、視点によっては直接的な崇高化を許すような、ある種の屈折と憂いが感じられるのだ。こうして僕らは、国芳が、印象派的なロマン主義時代も、その反転した等価物である全体主義時代も難なくやり過ごして、現代に急浮上してきた理由を知る。ある意味をもつ形象を生み出すことよりも、別の意味を持たない形象を生み出すことのほうが、格段に難しいのだ。そしてこのこと、別の意味を持たないということ、正面からの接近を拒否することこそが、イメージの戦場において梁山泊に集った、アウトサイダーの勝利を導く。最後には敗北するって？　誰だってそうだよ。

幕末の江戸という沸騰、混乱、無意味と女達の祝祭、ストイックな狸と化した男達の静かな楽しみ……こうしたことはすべて、工業主義と帝国主義的パラノイアに陥ってしまった田舎モノだった薩長政権には理解しにくいものだった。しかしだからと言って、明治以降国芳が口の端に上る事の少なさには、ちょっと極端すぎるものがありはしないだろうか？　西洋芸術の類似品を単に表面的に日本史の中に探しただけでも、ドン・キホーテが騎士であろうとしたように完璧な江戸っ子であることを演じ、エイハブ船長のように一人で巨鯨にしがみつき、ロートレアモンのように白日夢を探索し、ピカソに比しても遜色ない様式的明解さを持っている以上、見落としようが無いはずなのに……再評価の機運が高まる以前から国芳に目をつけていた諸氏の一人である悳俊彦氏は、国芳ほど紹介し甲斐のある画家もいないと、ある画集の後書きに書いている。初めての本格的画集、鈴木重三氏の『国芳』の出版は、一九九二年、なんと九〇年代に入ってからのことなのである。国芳の再評価が加速したのは、せいぜいここ十年のことなのだ。それ以前にはろくに画集さえ出版されておらず、その全容を知ることは不可能だった。ということは……

またしても国芳は遅れてやって来た。宮本武蔵のように……そして、これほどの技巧が無視されてしまったという強みを活かし——祭り上げられることを微妙にかわすから——相対的普遍性を標榜する市場原理の、余りに明白な落とし穴と有限性をこれから先も暴露してやまないだろう。急騰した写楽や歌麿の価格は大丈夫だろうか？　以前の国貞のように、国芳の存在そのものによって揺さぶりをかけられることになるかもしれない。僕ら後世の人間も、国芳の喧嘩上手に翻弄される運命にあるのである。

当然と言えば当然のことなのだが、明治以降浮世絵版画が捨て去られていく中で、最後まで戦い抜いた絵師の多くは、国芳門から出ることとなった。国芳から「芳」の字を貰い受けた一個大隊が散開し、芳香を充満させる。しかしながら、匂いの出所を失った後、空気中にそんな芳香が漂った期間は決して長くは続かなかった。月岡芳年は、徳川家という中心を失い、旧式の戦法で自殺戦を演じる彰義隊と自らの終焉を重ね合わせつつ、決して小さいとは言えない名声にもかかわらず神経を病んでゆく。国芳があれだけの門人を抱えながら、誰にも本気で絵を伝授するつもりがなかったことは明らかだ——むしろ絵から弟子達を護ろうとさえしたのだから——自分が死んだ後、「国芳」を襲名しようとちょっとでも考えるようなやつが居たら化けて出て取り殺す、そう弟子に宣言して死んでいった国芳は、彼自身の死とともに一族郎党が、更には浮世絵そのものが、消滅するように取り計らったのだと言えるのかもしれない。すべてを巻き込み、一にして多なる主体。そして芳香は散ってしまいやすいが故に、もっとも純粋な記憶を残していく。道を歩いていて、突然鼻に届く香りから、身を避けられる者など居はしないのだ。匂いは過去から直接僕らへ届き、忘れていた未来を思い起こさせる。

国芳の死に絵では、二人の弟子、芳幾と芳富が、ほとんど同じ表情で亡き師匠の面影をとどめている（口絵6）。その今にも笑い出しそうな優しい、常軌を逸した顔付きは、国芳が生前に描いた自画像の難しい顔付きとは似ても似つかない（常人の想像を超えて自分に厳しかったのだ）。それにしても、これほど優雅でこだわりの無い男の顔、すべてを知り尽くし、決して拘泥しない父親の顔を、僕らは、現実にも映像でも、かつて一度でもいいから目にしたことがあっただろうか？　準備万端整い、心が急いて待ちきれないといった風情すらうかがえる死への旅路。生前愛用していた地獄絵模様の打掛を脱いで、旅姿に着替えた国芳を描いた芳富の死に絵では、死は決して恐れるに値しないのだと身振りで教えてくれている。彼は常に身振りで、身をもって教示する。

法名は深修院。誰よりも深く修めたのだから当然のことだろう。それでも国芳の到達した地点を思うとき、僕にはこの命名ではまだ物足りないような気がして仕方がない。

# 飛んでもニギハヤヒ

谷崎潤一郎に『陰翳礼讃』というエッセイがあります。日本文化は陰翳を大切にするというお決まりのものですが、改めて読んでみると日常的な快楽の場面を列挙してあるだけで、それらが本当に陰翳に由来するものかと言われれば若干こじつけられたものであるという印象はぬぐえません。古き良き日本の生活と「何か」を失った近代という時代的なスローガンの枠組みを出ているものでもないようです。著者お得意の題材で筆が走りすぎたとさすがに感じたのでしょう、最後の方になって突如「ヨーロッパの方が暗いぞ」と正論を指摘する「知人」なるものが登場するのですが、この話は有耶無耶にされてしまいます。結局、たまには電燈を消して暗闇を味わいましょうといった、当たり障りのない終わり方になっています。

確かに陰翳をより上手く利用するのは実のところヨーロッパの文化の方ではないでしょうか。石造りの建物では窓の切り方が狭くなるので、当然といえば当然なのです。地下室というもののシンボリカルな位置付けなども大分違うように感じます。暗いところで鑑賞することを前提に描かれた絵画の蓄積は、金色の仏像は暗闇で映えるぞなどという話を補って余りありますし、私が気に入っているのは彫刻家ベルニーニの次のような談話です。大理石は真白なので、実物と同じように彫ったらのっぺりと見えてしまうんだ、だから実物より陰をより深く彫ることで真実に近付くことになるんだよ。まさに極め尽した人物らしいシンプルで本質を突いたアドバイスですね。

敢えて当たり前のことを思い出すとすれば、光と陰は互いに支え合い強調し合います。ほのかな暗がりはやわらかい光に、強烈な光はより深い黒に対応しています。地中海の、どこか無機質な自然に乱反射する直線的な光のあふれる外界から、そのせいでより暗さが引き立った室内に入ったとき、私たちはその暗さによってかえって屋外の光に満ちた光景を持続して感じ続けているはずです。心象は常にコントラストを凝視しているのです。

例えば、伊勢神宮を陰翳と結びつけるのは正当でしょうか？　伊勢神宮は光の神社です。陰は光を感じさせる以外の目的では使われません。その為に白木の幾何学的な建物が配置され、絶妙な間隔に間引かれた林が、さらにその外側にはグラデーションを際立たせるより深い森が構成されているのです。太陽神を祀ってある以上、これもまた当然といえば当然なのですが、今はまだ、日本の文化は主に戦後そう信じ込まされていたよりももっともっと光の、光そのものに加担する文化なのだという点を押さえていただければと思います。

学生の時にはじめてヨーロッパを旅したときに受けた感銘も、やはりその暗さによるものでした。オレンジ色の街灯がそれぞれ足元だけを朧《おぼろ》に照らしている。夜中近く、列車で大きな都市に到着するとき、マドリードでもパリでも構いません、徐々に建物は数を増してくるのですがやはり全体はほの暗いままで、憧れの都市がこの闇の中に横たわっている、明日になればそれは白日の下に晒され私は見ることができるのだという、舞台の幕が上がる直前のような静かな高揚感に襲われたものでした。一方の日本の都市はその当時街灯がおしなべてすべて蛍光灯でした。しらじらとした光に隈なく照らされた街路はどことなくオモチャのようで、これではヨーロッパと比べてひとりひとりの人の生の比重までもが違って見えてしまうようだと、どこか情けなく感じたものでした。

現在は日本でも街路を照らしすぎることがなくなり、ある種の個人主義的な落ち着きを取り戻すことができているように思います。オレンジ色の照明が続く高速道路を走っていると、この二十年の変化が思い起こされ感慨深いものがあります。そんな時にはどうしても日本語における色彩の問題を考えずにはいられません。清少納言が情熱を傾けた色、『太平記』のどこか映画の一シーンを思わせる色、その後急速にモノトーン化し、江戸時代に細分化される色、色、色…と、ふと、私の頭をまるで啓示のようにある意外な単語がよぎりました。神道の祝詞《のりと》に出てくる決まり文句、太陽が昇ってくる様を形容する「豊逆登《とよさかのぼり》」という単語です。これはまさに何かの啓示で、パズルの駒がすべて上手く嵌《はま》ったような気がしたのです。私は沼津で一旦高速道路を下り、夜中も開いているファミリーレストランでコーヒーを飲みながら、ぼうっと啓示の正体を追い続けていました。いまだにあのときの啓示の正体をきちんと展開できてはいないかも知れませんが、とりあえずひとつ次のように思ったのです。

日本語に秘められた隠微は、陰翳どころの話ではないのだ。それどころか、象徴に裏打ちされ、裏地を縫い合わされ、二重化し倍加した光そのものではないのか。色彩は闇に沈んでいくのではなく、輪郭を引き立てる限度を超えて、コントラストを無効化するほどの強烈すぎる光の中へと溶解していく危険に曝されているのではないか。つまり、我々は相も変わらずアマテラスの術中に嵌っているのではないかということなのです。

そうだとするならば、驚くべきことですが、『古事記』は読めるのです。古代の氏族や地名のあのいつ果てるとも知れない探求、もちろんそれはそれでエキサイティングなもので、私自身必ずといっていいほど何々の謎という題が付されることになっている古代史の本の大ファンなのですが、それとは別の場所で、『古事記』そのものが持っている内的な構造と宗教的な象徴を読み解くことが可能になるのです。

私たちは日本神話の最高神が女性の太陽神であるという事実が持つ特殊性を、しばしば失念してしまうのではないでしょうか。太陽はすべての根元だしエネルギーの源なのだから、そりゃあ大事だわな、くらいの気持ちで前提条件にしてしまっている。そもそも歴史的につい最近まで続いてきた民間信仰の多くは、基本的に稲作農耕に寄り添ったものです。そうしたものを神道本来のありようだと考えている人も現にいますし、これについては柳田国男を領袖とする綺羅星の如きスター軍団の民俗学者たちが、多くの原則を解明しています。しかしながらそれはあくまでも生きた民間信仰の範囲のことであるということを考えなければいけません。実際に記紀神話を読んでみれば、稲作農耕のことなど大して書かれてはいないという事実に気付かないわけにはいかないのです。そしてアマテラスは、自らが太陽であり、太陽である以上最高絶対の真理だ、といった程度の権力では決して満足しない女性だということが分かるのです。

実際『古事記』が成立したのち、その存在すら一部の人にしか知られていなかったわけですし、時とともにさらに読めない遠いものとなり、本居宣長が訓詁学的に復活させるまで、まるで鬼の居ぬ間の洗濯とでも言わんばかりに仏教徒も神道家も好き勝手なことを言ってきました。それなのに時を超えて浮上した『古事記』はまるで何事もなかったかのように日本人の本質を描き出しているのです。これは奇妙なことです。アマテラスの支配領域という問題は、現代に生きる私たちにとってすら必ずしも小さな問題でも他人事でもありません。千三百年以上前に成立した記紀神話の世界は、以後それほど洗練されたり付け足されたりした形跡がないにもかかわらず、いまだに古びることなく生き延びているという驚異的な代物なのです。

では実際に読んでいきましょう。主として『古事記』に沿って見ていきます。

イザナギが死んだイザナミを連れ戻そうと黄泉の国に迎えに行くというオルフェウス型神話の場面で、イザナミは生者の国に帰っていいかどうか黄泉つ神に相談してみると言うのですが、そもそもこの黄泉つ神がどこの誰なのかがよく分かりません。本居宣長は『古事記傳』で短く、「さて此の神は如何《いか》なる神にか、傳へなければ知るべきに非ず、ただ黄泉に坐《いま》す神等《たち》なり」と述べています。実のところこの一文には何とも言えない哀愁が漂っています。宣長はここまでどんなマイナーな神様に対してもおざなりにすることなく、一音節ずつ名前を解釈しては正体を突き止めようとしてきたのです。それなのにここに来て黄泉つ神などといういかにも重要そうな神があっさりと登場し、しかも名前すら分からないのですから。宣長は、「この国の形ができてまだ間もないのだから、イザナミが黄泉の国の支配者でありそうなものだが、まあこう書いてある以上他の神もいたんだろう」と若干捨て鉢で恨みがましい感想を述べています。気持ちは痛いほど分かります、背中をさすってあげたくなります。この程度の理不尽は記紀神話では日常茶飯事だろうにと言われてしまえばそれまでなのですが、実はここに関しては正解があると思うんですよね。黄泉つ神はスサノオです。線形の語りの場ではこの時点ではスサノオはまだ生まれていないことになっているので、空白にしておくしかなかったのだと思われます。

イザナミの追及を逃れて黄泉の国から命からがら逃げかえったイザナギは、禊《みそぎ》によって三貴子を産みます。そしてアマテラスには高天原を、ツクヨミには夜を、スサノオには海を割り当てて、それぞれ支配するようにと言い渡します。ツクヨミは『古事記』ではいつの間にかいなくなってしまいます。『日本書紀』で見ると明らかにアマテラスの罠にかかって排除されているのですが、この件はここでは深追いしないでおきましょう。「海」は例えばギリシャ神話ではポセイドン、嵐の神スサノオにはイメージ的にもぴったりだと思うのですが、何故かスサノオが拒否するんですね。「お母さんの国、根の堅州国《かたすくに》に行きたい」と言って、大人になるまで泣き続けます。それを聞いてイザナギがついに怒ってしまい、スサノオを「神やらひにやらひたまいき」、つまり追放してしまいます。

ここで口に出すか出さないかはともかくとして人々はある疑いを抱きます。スサノオはマザコンなんじゃないかと… もっともな疑念です。少なくともこのくだりの話を読む限りではそうとしか受け取れません。母の欠如を受け入れることができないために大人になり切れず、父の割り当てた現世での仕事をこなす責任が持てない、そう勘繰られても仕方のない物語構成になっています。ただこれは後の展開を追うことで、どうもそう単純な話でもないということが分かってきます。ここはいったん棚上げにして、現時点ではイザナギの行動を押さえておきましょう。

イザナギは三人の子供に、高天原と、夜と、海を割り当てました。ここには黄泉の国は入っていません。イザナギは、黄泉の国の王はイザナミだと思っているのです。当たり前ですよね、「黄泉つ神と相談してくるから覗かないで」と言われたので覗いてみたら、目にしたのはイザナミの腐乱した死体だけでした。逃げるイザナギにヨモツシコメなんていうものをけしかけてきたのもイザナミでしたし、イザナミはしっかり黄泉の国の主として振る舞っているのです。イザナギにとっては最早死者の国はイザナミのものになってしまっているので、イザナギの国土経営のビジョンは純粋に生者の世界だけで完結しているのです。これは逆から見れば「死」の定立とも受け取れます。イザナミが猛り狂って、一日に千人殺してやると宣言したかと思えば、イザナギがじゃあ一日に千五百人産んでやると言い返します。そんなに沢山産む新しい母親をどうやって見つけてくるのかと思いきや、苦労人のイザナギはせっせと単性生殖を開始します。イザナギ・イザナミの国生み神話は生と死が定立され、男性神のイザナギが一方的に「産む」こととこの世のことを引き受け取り仕切る形で終わりを告げたのだという点を憶えておいてください。

さてスサノオですが、追放されても平気です。むしろこれで母の国に行けると、喜んでいるくらいです。お別れを言いに姉のアマテラスのもとを訪れます。

アマテラスは高天原をスサノオが奪いに来たのではないかと思って身構えます。スサノオが俺には邪心は無いよと言っても信じません。まさに権力者らしい猜疑心の深い女性ですが、権力者にとっての猜疑心は権力を奪われるのを恐れるからというより、他人に難癖をつけるチャンスが増加するという結構能動的な意味もあるんですよね。「邪心が無い」かどうかを「神判《うけひ》」にかけるなどという、訳の分からないゲームにスサノオは巻き込まれてしまいます。もっともこれもまた、アマテラスお得意の罠以外の何ものでもありません。アマテラスの真の目的は、スサノオの子供を奪うことにあるからです。

アマテラスは女性の最高神でありながら「産む」ということに全くと言っていいほど興味を示さないという、際立った特徴を持っています。産むのはイザナミです。産み、嫉妬し、殺すという大地母神の性格はすべてイザナミが持っていましたし、イザナミ亡き後はイザナギが引き継ぐという形になっているのです。アマテラスは「産まない」ことによってすでに父よりも強い権力を持っているのですが、ひとつ泣き所があって、この場合女性の単性生殖では生きのいい男の子が産まれないために、あらかじめスサノオから最低限の男の子を奪っておく必要があるのです。

え、それは何故かですって？　確かに改めてそう聞かれるとおいそれとは答えられませんね…　非常に複雑な問題で私も完全に理解しているとは言い難いのですが、女神の単性生殖から生まれた息子は、言語の生成過程において何か決定的な齟齬をきたす気がします。実際言葉を紡ぎ出すのはいつだってスサノオ＝オオクニヌシの側ですしね。記紀神話の世界は言霊の幸《さきわ》う世界だなどという宣伝文句を真に受けると見落としてしまいそうになるのですが、アマテラスは徹頭徹尾「黙らせる」神ですからね。ここでスサノオの子供を奪うことに成功したおかげで、かろうじて歌が詠めるといった程度なのです、天つ神の側は。

トリックは、お互いにあらかじめ持ち物を交換しておいて、そこから産まれた子供の性別で勝敗を決めるという至極単純なものです。実際にはスサノオが産んだ子供を、それは私の持ち物から産まれたのよね、といって取り上げてしまうのです。まるで子供騙しのような初歩的な詐欺の手口なのですが、手口は単純でもアマテラスの仕掛けが絶妙なので、スサノオは見事に引っかかってしまいます。そもそもスサノオは母の国に行きたくて、ここ高天原には単に挨拶に立ち寄っただけなのですから、神判《うけひ》の過程で得る子供をさほど重要だとは思っていません。そうしたスサノオ側の隙に加えて、女の子を産んだ側が勝利だという取り決めになっているので、どちらに転んでもスサノオは勝たせてもらえるのです。アマテラスにとっては最初から男の子を奪うことが目的ですから、スサノオの潔白が証明されることなどもとよりどうでもいいのです。詐欺にかかった側が詐欺に気付かないというのは、詐欺師にとっては最高の勝利なのでしょうね。アマテラス、恐ろしい女です…　変な難癖を付けられた挙句に潔白が証明されたスサノオは嬉しくて「勝ちさび」モードに入ってしまい暴走します。これをアマテラスはただ単に静観して放っておきます。男というものは、持ち上げて、勝たせて、調子に乗らせておけば勝手に自滅するということを知り尽くしているからですね。重ね重ね恐ろしい女です。

男なんてチョロいわ、という程度の話なんですね。

スサノオの暴走が度を越えたと判断し、アマテラスはおもむろに岩戸に籠ります。神話においてアマテラスはしょっちゅう「すねて」いるか「パニックに陥って」いるのですが、八百万の神々がやいのやいの言ってアマテラスを岩戸から引きずりだします。神々の共同体をコントロールする方法を知悉しているのです。もちろん悪者はスサノオだということになり、スサノオは「神やらひにやらひたまひき」、また追放されてしまいます。よく追放されます。でも平気です。これは元々キリスト教における堕天使や、アダムとイブのような象徴的に別の世界に追放され二度と元の自分には戻れないといった性格のものとは違っていることにも注意してください。もっと日本的で村社会的なものです。「お前さん、ちょっと迷惑でもう面倒見きれんから、出てってくれや…」といったようなものだと言えばさすがに軽すぎるかも知れませんが、ある共同体から追放されて村八分になっても、本人に罪の刻印が残ったりスサノオ自身が何か決定的な象徴的変異を被るというものでもないのです。その証拠にスサノオはその日からまた元気に出雲の国づくりに励んでいます。スサノオは相変わらずスサノオなのです。むしろ今までのスサノオと違うのは、本来「産まない」女神であるアマテラスが産んだ、去勢された、奇妙な無精卵のような、三人の女の子を押し付けられてしまっている点にあります。宗像《むなかた》三神です。去勢された女神などという表現はそれ自体どこかおかしく感じますが、この三人が海の女神ということになると話は変わってきます。海を去勢することには、それなりの意味があるからです。

少し話が逸れますが、ここは『古事記』自体の語りが逸れているので仕方がありません。ここにオオゲツヒメの逸話が挿入されています。オオゲツヒメは穀物の神で、親切にも食べ物を提供してくれるのですが、その食べ物を鼻の穴やお尻の穴から出すという変な癖があって、それを見咎めたスサノオに「お前何やってんだ汚ねえな！」と一撃で殺されてしまいます。するとその死体から粟や大豆や蚕などといった農業に関わる物が産まれるという、この様に穀物神が死ぬことで豊穣をもたらすといった話を、神話の類型では「ハイヌウェレ神話」と呼ぶそうです。当時オオゲツヒメの話は単独の逸話としてかなり有名だったらしく、他の記紀神話との関わりはあまりないのですが、どこかに入れなきゃならないってことで『古事記』ではここにねじ込まれています。

実は私自身今回読み直していてはじめて気付いたのですが、ここでオオゲツヒメが饗応しようとしていた相手は、どうも八百万の神であるらしい。これは変な話ですよね。つまりどういうことかというと、八百万の神々が、「アマテラスの機嫌も直ったし、スサノオも追放したし、とにかく片が付いた、さあ何か食べよう」となって、そこに食べ物を提供しようとしていたオオゲツヒメを、スサノオが殺している。スサノオは今さっき追放されたばかりですから、自分を追放した神々が何を食べようと知ったことではなさそうなものですが、そんな尻の穴から出したものなんて食わせるな、といって殺している。これではスサノオがお人好しすぎるといいますか、面倒見が良すぎます。私はどうやら心根がさもしいらしくそのような設定ははなから念頭になかったので、これはスサノオが追放されて出雲の国へ赴く途中、お腹が空いてオオゲツヒメの饗応を受けようとした場面なのだと、勝手に誤読していました。しかし改めて見てみると構文的にもやはり八百万の神々を饗応しようとしているというのが正しい。実際スサノオは病的なまでに面倒見が良いのです。

　そうなると話の繋がりが分かってきます。このあとスサノオがヤマタノオロチを退治するのですが、ヤマタノオロチの尻尾から天の叢雲の剣が見つかる。これをスサノオは自分のものにしないですぐさまアマテラスに届けているのです。これはいかにも噛み合わない話なので、まあ三種の神器がアマテラスのもとに揃っていなければ整合性が取れないから、物語の都合上そうなっているのだろう、くらいで納得してる人も多いのではないでしょうか。しかしスサノオが病的なまでに面倒見が良いとなると話は別です。この場合、「あなた、こういうの好きでしょ」といって、アマテラスに届けたという読み方が成立するのです。そう思って見ると、スサノオの佩《は》かせる剣には名前がない。『古事記』の神話では剣の存在がかなり重要で、剣にまつわる神様も多いですし、イザナギの尾羽張《おははり》、タケミカヅチやフツヌシなど、有名な剣になるとそれ自体が人格や主体性を持っているかのように描写されています。しかしながらスサノオの剣は単に「十拳剣《とつかのつるぎ》」という普通名詞ですし、それすらスサノオはほとんど使いません。ヤマタノオロチを退治した時も、酒に酔わせておいて眠っているオロチを輪切りにしただけですからね。剣というよりは包丁の様にしか使っていないのです。スサノオは戦う神ですらない、実は極めて根元的な平和の神なので、剣を必要としていないのです。こう見てくるとスサノオに対するイメージが揺らぎはじめますよね。アマテラスの攻撃性とは対照的なスサノオの偉大なる平和が、周囲に誤解と恐怖を生む、『古事記』の語りはそのようになっています。

　須賀という場所で、スサノオは自分の住居を構えます。この場所にはじめてやって来たスサノオが、なんてすがすがしいんだ、と言ったために須賀という地名になったというのですが、このすがすがしさは単に土地がもたらしたものではなく、自らの平和が巻き起こす騒乱や、同調圧力をかけてくる八百万の神々のコミュニティから解放されて、ようやく自らの居場所を定めることのできるすがすがしさに他なりません。これは決して深読みではなく、事実そうした物語になっていると思われるのです。

さて、このように、スサノオの国づくりは平和に根差した立派なものなのです。ただのマザコン男がやっていることとは到底思えません。元々イザナギによって中つ国からも追放されているはずなのですが、これくらい頑張るのであれば勘当も解けようというものです。出雲の国の礎をつくって、ついにスサノオは念願の黄泉の国、母の国、根の堅州国に陣取ります。

後にオオクニヌシが黄泉の国に居るスサノオを目にすることになるのですが、スサノオはどうしているでしょうか？　お母さんに甘えているでしょうか？　とんでもない、それどころか明らかに黄泉の国に君臨していて、他の神はイザナミその人も含めて気配すらしません。代わりにスセリ姫という可愛らしい娘が一人います。

もうお分かりですね、スサノオが母の国に行きたがったのはマザコンだからではなく、それとはほぼ対極ともいえる理由、「母」の「父」になるためだったのです。

母の父のポジションを取ることによって、産まれたものが生物学的に再生産されるだけでなく、象徴的な役割の中に投げ入れられながら世代を重ねる、つまり動物ではなく人間にとっての生の循環のシステムそのものの支配者になろうとしていたのです。「生」と「死」という単純な対立で事態を捉えていたイザナギには、スサノオの企図はまったく理解の外のことだった、だからスサノオを追放したのですが、実はスサノオは父親の願望をより十全な形で成就しようとしている良き息子に他ならなかったのです。ふたたび「死」を導入することで、はじめてイザナギが目指した生者の世界が完結するということを、スサノオは知っていた。今や母ではなく娘となったスセリ姫は、やっぱり産んだり嫉妬したりする地母神です。しかしそれはもうスサノオの手の内にあります。そもそもスサノオが黄泉の国にいるのはいずれ訪れるオオクニヌシに対して父であるイザナギが受けたのと同程度の試練を与えるためなのです。「母」の「父」になってしまえば理論上はどこに居たって構いませんからね。でも地母神としてのキャリアが浅いスセリ姫はホイホイ付いて行ってしまうでしょうし、たとえイザナミが復活して鬼の形相で脅かしたとしても、孫娘を甘やかさないという保証はないのです。

もちろんスサノオも適度に甘い父親です。せっかくの娘婿を潰す必要はありません、ちゃんと祝福して送り出してあげます。スセリ姫の計略でオオクニヌシが試練を乗り越えるというのも、頼もしくて素敵じゃあありませんか。本当ならオオクニヌシとスセリ姫が協力して、アマテラスにも負けないで抵抗して欲しいのですが、そうは行きません。アマテラスは別格だからです。そろそろ『古事記』の根本的な構造が見えてきました、これは、「産む」男神が「産まない」女神に敗北するという構造を入れ子状に隠し持っている神話なのです。

母の父になるということは、象徴的には他の誰よりも自由な存在になるということなので、スサノオは詩の神であって、日本で最初の歌を詠んだのがスサノオだというのも当然のことです。物に名前が付き、しかもそれが安定しているというのであれば、それはスサノオが暴れないでいてくれているという証なのです。「勝ちさび」の暴走などは、このことにくらべたら物の数ではありません。スサノオは平和的な神であって乱暴な神ではない、それどころかむしろ全く逆に象徴的な再生産の守護神なのです。だからこそはじめから海の「水」を選ばずに「堅州」を選んでいるのです。さらに言えばスサノオは放浪する神ですらない、意外にももっとずっと堅実な神なのです。結果的に放浪するのは単にアマテラスのせいなのですが、アマテラスがスサノオに揺さぶりを掛けるのは、成果物を横取りするためですね。まずは男の子を奪いました、次にはオオクニヌシが作った国を奪います。国譲り神話です。

敢えて分かり易くするために単純化して見てみましょう。スサノオ＝オオクニヌシの側は、よく詩を作り、よく誘惑し、よく産みます。アマテラスはそれを計略や脅迫によって奪います。『古事記』の神話は現にこのような構造になっています。アマテラスには言葉を紡いだり国をつくりだす力は全くと言っていいほどありません。ではなぜ、スサノオやオオクニヌシは自分たちが作ったものをあっさりとアマテラスにあげてしまうのでしょうか？　国譲り神話でも目につくのは、オオクニヌシが苦労して立ち上げた出雲の国にさして執着する様子を見せていないという点です。国を譲る代わりにオオクニヌシが要求するのが、出雲大社です。

ここでひとつ必要な視点を導入したいと思います。それは記紀神話がそもそもどういった意味で神話と呼べるのかという問題にもかかわってきます。私はここまで特に断ることもなく、すべてを象徴的な次元でのみ読んできました。しかし記紀神話に対しては多かれ少なかれ歴史的事実を基にしたフィクションであって、氏族間の闘争が天皇家の勝利に決着する過程の物語だと捉えることも当然できますし、プロの歴史家から古代の謎に挑戦する知の冒険者たちまでむしろそうした視点を取ることが一般的かも知れません。記紀神話を日本人の心性を規定する象徴的な次元で読み解いたのは、河合隼雄氏の中空構造の理論などが有名ですが、逆に言えばその分野ではそれ以外ほとんど納得できるものにお目にかかったためしがないのです。記紀神話に氏族間の闘争を投影する見方を、まずは氏族＝氏神的な視点と名付けてみましょう。

国譲り神話を氏族＝氏神的な視点で読み解くと、いや、別にオオクニヌシは譲りたくて譲ったのではない、ということになります。本当はすごく抵抗して制圧されたに違いないのだが、そもそも記紀神話は勝者の視点で書かれているから、敗者の側からあっさり差し出したという話に成り替わっているのだ、という見解になります。その流れで、なぜ出雲大社があれほど重要な神社なのかという問いに対する答えは、祟りが怖いから、という話になるのです。何がしかの出雲国が存在し、それはとても強力で大和朝廷との主導権争いも激しかった、だから他の神々よりも一回り大きい怨念がこもっているのだという考えです。どうでしょう？　元々は確かにそのような理由で重要視されたのかもしれません。しかし風土記に見る出雲の国はすでに律令制に組み込まれたさほど栄えているとも言えない一地方で、不穏な動きもありません。たとえその昔大きく二つの国が統合されて国が生まれたのだとしても、氏族＝氏神的な視点から見たら『古事記』編纂の当時力を持っていた氏族の氏神の方に重要度としては力点が移っていてもおかしくないのではないでしょうか。それでも出雲大社はずっと大々的に祀られていますし、現在でも一に伊勢神宮、次に出雲大社という序列は変わりません。

私はこう考えています。もし歴史の彼方に、国つ神が稲作農耕民である天つ神に征服されるという歴史があったとしても、そしてその歴史が神話を通じて記紀神話に影を落としているというのは当然だとしても、『古事記』というのはすでに純粋に宗教的なテキストであり神道のバイブルなのだと。ここでは神道の持つ宗教観がまずは重要であって、先程から述べてきたように、スサノオ＝オオクニヌシの側とアマテラスの側は分かち難く一体となって神話世界の象徴的「意味」を形成している。だから天つ神と国つ神、伊勢神宮と出雲大社がセットでなければ、そもそも世界観自体が成立しないのではないかと。

『古事記』と『日本書紀』の違いは言説の形式に求めるべきではなく、もっと別な、それを当時の人がいかなる概念で認識していたのかはさらに考える必要がありますが、現代で言うところの、『古事記』が宗教の本で、『日本書紀』が歴史書だという区別があったのでしょう。逆に言えば、『古事記』には確固たる宗教的な整合性があるのではないかという問いです。

『日本書紀』は様々な異説を容赦なく並べて提示してしまうことからも分かるように、神話的な整合性を取ろうとははじめから意図されていません。ですから『日本書紀』に対する異議申し立ては、自動的に『先代舊事本紀《せんだいくじほんぎ》』のようなまさに氏族＝氏神的な視点からのものになります。ウチのニギハヤヒの出番が少なすぎやしないか？　ということです。これはもう、学芸会で娘の台詞が少ないと怒鳴り込んでくる親御さんの論理と五十歩百歩の話になりますね。実際状況証拠から見てニギハヤヒはかなり編集で切られている、バッサリやられていると思われます。記紀以前の世界観ではよっぽど重要な神様だったのでしょう。ですからニギハヤヒは、これからも古代のミステリーやトンデモ本の恰好の材料となり、いつまでも人々の不安や象徴的な欠損を引き受け続けていくことになるでしょう。しかし記紀を読む限り、当時の人がそこまで陰謀論的な悪意があってやった編集とも思えない部分があるんですよね。『古事記』にとってはたまたま宗教的な構造を作るのに必要ではなかった。しかも『古事記』にはアジスキタカヒコネやタケミナカタのように、まさに氏族＝氏神的な配慮から挿入されたように見える神が居る一方で、ニギハヤヒに関しては逆にあっさりしすぎている、これはあるいはニギハヤヒが有名でありすぎたために説明を要しなかった可能性さえあります。『日本書紀』では分量的にはカットされているなりにも、空飛ぶ船で飛んで来たり、かなりカッコいい特異な神として描かれていますからね。記紀が成立した時代はちょうど物部氏から藤原氏に権力が移る最終段階で、物部氏としてもニギハヤヒが脇役に追いやられるのはある程度は覚悟していた、しかし蓋を開けてみると思った以上に出番が少ない、その恨みつらみが後の『先代舊事本紀』に繋がっていったのでしょう。

今原稿を書きながら私としても確信を深めつつあるのですが、やはり多神教というのは神学論争に向いていない。氏族＝氏神的な論争に引きずられてしまうからです。それもあって『日本書紀』ははじめから宗教的整合性を捨てて公にした、そして宗教的な核心である『古事記』は一種秘本のような扱いを受けたと考えてみるのも面白いのではないでしょうか。

国譲り神話に戻りましょう。オオクニヌシはせっかく作った出雲の国をかなりあっさりとアマテラスに譲り渡してしまう。そしてアマテラスは奪うばかりで産むことのできない神です。これを象徴的な次元で見ると、実は産むこと自体がもうここで終わりなのです。話が次のステップに移ります。この一歩の踏み出しが、感嘆を禁じ得ないほどの神道の巧妙さであり、「産まない」神話を駆使して土着の宗教を刈り取っていく仏教やキリスト教に対してさえ、神道が勝たないまでも負けることのない理由ですし、古代由来の多神教のまま近代化まで成し遂げて平然とした顔をしていられる理由でもあるのです。

「産まない」女性神というと、私たちはどこかでシャーマニズムの巫女や、神と結婚する齋宮のようなものをイメージしてしまいがちなのですが、それがまた話をややこしくしている。実際アマテラスを図像化して捉えるときには、卑弥呼と同じような絵柄になってしまいますよね。卑弥呼の方はヒのミコ、太陽の巫女なのですね。しかしアマテラスは太陽そのものであって、巫女ではないんです。このことはいくら強調してもし足りません。巫女が「産まない」のは神と婚姻関係を結ぶためで、それはつまるところいつかは何かを産むためですが、アマテラスには他の神と婚姻関係を結ぶつもりなどさらさらないですからね。そのためアマテラスには、巫女に頼る社会が持っているようなある種の脆弱性も全く見られません。「産む」ことをスサノオ＝オオクニヌシの側に任せて成果物を奪うのは、もっと本来的なアマテラスの性格なのであって、そういうものだからこそオオクニヌシが国を譲るのも自然な流れなのです。

オオクニヌシがあっさり国を譲るのは、実はスサノオ＝オオクニヌシの側もすでに手を打ってあるからなのです。問題は産むことではなく別の話に移っているのです。三輪の神、オオモノヌシの登場です。この神がスクナヒコナがいなくなって困っているオオクニヌシに、国を完成させるためには私を祀れと要求します。どうやって？　三輪山で。スクナヒコナが常世の国に帰って行ってしまったのは、現実的な創造にひとまず一区切りがついたことを示唆しています。三輪の神は、言うなれば、素材が出揃った後に現れる神で、この神が国つ神であるオオクニヌシのもとに、しかも国譲り神話の前に現れることに非常に大きな意味があります。国つ神は奈良盆地にすでに自分たちの最終形態である三輪の神を送り込んである、ですから国を譲ってしまってもそこまで失うものがなかったのです。そして神話としては三輪の神の娘とされているイスケヨリ姫が神武に嫁ぐことで、ひとまず大きな円環が閉じることになります。

三輪の神がどうしてそこまで重要なのかというと、三輪の神は唯一アマテラスが勝てない神だからです。スサノオやオオクニヌシのときのように罠にかけて足元をすくうことができないのです。三輪の神は他の神にもまして誘惑する神ですが、その誘惑の目的は子供を儲けることでも政略結婚で勢力範囲を広げることでもありません。三輪の神は、蛇のくせに人間の女性に承認されたいという不可能な課題に、誰に頼まれるわけでもなく取り組んでいる奇特な神だからです。

普通神が人間の子供を得たいと思ったらどうするでしょうか？　一般的なものとしては稲妻や光線となって直接子宮を射抜くという方法がありますが、これは単なるレイプですね。天使ガブリエルがやって来てあなたは神の子を身ごもりましたよと告げる、これも大分ソフトにはなっていますが、一種のレイプです。自分が蛇である場合には通常正体を隠して婚姻関係を結びますが、まあこれも所詮は結婚詐欺なのです。蛇が、ワニが、鶴が、狐が正体を隠して結婚詐欺を働いているケースは枚挙にいとまがありませんが、三輪の神の場合、たとえ正体を偽っていたとしてもその正体が極端にばれ易いのです。だって聞かれたら答えてしまうのですから。三輪の神の女性に対するマメさという側面はもっと注目されるべきで、三輪の神は女性を誘惑するときに手順を踏もうとしますし、振られたらすねます。そうなんです、三輪の神もアマテラスと同様すねる神なのです。

もし三輪の神が隠れて子供を作ろうとしている、子孫を増やそうとしている、権力を奪還しようとしているということでしたら、アマテラスの政治感覚のアンテナが即座に反応し先手を打って邪魔することができるのですが、単に誘惑のための誘惑をしているということになると、アマテラスにはどうしてよいのかが分からなくなってしまうのです。アマテラスは自分には敵わない強い相手が近くにいることがそもそも我慢できません、「なんか、ウザい…」となってしまいます。そうしてついにアマテラス自身が放浪させられるはめになるのです。

天橋立なんかには一見定住しても良さそうです。風光明美で優雅な場所ですからね。しかし出雲王国なき今、辺鄙な地であることは否めません。さらなる放浪の果てに現在の伊勢神宮に落ち着きます。こうして、象徴的創造と再生産をつかさどる出雲、象徴を無化するほどの光の権力を持った伊勢、象徴的には常に横滑りを起こしながらトリックスターのように光の権力から逃げ続ける三輪という、不可思議な神道の三権分立が完成するのです。

と、同時にこれで終わりです。あとはここから派生するバリエーションにすぎません。なんとも奇妙な宗教です。先日神道の神主になったヨーロッパ人（それがすでに奇妙ですが）のインタビュー記事を読んでいたら、神道は宗教ではなく日本人が伝統的に作り上げてきた生活の作法だ、というようなことを言っていました。日本人の中にもそもそも「宗教」という概念が西洋由来のもので、神道に当てはめるのは適切ではないと考えている人も多いですよね。しかし皮肉にも神道は、日本人が宗教とは何かということを考えたときに限って決まって表面に浮かび上がってくるというのも厳然たる事実なのです。キリスト教は「あなたは神を信じますか？」と聞いてくるので、「はい」と答えると、「じゃあこうしなさい」と言われます。仏教のお寺に行って信仰の有無を確認されることはありませんが、こちらから「出家したいんですけどどうしたらいいですか？」と聞けば、「じゃあこうしなさい」と言われます。神道にはここから先が帰依することだという線引きがありません、日本人として産まれた瞬間強制的に加入させられています。それはつまり産まれただけで「じゃあこうしなさい」と言われているようなものなのです。神道を信じない自由はないのかですって？ 残念ながらないと思いますよ。いくら自分は神なんか信じないといって初詣にすら行かなくても、自分の子供を七五三に連れていかないかと言えばちょっと悩むでしょう？ 親が連れていかなければ子供が自ら七五三を祝うということはないですからね。昨年天皇陛下のお言葉が放送された時も、世論の支持率は九〇パーセントを超えていました。事態は明白で、神道はいまだ磐石なのです。

ここまで見てきた神代の神話は、日本という国のかなり特殊な状況をしっかり反映していると思います。現実のレベルで見るとそれは、日本が普遍性を放棄する代わりにアマテラスという強力な防御システムを導入した、その過程で海が犠牲にされたという物語になっていると思われます。島国であるにもかかわらず、都が内陸にある一種壮大な引きこもりの国家、外部からの情報はどんどん受け入れるがそれを換骨奪胎することにかけては滅法強い、そんな見慣れた日本の誕生です。海は去勢されているので誰にでも通行可能なのですが、それだと攻められかねないので神風が吹きます。神風を担当しているのはもちろんスサノオです。海の支配は嫌だと言ったのに、宗像三神を押し付けられてしまったために、持ち前の面倒見の良さで日本海の面倒も見ているのです。しかし気を付けなければならないのは、神風は日本が攻められた時も吹いて守ってくれますが、日本人が外に出ようとしたときにも吹いて邪魔をします。これもまたスサノオが海を選択しなかったことの間接的な帰結なのです。神功皇后が三韓征伐の託宣を受けたときに出てきた神様は住吉三神、海外を攻めるときには去勢されていない男性の海洋神の助けが必要だと見做されたのです。ところがここでも宗像三神を擁するスサノオサイドは慌てて止めに入っているのです。三輪の神が祟ってきたので、神功皇后は北九州に三輪の神を呼んで祀り鎮めてから出征しています。

『古事記』は神話という面からみたらほとんど寄せ集めの、恐らくはすでに完全に芸能化したものだと思われます。しかしながら極めてアバンギャルドな形で、構造のみによって真理を伝えている驚くべきほどに立体的なテキストです。それこそがアイデンティティを探す日本人が際限なく魅了され、のめり込み、いつまでも耳を傾け続ける理由なのに違いありません。

# 原理への憧れ

河合隼雄氏の指摘する通り、日本人の精神構造には「空虚な中心」を持つという特徴が備わっていると考えて、まず間違いないのではないかと思われます。問題は「空虚な中心」とは何なのかということになるのですが、中心は在るのです。中心がそもそも無いのと、中心が在ってそれが空虚であるのとは、質的に異なります。天地の隔たりがあると言ってもいい。中心がない思想といえば例えば仏教が挙げられるでしょう。仏教では中心が在る状態から中心が無い状態に移行することにひとつの眼目がおかれている。胎蔵界曼荼羅が中心のある状態です。これは人間の実体的在り方を示唆しています。中心が在り、そのすぐ横に父や母が座り込んでいたり、ひょんなことから子供を身籠ったりする、そんな世界です。悟りにはまだ遠くとも、悟りに必要な要素や部品がそこここに散りばめられて存在している。一方で悟りを開いた後は世界は金剛界曼荼羅に描かれているような幾何学的構造を取ることになります。中心が無いというか、小さな中心が複数、そして恐らくは無数に、オアシスに建てられた集合住宅のように密集し、それぞれが相互に炭素結合して金剛＝ダイアモンドに匹敵する強固な結晶と化しています。電子顕微鏡で実際に原子配列をこの目で眺めることができるようになると、仏教の思想が正確なものであったことが科学的にも証明されました。一神教のように中心が在るもの、仏教のように無いもの、神道のように中心は在るのだが空虚なもの、こうした差異が現実に人々の精神的な様相にいかなる現れ方をするのかを追いつめるのは、一筋縄ではいかない課題です。それというのも、キリスト教にしろ仏教にしろ永い年月をかけて幾人もの俊英が神学論争を繰り広げてきたことで、いわばこの程度の表層的な相違などはいかようにでも解釈し直せるように論理武装がほどこされているからです。神道にしても歴史的に見てテキスト化されることが圧倒的に少なかったとはいえ、これはこれで神社や日常的所作の総体としていくらでもその象徴化と研磨を、その脱皮と調整を施すことができる。結果として神道の持つ象徴的な構造はそれなりに（というよりかなり高度に）複雑化していますからそうそう一筋縄ではいかないですし、結局は空虚な中心という沼地に足を取られる以外にはないのです。そういえば最近映画にもなって話題になった遠藤周作の『沈黙』では、何度も日本のことを、思想の根を腐らせる泥沼だと表現していますね。

大体にしてからが、日本は八百万の神の多神教であるといってユダヤキリスト教的な一神教と対置させるお決まりの論法がすでに怪しい。こうした俗論は純粋に間違ってはいないまでもやはりおおざっぱすぎて、核心を丸ごと言い落してしまいます。もちろん神道は古代宗教のアニミズム的な世界観から発展してきたものですが、『古事記』において完成した時点ではほとんど別物になって上書きされていると見た方が良いでしょう。縄文時代に勝手にあらゆるものに住み着き、宿っていた神々は、アマテラスが「なんだか騒々しいわね」といって自らの威光の前に沈黙させてしまいます。記紀神話に出てくる八百万の神々は、本来的にあらかじめそこに居たものではなく、世界を構成するために系統立って順次産み出されてきた神なのです。海から国土が生まれ、風、山、鉱物が生まれ、火が武器が、家や川や水路が生まれます。あらゆるものに神が宿るなどと言ってみても、それらの神の来歴によって意味はかなり異なったものとなり得るのです。一神教にしたところで、すべては神が創造したものであらゆるものには神の栄光が宿っているのですから、本当にこれらが質的に違うものだなどと言い切れるでしょうか？　むしろ神道は多神教の中では極めて一神教的な多神教なのではないかとすら思われるのです。何といってもアマテラスが強すぎるからです。同じような多神教でもギリシャ神話では、中心的な神であるゼウスは嫉妬深い妻に悩まされることもありますし、代々父の去勢によって権力を手に入れているので同じように自分が去勢される不安もある。しかし記紀神話では性器損傷で死ぬのは女性ですし、これは物語の語りにおいては単なるセックスの暗喩で、観客の古代人たちにとっての爆笑ネタにすぎなかった可能性が高い。むしろ処女膜の問題なのです。そう考えると、はじめからセックスをする気すらないアマテラスはほとんど勝ち続けなんですね。過去にも未来にも敵がいない状況で、これこそまさに一神教的ではないかとすら思ってしまいます。少なくとも中心のある宗教ではありますね。

あとよく言われることに、一神教は不寛容で多神教は包容力がある、というものがあります。一神教では中心的な原理がぶつかり合うのですからそれはそういう面はあるでしょう。しかし日本が宗教の多様性に寛容なのは、これは明らかに多神教であることが理由なのではありません。中心を空虚にしておいてそこに原理を打ち立てさせても、最終的にアマテラスの非・存在によって根腐れさせることができるので心配いらないのです。別に寛容なのではなく、アマテラスが強すぎるために余裕があるのです。変な話ですよね。

日本人が宗教的に節操がないように見えるので、日本人は宗教に対してナイーブであるとか、あるいは白川静博士が言っているように日本人は宗教を卒業した国民なのだとか、とりあえず日常的に自らを律する原理としてはコモンセンスを重んじることから、ルース・ベネディクトのようにそれが恥の文化だと見えることもあるでしょうし、まあこれは色々と言われているのですが、日本人が国土から離れて海外に移住したり仕事をしているときに、そうそう現地の宗教に安易に染まって心の支えを求めるといったこともありませんし、比較的独りでもちゃんと自らを信じて立っていられる、現地の宗教に帰依するときでも郷に入りてはの精神で深い理解を示したりすることを考えれば、やはり宗教的にナイーブだと考えるのは当たらないでしょう。ここに、普段日本に居るときにはかなり無意識的なもの、あまりに無意識的でそれが独立した宗教だということを忘れてすらいる神道の果たしている役割の大きさが再認識されるのですが、私自身歳とともに神道のシステムの狡猾さにはますます驚かされているのが実状です。

アマテラスは存在するものを何ひとつ自ら創造することができません。そうした意味では一神教的な原理とはかけ離れています。彼女はすでに創られているものを奪ったり統治したりすることで最高神として君臨します。そして非・存在の力によって空虚な中心に原理を打ち立てさせてはそれを横目で見ていて都合の良い時に破棄してしまいます。こうした空虚な中心は日本人の心性にあらかじめ備わっていたものが、神話になったのでしょうか？　それとも神話が日本人の心性に空虚な中心をもたらしているのでしょうか？　鶏と卵のような話で結論に辿り着くのは容易ではないとしても、ここにひとつ見過ごせない事実があります。それは『古事記』がまさに空虚な中心が生成される過程の物語になっていること、つまり元々空虚でなかった中心が空虚になるストーリーを持ち合わせていることなのです。『古事記』は中心を「捨てる」ことからはじまります。

そこに居てもおかしくはなかったもの、中心たり得る存在であったのは、男性の太陽神であるところのヒルコです。イザナギ・イザナミはヒルコを不具の子として海に流してしまいます。代わりにかなり抽象化された最高原理であるアメノミナカヌシがまるで取って付けたように据えられるのですが、これは物語の流れ的にも後から屋上に屋を架す体で架上されたように見える。この辺の事情は概ね河合隼雄氏がかなり分かりやすく整理してくれているのですが、それ以前にも独力で、その意味する所の恐るべき広がりまでを含めてという点から見たら最初に、この事実に気付いたのは滝沢馬琴でしょう。馬琴はより道教的な見方をしていますので、ヒルコは太陽神であるというより、北極星であると捉えるのですが、ヒルコがそもそもの最高神であるということが持つ帰結がとてつもなく大きな問題に繫がっていることを理解する。そうして『南総里見八犬伝』を日本的な一神教を練り上げそのバイブルにするという明確な企図のもとに書き上げるのです。日本ならではの強迫神経症というものがあるとして、そこから離脱したのは馬琴しか居ないのだと言ってもよいかもしれない。そもそもいくらフロイトをこねくり回しても、日本人の精神構造にはどこかそぐわないものが残るのですが、それが何かを言い当てることに成功した人は今のところいません。阿闍世コンプレックスというのもチャレンジングではありますが、丁寧に見ていくとやっぱりフロイトの焼き直しでしかないですしね。しかし空虚な中心に原理を打ち立てたいと考える強迫神経症は何がしかの形で日本人は持っている。あまりに壮大な企てになるので大抵の場合は手近などうでもいい原理で代用しているにすぎません。

ヒルコは流された後どうなったのでしょう。いまだに太平洋を漂っているというのであればむしろ物語としてはまだ理解しやすいのかも知れませんが、実際には案外近場に居るのです。瀬戸内海や日本海沿岸の各所にヒルコ漂着伝説が残っているようですが、本筋としてはシイネツヒコという瀬戸内海の豪族がうっかり拾ってしまった可能性が高い。シイネツヒコはヒルコを西宮に祀り、これが後の西宮戎になります。イザナギ・イザナミの国生み神話が淡路島辺りを舞台にしていると考えると、かなり近いですね。この現在人口五十万人弱の西宮市というのは、どういう訳か中心原理の残滓がわだかまる土地であるらしい。それが何故なのかは申し訳ありませんが不勉強で分かりません、あるいは海流の関係かも知れません。西宮戎から北に向かうと、廣田神社があります。古代には今よりもずっと海が陸地に貫入していて、湾の最奥に当たる地に海を望んで立っていた神社です。この廣田神社の祭神がアマテラスの荒魂《あらみたま》だというのです。アマテラスの荒魂というもの自体が、空虚な中心を埋めようとする特異な磁力によってアマテラスから引き出されたものだと考えられるのですが、この神様は大変いかつい名前をしています。「撞賢木厳之御魂天疎向津媛命（ツキサカキイツノミタマアマサカルムカツヒメノミコト）」と言います。何だかよく分かりませんが、極めて向こうっ気の強い女神だという想像は付きます。ムカツヒメだけにしょっちゅう「なにあれ？　ムカつくぅ！」とか言ってそうですね。では実際この女神がどれくらい強力な神様なのかというと、これがよく分からないのです。そもそもアマテラスの「戦闘力」がどれほどのものなのかが、全くもって「未詳」なのです。彼女の「政治力」は高い、これはもう世界トップクラスだと見てまず間違いはないのですが、アマテラスが自分で戦うということがないために果たしてどれくらい強いのかは想像に任せる他ありません。スサノオが高天原に昇って来た時もアマテラスは鎧を着込んで身構えますが、結局は策略で足をすくってしまいますしね。そんなアマテラスの荒魂であるムカツヒメも、何かしら底知れぬ力を秘めていそうではあるのですが、こちらはもうどこにすっぽ抜けるか分からない弾道ミサイルみたいなもので、現に味方に当たったりして危なっかしいために、廣田神社に祀り鎮めてあるのです。それでもまだ何かしでかしそうで怖い、そこでお目付け役として男性の海洋神である住吉三神が一緒に祀られています。

空虚な中心には常に何かが滑り込んでいるのですが、日本の歴史と時代ごとの特性も、空虚な中心がどれくらい空虚なのか、つまりは空虚な中心を台風の目とする気圧差をパラメーターとして見渡すことができます。そうなのです、これは他でもない「神風」の話なのです。中心の気圧をヘクトパスカルで測る以上それだけで優にパスカル百人分くらいの威力は持ち合わせているのですが、気圧がさらに低くて猛烈に神風が吹くときもあればそれほどでもないときもあります。何がしかの形で、神風は常に吹いています。神風は外敵から日本を護るためにも吹きますが、日本人が外に出て行こうとしても吹いて邪魔をします。元々空虚な中心というシステムが日本を孤立状態に置いたまま自国内で発展維持させるためのものなのですから当然といえば当然なのです。例えば織田信長とその弟子の豊臣秀吉は外へと出て行きたい性格です。一方明智光秀や千利休は伝統的な内向き志向です。ここで、明智光秀が織田信長を殺してしまうのが、神風の効果です。よく歴史上の武家が何故天皇制を廃さなかったのかなどと議論されますが、信長の場合は仮に十分以上に力を持ったとしたら天皇制を廃してもおかしくはなかったと思いますよ。そしてその可能性がわずかながらであっても潜在的に存在するというだけで、明智光秀の背中を押す理由たり得るのです。秀吉があんなに仲の良かった利休を殺してしまうのも、結局のところ外向きか内向きかで折り合えないためですが、信長の遺志を継ぐために無理をして出征した秀吉もそれはそれで散々な目に遭います。神風に逆らって進むのは並大抵のことではないのです。

神風のことを考えるときもうひとつ重要なのが、同じ神風でも日本海側と太平洋側で何か本質的な違いがあるのではないかということです。私の考えでは日本海側はスサノオが、太平洋側はアマテラスが神風を担当していることから来る違いだと思うのですが、これについてはちょっと現時点でははっきりとは断言できません。もう少し検証してみる必要がありますが、恐らくはそうなっているだろうという気はします。このせいで、太平洋側は話がややこしくなるのです。アマテラスにしろムカツヒメにしろ彼女たちに実際の実務的な行為を担わせると、ろくなことにはならないですからね。太平洋側は非・存在そのものなので、太平洋側に吹く風を自在に乗りこなして逆行までするのは鎮西八郎源為朝くらいのもので、為朝はそもそも女性というものに全くといっていいほど価値を置かないのでアマテラスにも対抗できる稀な例となります。『南総里見八犬伝』もそうですね。これはやはり南総が舞台でなければならない。安房は阿波忌部《あわいんべ》氏が入植したために安房となったらしいですが、忌部氏はアマテラス直属の神官ですし、日本的な一神教はどうしたって非・存在の泡から立ち上がってくる他ないのです。太平洋側はそうした意味でも不安定な急所となっていて、ペリーに太平洋側から突っ込まれた時点で日本のシステムはすでにかなり深いところで混乱をきたしていた、そこから神風特攻隊の悲劇までは一直線です。

物事が複雑になったり、ときとして複雑になりすぎると、まるでその間の隔絶、時の流れが無かったとでもいうかのように、古代の声が罠の正体を伝え私たちの姿を鏡に写しとって見せるのです。原理がない状態で進んでいるように見えても、やはりそのときそのときに中心に据えた原理をエンジンとしているのですから、見方によっては空虚な中心はとんでもない吸血システムにもなり得ます。原理が人の姿をまとって使い捨てられるという話なのですから。本来の意味での外部が無いときにはまだ被害は少ないですし、元々太平洋と巨大な中国に挟まれて身動きが取れない中で発達したシステムなので、アマテラス専守防衛システムとでも名付けるべき状況になっているのですが、飛行機とインターネットの時代になって矛盾をきたしているのもまた事実なのです。今まで見向きもしなかったくせに最近になって一般の外国人観光客が押し寄せてきているのも、黄金の国ジパングがついに鎖国を解くかもしれないという徴候を目ざとく嗅ぎ取ってのことだと思いますよ。それと同時に世界全体が地球という球体に閉じ込められてフロンティアを見失ってしまったとなると、日本が生き残っているという事実それ自体から参考にできることも多いでしょうしね。そこに期を同じくして日本人の人口が急激に減っているので、これから外国人労働者や移民が増えていったら、少なくとも千三百年は続いてきたこのシステムも案外あっさりと崩壊するかも知れません。

神道は普段は押し黙っているのですが、この種の危機に際しては「あわてる」という傾向があり、これは『古事記』の中でアマテラスがしょっちゅうパニックに陥っていることからも分かるように神道のシステムに元から組み込まれている本質です。例えば十三世紀にもより規模は小さいですが似たようなことがありまして、この時、それまで辺境にすぎなかった関東勢が日本人に組み込まれるに当たって、人気があるとはいえあくまで外来のお客様だった仏教が一気に日本化されます。鎌倉仏教の興隆です。すると神道の側もあわてて自らが原理のくさびを中心に打ち込もうとするのですが、これなどはかなり暢気《のんき》なものでして、アメノミナカヌシやクニトコタチといった、なんとなく原理を担っていそうな男性神を、なんとなく原理を担っていそうだという理由だけで、なんでもかんでも入れ込んで伊勢の外宮《げくう》に祀られていることにしてしまうのです。こうすると伊勢神宮は男性神と女性神のセットになって、世俗向きには一見おさまりが良いように見えるかもしれませんが、『古事記』の持つ緊密な宗教的構造から見ると冒瀆的なまでの後退にすぎません。はっきり言って何の正当性もありませんからね。当然のことながら後で本居宣長にこっぴどく叱られます。ちなみに伊勢の外宮には穀物神が祀ってあって、そうすることで太陽神から原初の穀物神的性格を分離しているのだという田中卓博士の説が圧倒的に説得力があると思われます。こうした操作が、極めて抽象化された太陽神、しかも女性というアマテラスの完成には必要になってくる。しなやかで堅牢な空虚な中心を作動させるという意味でもなくてはならないものなのです。ちゃんとした研究者の中にも、いまだにアマテラスは太陽神だから農業神的な性格を持つと考えている人がいるのには驚きます。アマテラスは農業なんかしませんよ、どこまで行っても政治家です。

色々と問題はあるとはいえ、この時はそれでも日本人の内部の話ですし天皇制は承久の乱によって完全に象徴天皇制に移行し、むしろより強固に完成されたものとなりました。神道が「あわてて」しまったことで致命的な間違いを犯してしまったのが明治維新です。この時行われた短絡的な操作はほとんど言い訳が不可能なまでに錯誤に満ちた神道の曲解です。宣長が生きていたら怒り狂って手が付けられなかったことでしょう。西洋はペリーとともに忽然と現れたのではなく、江戸期を通じて文学者、芸術家、思想家たちがもうすでに十二分に西洋的な一神教との対決を、極めて高い精度でシミュレートしていました。文化文政期までには、開国後に日本の歩む道がほとんど明白に示されているのではないかと思わせるようなレベルにまで達しています。それらを見事にご破算にして、国家神道という形で、神道のルールにおいてはもっともやってはいけない最悪の操作が加えられます。空虚な中心に天皇そのものを据えてしまったのです。先程から繰り返し述べてきたように、空虚な中心に据えられた原理は、アマテラスの習性に従って適度な時期に役割を終えて破棄されてしまいます。天皇はそれ自体が原理を背負うようにはできていません。あくまでシャーマンです。にもかかわらず天皇を中心に据えてしまっては、本来天皇と相補的な関係にあるアマテラスが天皇を棄却しようとしてしまうという、どこからどうやっても救いがないような決定的な齟齬が生じてしまいます。これは天皇を神輿に担いでその下で薩長や軍部が好き勝手に無責任にやるためなのだ、などというような現世的な解釈は吹き飛んでしまうほどの、超越的な次元における壊乱をもたらすものなのです。明治の希望がわずかな時間で重苦しい空気に覆われ、昭和初期のいかんともしがたい閉塞感に繋がっていったのも、神道の基本的なルールを無視したことによる神々の沈黙が原因です。アマテラスは、もしかしたらまたも不貞腐れて岩屋に引き籠っていたのかも知れません。

神道は、誰を取っても人間らしい欠点を持ったしょうもない神々が、それぞれに生き生きと飛び回っていてくれない限り、死んでしまいます。全国の子供たちを修学旅行と称して次々と伊勢に送り込み、皇大神宮で直立不動で参拝させたなどという話を聞くと、アマテラスという神に対するあまりの無理解さに気が遠くなります。まあ、控えめに言ってもアマテラスは子供が嫌いでしょうしね。自分のテリトリーに土足で入られるのは嫌ですからまたも「ああ、うるさいうるさい」と言って仕返しに何をしでかすか分かったものではありません。アマテラスは、そっとしておくのが良いのです。その上で三輪のオオモノヌシがせっせと女を口説いているのを見て見ぬ振りさえしてあげれば、あとは病的なまでに面倒見の良いスサノオがどうにかしてくれる、それが神道のシステムです。となると、結局我々言葉を扱う者たちが神道について語るしかない。そう私もまた、言葉の神であるスサノオの子供なのだと思います。天皇を現人神《あらひとがみ》だと言い張るような間違いを二度と犯さないためにもね。現人神は葛城のヒトコトヌシであって、その前には天皇その人もひれ伏しているではないですか。では天皇を神だと定義したある意味たった一人の人物は誰でしょう？　そう柿本人麻呂です。他の人が言挙げしないから、私が言挙げするんだと言い切った人麻呂です。人麻呂の口から放たれた言葉はおべっかでも社交辞令でもない、人麻呂ほど誰に対しても手心を加えない、またその必要すらない人物はいません。人麻呂が天皇にあなたは神だと言い放ったとき、その言葉は、あなたが神になりなさいという脅迫すれすれの、神々の隙間から響いた歴然たる命令形の、喉元に突き付けられた匕首《あいくち》だったのです。ここにもうひとつの歴史がはじまるのですが、その話はまたの機会にしましょう。

# ファミリー・プロット——鳩摩羅什伝

このように鳩摩羅什は意訳派であるため、一般の中国人にはわかりにくい原語の音訳を用いたり、愚直に直訳したりする傾向は少ないと一般に思われがちであるが、じつはそうでもない。ここが羅什訳の面白いところでもあり、彼の訳には達意の意訳をする面とともに、原語を音訳にとどめる面や原文の語順を反映した訳を行う面もある。翻訳の長所も短所も翻訳の限界もわきまえた、史上稀にみる偉大な漢訳者ならではのこだわりとも言える。

——船山徹『仏典はどう漢訳されたのか』

鳩摩羅什《くまらじゅう》ことクマーラジーヴァは四世紀半ば、タクラマカン砂漠の北、天山山脈の南にある亀茲《きじ》国に生を受けた。言語はトカラ語、文字は斜体グプタ文字、シルクロード天山南路の中継地点クチャを首都とする、典型的なオアシス国家である。鳩摩羅什の生きた時代から二百年の後、仏典漢訳史上のもう一人の巨頭、玄奘三蔵がこの国を通って西へ、経典の原典を求めてインドへと向かった。玄奘三蔵の弟子である弁機が編纂した『大唐西域記』で、亀茲国というところがどんな場所だったのかを見てみよう。

「管弦伎楽は特に諸国に名高い。」

そう、何よりもまず、亀茲は音楽とダンスの都なのだ。四世紀から現在に至るまで、ことこれに関してはは何ひとつ変わっていないし、鳩摩羅什を語るにあたってはどうしても押さえておかなければならない点である。

「きよらかにたのしみつとめ、人々は功徳を積むことを競っている。」

『大唐西域記』には、中央アジアからインドまで夥《おびただ》しい数の大小国家が記述されているが、功徳を積むことを「競っている」と記述されているのは亀茲国だけである。

また、こんな逸話も見逃してはならない。

ある時亀茲国の王がインドへ巡礼の旅に出ることを思い立ち、実の弟に留守中の差配をしてくれるよう頼んだ。嫌な予感がした弟はひそかに自分の男根を切り取り、金の箱に入れて兄王に渡した。「何だこれは?」、「帰国するまで開けないでください。」

王が帰国すると案の定王に讒言する者が現れた。「弟さん、王さまがいらっしゃらない間に後宮でブイブイいわせてたみたいなんですが…」、「なにいっ！」

王は弟を捕えて処刑しようとしたが、弟に言われて金の箱を開けてみると、そこには干からびて黒く変色した男根が入っていた。「こんなこともあろうかと予め切っておいたのです」。兄王と弟の絆はますます深まったのだった。

そんなある日弟が郊外を歩いていると、五百頭の牛を連れた男に出会った。聞けば男はこの牛たちを去勢しに行くところだという。自らの運命に重ね合わせて憐れみをおぼえた弟は、五百頭すべての牛を金で贖《あがな》い、去勢される運命から救ってやった。するとその功徳で弟の男根は徐々に再生し、終には元通りになったのだった。

これらの証言を綜合してみると、亀茲国という国はまるで夢のようなことが狙いすましたように次々と起こる場所だったようである。

そんな夢の中に鳩摩羅什は生まれ落ち、その生涯を夢の中に生き抜いた。そう考えてこそ、普通ならば悪夢の中でしか体験しないような特殊な苦しみや、饒舌さがもたらす法外な虚無という飼い殺しの状態にあってもなお正気を保ち続け、後に未曾有の大事業を成し遂げることができたというのも頷けよう。またそう考えてこそ論理そのものの似姿であるようなオアシス国家の白昼の揺るぎなさと、湿った夜の豊潤さである中国語の審級を繋ぎあわせ、誰もがため息をつくような見事な翻訳を産み出すこともできたのだ。

まずは鳩摩羅什の両親の物語から見てみよう。

父親は鳩摩羅炎ことクマーラヤーナというインド系の人物で、代々亀茲国の宰相を務める家柄に属していた。鳩摩羅炎の父、鳩摩羅什の祖父に当たるダッタという人物は、国中に名を馳せた名宰相だったのだが、いざダッタが息子に職を譲ろうとすると鳩摩羅炎は宰相になるのを拒み、出家してインドに修行に行ってしまうのである。亀茲国は決して大国ではないから、こうして有能な人材が政治から身を引いてしまうのは結構な痛手だと思うのだが、亀茲国の王は何とも大らかというか、世俗の栄光を擲《なげう》つなんてなんと高貴な人柄だろうと鳩摩羅炎を尊敬してしまう。そんな男たちを見て、「まったく、おめでたいわね！」と思ったかどうかは知らないが、国王の妹であるジーヴァが動いた。彼女は「頭がよくて聡明鋭敏、一度目にしたことは必ずやりこなし、一度耳にしたことは暗誦する」ほどの才女だったが、それまで他国の王から散々求婚されても首を縦に振らなかったのに、インドから帰ってきた鳩摩羅炎を一目見るなりこの男だと決めてかかって、押しかけ女房同然に結婚してしまう。鳩摩羅炎からしたら、折角出家しインドで修行までしてきて、いざこれから僧としてやっていこうという矢先に不犯戒《ふぼんかい》を破って妻帯者になってしまうという、まことに割り切れない状況に置かれてしまうのだが、相手が国王の妹であってはいたしかたないといったところであろうか。この二人の子供が、両親それぞれの名を取ってクマーラジーヴァと呼ばれる神童となるのである。

古代において教育ママと言えば、真っ先に思い浮かぶのは「孟母三遷」と四字熟語にまでなっている孟子の母親だろう。けれども鳩摩羅什の母親であるジーヴァがやっていることを見ると、孟子のお母さんなどはほとんどアマチュアに思えてきてしまう。恐らくこのジーヴァという女性こそ、古代世界最強のステージママであったと考えられるのである。

鳩摩羅什を懐妊したジーヴァは、早速高僧を訪ねて聴聞し、胎教に励む。そうこうしているうちに自分がサンスクリット語を覚えてしまう。鳩摩羅什が産まれると、今度はまず自らが出家すると言い出した。驚いた父親の鳩摩羅炎はそれはやめてくれと言って、何か代わりにジーヴァの生き甲斐になりそうなものはないかと考え、二人目の男の子、プシャヤジーヴァを授ける。残念なことにこの弟の方はそこまでジーヴァの興味を惹かなかったものらしい、数年の後彼女はやっぱり出家すると言って今度はハンガーストライキを決行し、まんまと髪を降ろして尼になってしまうのである。ほどなく物心のついた鳩摩羅什も出家させ、ジーヴァは鳩摩羅什を連れて仏教修行の遍歴の旅に出る。

元王家の一族だった尼僧とまだ年端もいかない神童というある意味最強の母子コンビは、中央アジアから西はカシミールまで、二人三脚で道場破りと開眼の日々を繰り返す。

父のファロスを母が横から鷲掴みにして奪い去り、そのまま息子に流用して息子を完璧な作品に仕立て上げる。この一見極めて精神分析的な一家を精神分析的な視点で眺めてしまったら、むしろこのファミリーの破茶目茶さが矮小化されてしまうことになるだろう。何といっても圧巻なのは、鳩摩羅什が二十歳になり、大乗の深奥を窮め、名声も高まって最早一人立ちできるようになったとき、母のジーヴァが取ったところの行動である。「あなたは東へ行きなさい。中国にはまだ仏教が広まっていない。それをするのはあなたの仕事です」、「分かりました」、「私はインドへ行って更に仏教を学びます」。なんだって？

事実ジーヴァは一人でインドへ赴き、最後には最高の悟りである阿羅漢果の一歩手前に当たる不還《ふげん》果《か》までを極めてしまうのである。母方の東、父方の西。息子は東へ、母は西へ。全くもって奇妙な、永遠の別離ではないだろうか。このステージママは息子の出演する舞台をもう観には行かない。舞台裏の闖入者にもならない。息子の稼ぎのおこぼれを期待したりもしない。息子の仕上がり具合に、一抹の不安もないのだ。そして、自分がインドで永遠に修行していることによって、これから先何があっても息子が仏教に背を向けることが不可能になるのだと知り抜いている。

父の鳩摩羅炎の心中を察するに、この時までには、ジーヴァの言動に対してただただ深いあきらめの境地に達していたことだろう。だって言うことを聞かないのだから、他にどうしようもないではないか。常に一人蚊帳の外におかれ、結局自分に残されたのは「不犯戒を犯した男」という不名誉な肩書だけだった。にもかかわらず——全く何という家族だろう——この「不犯戒を犯した男」という肩書こそが、その後鳩摩羅什が父親から受け継いだ最大の遺伝子となって行くのである。それは僥倖なのだろうか、呪いなのだろうか。無論どっちもだ。でも僕ら漢字文化圏の人間にとっては、この上ない僥倖だったと言うべきだろう。

ドラマティックでありながら、微塵も感動的なところがないということの家族の見かけには、性的な突起物が現れることがないというのに、過剰なまでに隅々まで性的なメッセージが充足している。その為運命に弄ばれることがあったとしても、同時に手綱を握っている、もしくは運命を紡いでいるという印象を与えることとなる。人類が背負う家族という呪いを、ギリシャ悲劇より明晰に、仏教よりも仏教らしく、精神分析の一歩先を行く形で、彼らは一編の音楽劇にしてしまうのだ。この家族を支配するものを、何と名付けよう。自主的な孤独への情熱とでも言うべきか。鳩摩羅炎一座。一座の一番の呼び物は？　神童の鳩摩羅什？　いややはり母親のジーヴァだろう。亀茲は音楽とダンスの都だから、何をおいてもはじめに女たちありきなのである。

ここにひとつの固有名詞が存在する。ナーガールジュナ。大乗仏教中観《ちゅうがん》派の始祖であり、アビダルマ論者の巨人、半ば伝説的な二世紀の人物を表している。この名前に相当する漢訳は、鳩摩羅什が「竜樹」、玄奘三蔵が「竜猛」、他に「竜勝」などが用いられる。「竜猛」や「竜勝」はいかにも中国語的で、換喩の位置エネルギーに沿って上から下へと自然落下してしまうような気がするのに対して、「竜樹」の豊かさはどうであろうか。「竜」という何物をも呑み込んでしまうシニフィアンに、「樹」がしっかりと対抗し、支え、はじき返している。この二つの漢字が並んでいるだけで、もう、ざわざわとした音楽が鳴りはじめている。音楽とは意味がぶつかり合って散らす火花なのだ。最近になって〝舌〟が付いたものが出土したために、やっぱり楽器だったのだとようやく判明した古代の銅鐸が奏でる鈍く澄み切った音なのかもしれないし、大樹の葉擦れの音を悉く拾って電気的に千倍にもアンプリファイアした音なのかもしれない。脳内で鳴りはじめた音楽にいくつものイメージと意味が覆い被さってくる。ナーガールジュナが仏教の中心地であるガンダーラやガンジス河流域よりも南インドで多くの時間を過ごしたことを思えば、どこまでも続くジャングルの樹海に浮かぶ離れ小島のような都城の幻影が聴こえてくるし、更には音訳の「那伽閼刺樹那《ナーガールジュナ》」の「樹」がもう一度回帰して意味を音に差し戻す。こうした単語ひとつ取ってみても、鳩摩羅什訳はこれほどまでに違うのだ。その証拠に僕たちは今でもナーガールジュナを「竜樹」と呼んでいるではないか。

この頃の中国は五胡十六国時代と呼ばれる、王朝が乱立し、短期間の間に栄枯盛衰を繰り返す戦国時代であった。それはまた、大きな鍋を掻き回すかのように、民族や文化の交配が一挙に進んだ時期でもあった。あくまで漢民族の色彩が強い儒教に対し、漢民族以外の民族を取り込んだ帝国を構想する為の原理としても、仏教の需要は静かに高まりつつあった。

前秦を打ち立てた符堅も西方周辺民族である氐《てい》族の出であった。符堅は自らも博学、学問を奨励し内政にも力を入れた、五胡十六国時代随一の賢君だったと言われる。この符堅が襄陽を攻めて、鳩摩羅什より一世代前の名僧釈道安を手に入れたとき、部下の権翼と交わした会話が伝わっている。

「私は十万の兵をもって襄陽を攻め取ったが、たった一人半を獲得しただけだ。」

「誰のことですか？」

「釈道安が一人、習鑿歯《さくし》が半人だ。」

釈道安の一番弟子である習鑿歯を半人と言ってしまうあたり、符堅の高僧に対する尊敬の念はいささか怪しい。王様なのだから仕方がないと言ってしまえばそれまでだが、その後の戦役での負けっぷりなどをみても、どうも自らの理想に酔ってしまう傾向が強い人物だったようにも見える。ともかく符堅は、仏教の高僧を傍《そば》に置いておくと何かと使えて重宝するということはよく分かっている。しかも釈道安が事あるごとに西域の鳩摩羅什という奴が凄いらしいと吹き込んでくるものだから、いつしか符堅も本気で鳩摩羅什が欲しくなってきてしまう。前秦が西域に兵を出したとき、ほとんどトップ・プライオリティだったのが、亀茲国の鳩摩羅什を招聘する（勿論実態は略取する）ことであった。

西域征討軍の総大将は、賢君の部下というには余りにがさつで武人気質の呂光という男であった。命令通り亀茲国を制圧した呂光は、目の前に引き出された鳩摩羅什を見て困惑してしまう。なんでウチの王様はこんな青瓢簞のような男を欲しがるのだろう？　理解できないものに出会ったときの軍人の反応というのは概ね決まっている、虐《いじ》めてみるのだ。仏教の僧というのは酒を飲まないらしいじゃないか、まあ飲んでみろ。鳩摩羅什は不飲酒戒《ふおんじゅかい》を犯してしまう。仏教の僧というのは女とヤらないらしいじゃないか、まあヤってみろ。そう言って呂光は鳩摩羅什を亀茲国王の娘と一緒に密室に閉じ籠めてしまう。ヤるまで出さないからな。仕方なく鳩摩羅什は不犯戒まで犯してしまう。これで親父さんと同じだな、と呂光は嫌なことを言う。それ以外にも鳩摩羅什を牛に乗せてみたり暴れ馬に乗せてみたりと散々おもちゃにした挙句、どうも常人とは違うということは理解したらしく、ようやく王のもとに連れていくことに決める。

敦煌まで来たとき、王の符堅が戦いに敗れて殺されたという一報が入る。呂光は姑臧《こぞう》（現在の甘粛省武威）を首都としてそのまま独立し、後涼という国を興してしまう。この姑臧で荒くれ者の呂光の元、鳩摩羅什は見事十五年の長きにわたって飼い殺しの憂き目を見ることとなるのである。

鳩摩羅什が時折繰り出す軍事的アドバイスが良く当たるので、呂光もそれなりには鳩摩羅什に一目置くようにはなったが、それ以上ではない。仏教の事は相変わらずよく分からないらしく、仏教を広めようなどとはさらさら考えていないようで、鳩摩羅什に寺のひとつ、学校のひとつも持たせてくれない。蟄居同然で独学に励むしかない。

ああ、不犯戒まで犯してしまった…　僧としてこれからって時に…　確かに呂光の言う通り、親父と同じだ…　どんな前世の因縁だというのだろう…　父親への借りを返したのだろうか…　それはそれで仕方ない、特に父親が母親にあれだけこてんぱんにされた場合には…　必ずしも悪いことじゃない…　不犯戒を犯したときに、取るべき道は二つだ…　ひとつはウジウジと思い悩むこと…　これは止めておこう…　もうひとつは竜樹菩薩に縋《すが》ること…　そう、一切は空《くう》だ…　不犯戒も空だし…　不犯戒を犯すことも空だ…　あの女だって空だ…　そう言えば母親の姪なんだよな…　微妙に近親相姦だったかもな…　ま、いっか、中に出したわけじゃないし…　いや、中とか外とか言ってる時点で五《ご》蘊《うん》に囚われているぞ…　一切は空なのだから…

鳩摩羅什の人となり。

「心情があくまですっきりとし、人なみはずれての自信家、臨機応変に物事を理解し、比肩し得る者はいなかった。生まれつき慈愛深くて、博愛に心がけ、己を虚しくして人々を善導し、終日倦むことがなかった。」

——慧皎『高僧伝』吉川忠夫・船山徹訳

ある現代の歴史書に、次のような記述があって、つい可笑しくなってしまった。

「クマーラジーヴァは、呂光の保護下に安穏に暮らすことができた。」

呂光の保護下？　安穏？　確かに、そんな見かたもできるのかもしれない。外は戦乱なのだ。この少し後にインドからやってきた僧、曇無讖《どんむしん》は北涼で重んじられ国師としての待遇を受けていたが、出国しようとした途端に暗殺されている。確かに、雌伏の状態は、鳩摩羅什が生き延びるためのギリギリのバランスの上に成り立っていたのかもしれない。今ここは最悪だが、他の場所はもっと悪いかもしれない。しかしこの自信家の天才にとって、姑臧で無為に朽ちていく我が身を見つめる日々が安穏であったとはとても思えない。何度抜け出そうと考えたことだろう。仏僧は身ひとつで漂泊するのが本分だ。その為に百万偈《げ》を暗誦しているのだから。母は、本気でこんな運命を背負わせるために私を東に向かわせたのだろうか？　西へ、行くべきだったのではないか？　聞いたところによると、後秦の姚萇《ようちょう》が何度も使いを寄こし、鳩摩羅什を開放して長安に寄こせと要求してくれているらしい。まだ私を見てくれている人が居るのだ。しかし呂光はうんと言わない。宝の持ち腐れのくせに、他人に渡すのは嫌なのだ。いつか解放されることがあるのだろうか。その時は、後涼が攻められる時なのかもしれない。だとしたら、いざその時になって、私が逆に後涼の国を守ってしまうなんてことにならない保証はあるのだろうか？

仏教には大きく分けて三種の経典があり、三蔵と呼ばれている。「経（スートラ）」はブッダ本人の言葉や寂滅後ほどなくして纏められた経典で、キリスト教の福音書に当たる。「律（ヴィナヤ）」は僧侶の生活を規定する様々な戒律を定めている。「論（アビダルマ）」は後世の思想家が経典に注釈を加えたり、解釈したり、新しい概念を付加して拡充したりしたもので、キリスト教であれば聖アウグスティヌスのような神学者が書いたテキストに近いと言えよう。鳩摩羅什は本心では、自ら独自の「論」を書きたかった。実は翻訳事業は彼自らが望んだ仕事とは言えないのである。鳩摩羅什の知性をもってすれば、過去に書かれたアビダルマを勉強しながら、自分であればこうする、自分であればこうはしないという思いが無数に頭をよぎったことだろう。ましてや近い時代の論者が書いたものの中には、見下げ果てたようなものがいくらでも目についたに違いない。後に長安で翻訳に従事しているとき、鳩摩羅什はかなりはっきりとした口調で渾身の愚痴をこぼしている。

「私がもし大乗のアビダルマを執筆するなら、迦旃延子の比ではあるまい。今や秦の地にあって、

深い見識の者は乏しい。ここではあきらめるほかはない。いったい何を論じることがあろうか。」（前掲書）

言う者は知らず、知る者は言わず。そんな荘子の言葉に今でも我々東アジアの人々は深く頷く。しかしその一方で、この鳩摩羅什の「いったい何を論じることがあろうか」という言葉の持つ深度、その絶望の真価、広がりを聴き取る能力を、本当に現代の人間は持ち得ているだろうか？　なぜあきらめる必要があるのだ？　ある種の人々はそう問うかもしれない。もし「論」を書きたいというのなら、姑臧で不遇を託っていた時期に、十五年も時間があったのだからいくらでも書けたはずじゃないか。書かなかっただけじゃないのか？　そのように考えた人は広い意味での近代合理主義という陥穽にとらわれているし、下部構造の分析に熱中するあまり、鳩摩羅什が呂光の保護下で安穏としていたと考えてしまう歴史家と五十歩百歩の誤認を犯している。

だからもう一度、強調してしすぎることはない、鳩摩羅什にとってすべては音楽なのだと。

ここで言われている「深い見識」は近代人の考える知識や思考とはなんら関係がない。「論じる」ことについてもそうだ。部屋に閉じこもって観念を捏ねくりまわすこととも関係ないし、まして「哲学」とは最初から最後までどの一片を切り取ってみても似てすらいない。例えるなら「見識」とは、白象に変化して論戦相手を鼻で締め付け、中空高く持ち上げてから地面に叩き付ける能力のようなものを指している。そもそも「論じる」ことが自らを取り巻く空気に対して正確に応答することを指す以上、もし人々が音楽とダンスに精通しているのでなければ、何を論じることがあろうか。砂漠と空が未知の国々へ繋がっていないのなら、何を論じることがあろうか。いくばくたりとも心の自由が塞がれているのだとしたら、どんな音楽が奏でられようか。ひげ面の怪し気な外道《げどう》が予想外の論理で次から次へと食ってかかってくるのでなければ、何を論じることがあろうか。虚飾を忘れてただただ論じることに夢中になっているのでなければ、何を論じることがあろうか。

インドの文章と中国語の違いを弟子に説明するときは、こんな調子である。

「天竺の国民性として、とても文学作品を重んじる。その声調のリズムは五線譜にのることをよしとする。およそ国王に謁見すれば必ず徳を賛美し、見仏の儀礼においても詩歌で讃嘆することを貴ぶ。経典の中の偈頌はすべてその形式のものである。ただ梵文を中国語に置き換えると、その美しい文藻が失われ、大意はつかめてもまったく文体に齟齬が生じる。まるでご飯をかんで人に与えると、味が失われるだけではなしに嘔吐を催させるようなものだ。」（前掲書）

嘔吐？　そこまで言う？　現在進行形で自らが人生を賭して携わっている仕事に対する、何という断罪だろう。何という貶《おとし》め方だろう。しかしながら、翻訳が可能だと考えている見識の浅い者たちを一網打尽にできるなら、はっきりした物言いも必要になってくる。文学と音楽が別物だと思っている者たちよ、君たちがありがたがっているこのお経は、私にとっては吐き気を催すようなものなんだ。でも私が吐き気くらいで尻込みすると思ったら大間違いだよ。もっと酷い時期もあったからね。どのみち誤解は存在する。誤解しか存在しないと言ってもいい。だからいつかは大きく迂回して、これらのお経が君たちの救いに何がしかの寄与をすることになるのだから、私はこの仕事を続けるよ。私が我慢すれば済むことだからね。

この種の論理のもとに、鳩摩羅什の漢訳は翻訳であると同時にその解釈にもなり、教義の説明にもなり、大乗のアビダルマにもなり、時には原典をはみ出して霊妙な仕上がりになっていくのである。西に向かっていたら、鳩摩羅什の名はアビダルマ論者として必ずや知られていただろう。けれどもそれでは僕ら漢字文化圏の人間が鳩摩羅什に出会うことはなかったかもしれないし、『法華経』は勿論全くの別物になっていた。事実として、漢字文化圏がこれほどまでに揺るぎなく大乗仏教国であるというのは、ひとえに鳩摩羅什の功績なのである。影響を与えた人数、時間的な射程までをも考え合わせると、母は息子を東に送り出したことで、確かに考え得る限り最大の舞台に息子を押し上げたのである。

姚萇の跡を継いだ後秦王姚興が姑臧を攻め落としたことで、ついに鳩摩羅什は解き放たれる。姚興は長安にやってきた鳩摩羅什を下にも置かない扱いでもてなし、ともに夜が更けるのも忘れて仏教を語り合い、早速国家プロジェクトとしての仏典翻訳事業をスタートさせた。総勢三千人とも言われる僧侶が、鳩摩羅什の講義を聞きながら漢訳を進めていく。

さあ、次の単語はどうしようか？

「阿《あ》耨《のく》多《た》羅《ら》三《さん》藐《みゃく》三《さん》菩《ぼ》提《だい》」

この見るからにおどろおどろしい単語は、サンスクリット語の「アヌッタラ・サムヤク・サムボディー」の音訳であり、最高の知恵によって悟りに達したときの心の状態をいう。後に玄奘三蔵はこの単語を意訳して、「無《む》上《じょう》正《しょう》等《とう》覚《がく》」と当てている。さて、鳩摩羅什の判断は？

これは、このまま。

当たり前だろう。何といっても、意訳された「無上正等覚」よりも、「阿耨多羅三藐三菩提」の方が、意味的に正確なのだから。

「阿耨」…　偏の「耒」は田畑を耕す「鋤」を表している。「辱」と結びついた「耨」は地面を耕す意味を持っている。つまりこの部分は次のように読める。「ここまで来るに当たって、いったい私はどれだけの辱めを受けなければならなかったことか！　あれは本当に私だったのか。何が辱めを受けていたのか。自ら進んで心を耕すためとはいえ。それにしても余りにも多くの辱めが存在するものではないか！」

「多羅」…　普通に暮らしていく道を選んでいたならそうお目にかかることもない「羅」という文字に、この旅にあっては何と沢山出会ったことか！

「三藐」…　「藐」の字はかすかな、はるかなという意味で幽玄に通じる。仙人の住む山を「藐姑射《はこや》の山」と言い、日本では上皇の御所を指すこともある。またこの文字の面白いところは、幽《かす》かさから転じて、「軽んじる」、特に言語や発言を軽んじる場合にも使われることである。つまりこの部分は次のように読んで差し支えない。「最後の三つの試練。魔王波旬《はじゅん》、女たち、憔悴…　ある種の人々には耳が痛いかもしれないが、悟りというのは、仏陀の言葉を崇めて真面目にやっていれば辿り着けるといった類《たぐい》のものではない。時に経典を軽んじて、舐めてかからねばならないのだ。師に会えば師を殺し、仏に会えば仏を殺し。大上段に振りかぶって、真っ向から切り降ろして見なければならない。大抵の場合は敗北するのだが、それによって仏陀の言葉の深遠さを再確認することになるだろう。」

「三菩提」…　悟りを開いたとき、心はひとつの状態に留まっているわけではない。「無上正等覚」だと、何か正しいひとつの状態が存在するかのように錯覚させてしまい、これは大乗の根本教義である「空観」と矛盾してしまう。実際には悟りを開いた心は、直ちに再び、少なくとも三つに分裂するだろう。父と母と息子でも、父と子と精霊でも、法身と報身と応身でも、ピアノとギターとベースでも、孫悟空と沙悟浄と猪八戒でも、何でも構わない。それらは銘々が勝手にメロディを奏ではじめ、加速し、応答し合い、恍惚となって天のハーモニーに溶けてゆく。最高の静けさは、最大限の動きがもたらすものなのだ。

「阿耨多羅三藐三菩提」は、だから、単語自体でひとつの曼荼羅になっている。玄奘三蔵には、鳩摩羅什が操っている隠喩の次元の中に、聴こえていない音があるのだ。

長安で翻訳事業に携わっていたときに、鳩摩羅什の人生には、本当に信じられないような、とんでもないオチがつく。

ある日君主の姚興がやってきて、こう言った。

「大師は聡明にしてけたはずれの理解力の主であって、天下に二人とおられぬ。もしいったん世を後にした暁に、仏法の種を途絶えさせてしまってよいものであろうか。」

そう告げて、鳩摩羅什に十人の踊り子を当てがい、僧坊から豪邸に移して一緒に住まわせてしまうのである。

この期《ご》に及んで、「種《たね》」なのか…　流石の鳩摩羅什もこれには啞然としたことだろう。時の経つのも忘れて仏教を語り合い、しばしば自ら筆を執っては嬉々として翻訳事業にも参加していた君主の姚興は、家族の情念を解きほぐし、結果として必然性に裏打ちされた生物的再生産の構図に楔《くさび》を打つという仏教の基本理念を、そもそも全く理解していなかったのだ。

中国は、儒教の国だったのである！

仏法の種は、すなわち鳩摩羅什の種だった！

踊り子！　十人！

それにしても、である。何故鳩摩羅什はここでもまたうかうかと十人もの女を押し付けられているのであろうか？　翻訳事業を続けるためとはいえ、何故言われるがままに豪邸に移っているのだろう？　仏僧の身ですから御無用に願います、とか、気取った調子で断ることだってできたのではないだろうか？

西域から請来した経典を保管するための塔を建てる工事は足掛け二年にも及びました。玄奘三蔵は自らも畚《もっこ》を担いで、基礎工事に参加しました……そう、これだよ。こういうのこそ、偉いお坊さんに似つかわしい逸話ってものじゃないか。女を押し付けられる、とかじゃなくて。大体なんでどいつもこいつも権力者ってのは、鳩摩羅什に女を当てがおうとするのだろう？

いや、今回は違うのだ。呂光は悪意からだったが、姚興は善意からしたことである。前回は一人の王女だったが、今回は十人の踊り子である。真顔でそんな言い訳をする鳩摩羅什の顔さえ浮かんでくる。だって、ことは隠喩の問題なのだから。玄奘三蔵の高尚さは誰もが手放しで認めたくなる種類のものだった。王たちは競って自国に招こうとして、時には戦争すら辞さない構えだ。野蛮な騎馬民族の長《おさ》だって、玄奘三蔵の話を聞けば手を打って喜ぶ。ところが話が鳩摩羅什となると、天才的な高僧とは思えないほど接しやすく、心を開けばどこまでも受け止めてくれるのに、王たちに、この人物に国民を教導してもらっては困ると無意識に思わせる何かが備わっている。何か、とてつもなく逆説的で、顚倒《てんとう》していて、エロティックな何か。隠喩から締め出された権力が、何が何でも引きずり降ろしたくなる種類の高尚さ。つまりは、むき出しの「仏教」そのものが……

仕方ない、すべては音楽なのだ。「不犯戒を犯した男」、もうこれをこの不思議な交響曲のタイトルにしてしまっても良いのかもしれない。だとしたら、この最終楽章の変奏は完璧だと言えはしまいか？　いつか父親に返した借りが、父親の側から十倍になって送り返されてくる。考え方によっては、感動的だと言っても良いのではないだろうか？　え？　母親のジーヴァはどうしてるかって？　だから前にも述べたように、彼女はインドで修行中の身だ。

「中国仏教史で、ここに一つの皮肉な結果が生じた。決定版だったはずの玄奘訳は学術的価値こそ認められたものの、人が読み続けたのは、その後もやはり鳩摩羅什訳だったのだ。」

――船山徹『仏典はどう漢訳されたのか』

ほらね。なんて言ったって我らが鳩摩羅什は不犯戒を犯しているからね。

それでも公平に言って、幸福な晩年だったと言うべきだろう。長安、翻訳事業、豪邸、踊り子たち……　手を付けたのかって？　気に入った一人か二人に？　もしくは十人全員と？　ああ、聞いちゃった……　まあ、確かに気になるところだよね。残念ながらその点に言及した資料はない。勿論僕も散々考えてみた。あらゆる角度から。とりあえず現時点での僕の見解としては、手は付けなかった、と考えている。しかし、実際のところ、何とも言えない。だって、ほら。ね。『竜樹菩薩伝』の件もあるし……　事実は小説よりも奇なり。そして小説は現実よりも現実的だ。鳩摩羅什の人生が現実だったのか、一遍の小説だったのか、それともやはり一夜の夢だったのか、決める権利はもう僕らの手を離れてしまった。少なくともこうした鳩摩羅什の生涯を僕らが知ることになったテキスト、称賛してもしきれない素晴らしい慧皎《えこう》の『高僧伝』はちょっとしたヒントを与えてくれている。踊り子たちと住むようになってから、鳩摩羅什は毎日の講義のはじめに、弟子たちに必ず次のような注意を与えるようになったという。

「汚泥の中に蓮華が生じる。ただ蓮華の花だけを摘み取って、汚泥をつかむではないぞ」

こらこら……

最後に残された単語……　そう、御推察の通り……　僕は必要以上にこの単語を繰り返してきた……　気付いてたよね。そう、だって僕にとってこの評伝を書く目的はなるべく多くこの単語をノートに書きつけることだったのだから……　「鳩摩羅什」……　クマーラジーヴァの書き方はもうひとつある。「鳩摩羅耆婆」。でもこれだとまたもやお母さんが顔を出してしまうし、しかももうすっかり皺くちゃのお婆さんみたいだ。だから、鳩摩羅什……　「什」は見ての通り、十人の人……　十把ひとからげ……　普段使いの道具を「什器」という……　鳩に、成りたかったのに……　街区で、広場で、庭先で……　無聊《ぶりょう》を託《かこ》っていたときに餌をあげていた唯一の友だち……　鷹やトンビにはならなくていい……　鳩になって無名性の空を、故郷や天竺、その先までも飛んでいきたかったけど、「什」として生きてしまった……　この傲慢な上にもぼんやりした人類という種族の道具として、王の鋳《かざ》りとして…　いいようにされてしまった…　時代に翻弄される亀茲国のように…　素直で信仰心の篤い亀茲の人々は、信仰のために国を失うという愚を犯さないはずだ…　亀茲国は大乗国から小乗国、イスラム国と姿を変えて生き延びる…　たとえ蹂躙されようとも、女たちとその踊りさえ存在するのであれば、オアシスは受け継がれていくのだ…　だから私も、どうにかこうにか生き延びたのさ…　あんな夢のような場所に生まれてしまった以上、この地上のどんな片隅も、鳩摩羅什が笈《おい》を休めるには狭すぎた…　従って我々が住むこの地上は、やはり「贍部州《せんぶしゅう》」（玄奘訳）ではなく、「閻浮提《えんぶだい》」（鳩摩羅什訳）と訳すべきなのである。閻魔大王の「閻」、浮雲の「浮」、誰もが書類鞄を提げてちょこまかと走り回っているという意味で「提」…　ほらね、什器としてだってそんなに捨てたもんじゃなかっただろ…　そう言っているかのように鳩摩羅什が僕らにウインクを送ってくる。南無鳩摩羅什…　偉大なるクマーラジーヴァ…　西の空へと向かう一羽の鳩…　それでおしまい…

# 日蓮

日蓮はただ一人、味方は一人もいません。今まで生きていることが不思議なのです。

——『南条兵衛七郎殿御書』

大乗仏教の根底に「空」という考え方があります。これは二〜三世紀頃にナーガールジュナが論理化するのですが、論理化と言っても論理の成立する土台を破壊するような形で裏側から論理化する。そこでナーガールジュナはニヒリストなのではないか、「空」の論理は「空論」なのではないか、「無」なのではないかという誤解が生じます。これに対しナーガールジュナ本人やその注釈者たちは、「空」と「無」は全く別物なのだと主張して反論します。逆に「空」とはあらゆる生成の源泉なのだというのです。何故か？「空」にあってはあらゆるものが「縁起」によって生起するからだ、そう説明しています。

この点に関しては中村元博士がその真骨頂を発揮して、『龍樹』という書物で非常に分かりやすく解説してくれています。縁起というと一見何かがあらかじめ原因としてあって、その帰結として次のものが生起するようであるが、ナーガールジュナの縁起説にはそのような時間的要素は含まれていないので、他との関係性においてすべては同時に生起する、つまり「長い」と「短い」という概念が単独では成り立ち得ずに、同時に二つ対になって現れるようなものなのだと。これだけでほとんど言い尽くされているといっても良いくらいなのですが、この「空」というのがどうも理解されない。というのも、ここには言語に対する個人的経験のあり方によっていくらでも様相を変える真実が語られているからであって、言語の不可能性にどれだけ苦悩したかという体験無しには見えてこない階層が埋まっているからです。

インターネットでいつでも調べられるなどとは考えずに、十二縁起の内容を思い出してみましょう。「無明、行、識、名色、六入、触、受、愛、取、有、生、老死」、となっています。無明とは真実が見えていない、誤った観念に囚われているということで、放った矢が的に当たっていない状態を指しています。ここで、縁起が同時に一挙に出現するということは、すなわち無明を解決すればドミノ倒しに老死まで解決してしまう、つまり矢が的に当たれば老いや死を乗り越えることになるのです。ならばどうやって無明を乗り越えるのか。ナーガールジュナの主張によれば哲学を捨てることだということになります。哲学的に事物を見ている限り、アキレスは亀を追い抜けない。ところが周囲を見渡すとあちこちでアキレスは亀を追い抜いている。この当たり前の現実に対する讃嘆の念をいちいち感じていたら身が持たないと考えて、何がしかの等価物を打ち立てて事足れりとするようであれば、それは哲学の怠惰であるはずだ。何となれば、何かを定立すればそれを反証することは可能だが、何も定立しなければ反証されることはないのだから、そう規定するのです。

では論理的思考では時間が捨象されていて、現実の世界では時間が流れ万物が流転しているのだと考えれば済むのかといえば、当然ながらそれも違います。先程述べたように万物は縁起によって同時に生起しますから無時間性の中でしか成就しません。時間は流れるし流れない、その中間だから、ナーガールジュナが強調した思想を「中道」と言います。

ややこしいようであっても、我々はごく普通にその種の空間に生きています。時間が流れるし流れない、そうした特徴を持っているのがまさに言語構造だからです。ラカンが言っているように(突き詰めれば同じことになるのかも知れませんが、ここでは羅漢ではなくフランスの精神分析家ジャック・ラカンのことです)、「無意識は言語のように構造化されている」、ナーガールジュナも基本的にはこれと似たことを言っているにすぎないのですが、言語が現実に対して実際にどれほどの効果を及ぼせるものなのかという点に関して、各個々人の体験が持っている射程がまちまちであるために、人々が「空」を取り逃がしてしまうのです。

ナーガールジュナが「戯論《けろん》」と呼んで忌避した哲学的思考とは何でしょう。それは考える行為の前にあらかじめ語られるべき何かが先行していると考えること、もしくは少なくともそう考えている振りをすることです。この種の哲学的思考の根は深く、また広く行き渡ってもいます。ですから哲学的思考には粘着性が備わっていて、しつこい。何が何でも哲学的に理解してやろうという話になりかねません。この場合であれば、言語が現実に対して何がしかの影響力を行使している、しかもその媒介物が我々人間であるというならば影響力は思った以上に大きそうである、ならば言語と現実の接点を見極めてやろうと結論付けるのです。しかしこれは並大抵のことではない。言語の内部で思考される思考が自ら依って立つ言語空間の広がりを捉えあぐねているというのに、その果てまで進み大地が切り立った崖になっているのを確認した上で、そこから現実の深淵を覗いてみようというのは途方もない話です。

ラカンは勇敢ですから、「現実界」、「想像界」、「象徴界」という思考装置を使ってこの領域に踏み込んでいくのですが、少なくとも狭義の論理性によって理解できるものではありません。ラカンも様々な言語的、論理的限界を垣間見せることで、たまに煌めく閃光のような認識にしか至り得ないと考えていたために、あのような提示法を繰り返し選んだのでしょう。こうしてみると、ナーガールジュナの「中観派」と並び称される「瑜伽行《ゆがぎょう》派」も、ナーガールジュナに対する哲学の防衛機制だと考えることも可能ですし、密教修行のような現実に直接コミットしようとする方法論が扱う言説と、思弁的哲学の言説が、実はネガポジのように互いを補完し合っていて、見えない焦点を基準に旋回しながら相手に目配せを送っていたり牽制し合っているように見えたとしても、偶然とは言い切れなくなってきます。ナーガールジュナは徹頭徹尾ラディカルなので、そこには言語しか存在しない、だから言語も存在しないと考えて、言語と言語の不在の中道を取っていく。この手続きが分かりにくいために、これを現実態に置きなおすと常に哲学的言説との対決という形を取るしかないのです。

ここでたとえヴィトゲンシュタインのように、「語り得ないものについては、沈黙しなければならない」と宣言してみても、同時に「語り得ない」ものが何かしら存在しているという幻想を救済することで、継続的なにかを聖なる領域に留めておこうとしているのかもしれない。そう考えると極めて面倒くさい話になってくる。仏典に助けを求めると、このテーマは『維摩経』のクライマックスで扱われています。

簡単にストーリーを説明しておきましょう。『維摩経』の主人公維摩詰《ゆいまきつ》は世俗の長者で、良き仏教徒です。しかも口が立ちます。そこで出家している仏弟子たちが各々様々な方法で修行しているのを、横からそんなんじゃ駄目だと言って、屁理屈でやり込めてはからかっていました。ある時維摩詰が大病を患い寝込んでしまったので、お見舞いに行こうという話になるのですが、仏弟子たちは以前維摩詰にやり込められたことがトラウマになっているので、あの人は苦手だといって誰も行きたがらない。仏陀が文殊を指名してようやく文殊菩薩御一行様がやってきます。議論好きのインド人の事ですから、もちろんお見舞いなんかはそっちのけでいきなり仏教談議になってしまいます。議論の最後に、「不二の法門」とは何なのかという話が出ます。文殊が連れて来た菩薩たちがそれぞれ自分の興味のある事柄になぞらえながら、「不二の法門」についての自説を開陳していき、最後に文殊がそれらを一般化する形で次のような回答を導きます。

「わたしの考えによると、一切のことがらについて、言もなく、説もなく、示すこともなく、識ることもない。もろもろの問答を離れている。これが不二の法門に入ることであります。」

ここで維摩詰に意見を求めたところ、維摩詰は黙りこくってしまう。するとその沈黙を文殊が引き取る形ですかさずこう言います。

「みごとだ。みごとだ。さらに文字や言語も存在しない。これが真に不二の法門に入ることです。」

思わず納得してしまいそうですがちょっと待ってください。本当にそうなのでしょうか？　ここで注意しなければならないのは、沈黙というのは元来、「言葉にならないことを表現する手段」ではないということです。もしそうだとしたら、沈黙と「それは言葉にならない」という発言は等価になってしまう。哲学的な論理に立脚しているのは文殊菩薩の側だけであって、維摩詰は全く別の次元に居るだけなのかもしれないのに、沈黙が相手ではそれを証明する手段はないのです。私がこの経典を読んで得た印象からすれば、維摩詰の沈黙の意味は、「他の菩薩たちの言うことがあまりに杓子定規でつまらなかったので、ムッとして黙った」、が正解だと思います。それともうひとつ、文殊が言うように「不二の法門」が「もろもろの問答を離れている」ことだと認めてしまったら、維摩詰の最大の趣味である仏弟子をからかって楽しむことが不可能になってしまいます。維摩詰にとって大切な楽しみが奪われてしまうので、やっぱり「ムッとして黙った」のでしょう。当然これはこれで不二の法門になっています。他の菩薩が自分たちの発言が維摩詰の沈黙によって乗り越えられたのだと感じるならば、言説の無い反論になっていますから。しかし、言語を行為の側に引き寄せても、行為を言語の側に引き寄せても、それによって開示されるのは相変わらず言語が詰まった空間であるのなら、沈黙はいつかは破られることになりますし、沈黙と言語の間を行ったり来たりしてみてもナーガールジュナのほのめかした中道には辿り着けないことになってしまいます。
今私の述べていることは証明はできませんが、根拠ならありますよ。というのも、『維摩経』のこのシーンは後世、より辛辣な形にアレンジされて別の物語の中でかなり鮮やかに甦ってくるからです。まさに仏教そのものに対する壮大なパロディといってもいい珠玉の物語、他ならぬ『西遊記』です。

『西遊記』も世間に行き渡っているイメージと実際に語られていることがかなりかけ離れているので、まずは簡単にその物語構造を説明しておきましょう。孫悟空は石から生まれたサルです。生まれ落ちるとすぐに両目から金色のビームを出して天界に照射し、天上の神々をあたふたとさせます。サルの王となって一国を構えますが、永遠に遊んでいたいという思いにかられ、不死になるため仙人に弟子入りしようと旅立ちます。そこで見出した師匠が、仏の十大弟子の中でも〈解空第一《げくう》〉といわれる「空」の専門家、須菩提《しゅぼだい》です。悟空とは「空」を悟るという意味の名に他なりませんが、これを名付けたのが須菩提です。悟空は須菩提のもとで空を悟って様々な神通力を得るのですが、この神通力であちこちに迷惑をかけたため、罰として観音さまに五百年の間石の中に閉じ込められてしまう。三蔵法師が天竺に取経の旅に行くのを護衛するという条件で保釈され、ようやく自由の身になったと思ったら、困ったことにこの三蔵法師が悟空なしではほとんど何もできません。サルサルといって馬鹿にするくせに、いざ妖怪に捕まると泣いて悟空にすがることの繰り返しです。一方の悟空はというと対する相手がお釈迦さまか観音さま以外であれば、ほぼ無敵です。中でも強力な得意技は相手の胃の中に入って暴れるというもので、身体を巨大化する術は他の妖魔も使いますが、身体を小さくすることに関して悟空の右に出るものはいないのです。また、仏教に関する理解においても、悟空の方が三蔵法師を上回っている面が多々あり、とりわけ「空」の専門家というだけあって、『般若心経』については三蔵法師に講釈を垂れることもあるのです。実在の三蔵法師が翻訳した経典の中で、一番のベストセラーになったのが『般若心経』だということを思い合わせると、なかなか強烈なパロディですね。

第九十三回、もう天竺は目の前だというのに相変わらず弱音を吐いている三蔵法師に向かって、悟空がそんな時には『般若心経』を思い出したらいいというと、三蔵法師がムキになって怒り出します。自分は一日たりとも（般若）心経を誦《よ》まなかった日はないし、心経と私は一心同体のようなもので、逆からだって誦めるくらいだ。お前になんか言われたくない、というのです。

「お師匠様は誦めるには誦めるでしょうが、あの禅師に講義していただいたことはありませんよね」
「このサルめが！　わたしが、この経を解していないとでも言うのか。して、おまえは、解しているのかね。」
「解していますとも！」
それっきり、ふたりは黙ってしまいました。

（中野美代子訳、傍点筆者）

黙り込んだ悟空を、猪八戒と沙悟浄が大声でからかいます。サルのくせに大口叩きやがって、解ってるなら講義してみろよ！　どうせできないから黙ったんだろ、というのです。この時珍しく三蔵法師が悟空をかばいます。

「悟能（八戒）も悟浄もよさないか。下らんことばかり言いおって。悟空は無言の講経をしているのだよ。それが、まことの講経なのだよ。」

『維摩経』と同じ構図ですね。維摩詰のように世俗の成功をおさめたり、悟空のように神通力が使えるような実際家たちが何を知っているのかは、傍目には分からない。沈黙は確かにそれを聞く者の誤魔化しや自己不信を一瞬で暴いてしまう。かといって、沈黙が語り得ない何かと関係づけられると言うのなら、そこには大きな論理的な飛躍があるのです。それどころか、沈黙はそもそも語り得ないものと関係がないのかもしれない。語り得るのだけれども相手が理解しなさそうだ、語り得るのだけれども今の自分の能力では難しい、気が乗らない、咽が痛い、もう少し聴衆が集まってから語りたい。何でも構わないのです。それでも『維摩経』や『西遊記』が一貫してお払い箱にしている考え方があります。これこそが、聖なる語り得ないものが「空性」であり、それを世俗化したものが言語であるという視点です。まさに哲学的思考が陥りがちな図式化で、哲学自身が意味のないことを喋りすぎるために、いとも簡単に語り得ないものがあると考えた上で、それを言葉で宣言してしまう。これは一種の自家中毒に他ならないのですが、その中毒の根を断ち切りたいと思うあまり、またもやいとも簡単に聖なるものに逃げ込んでしまうのです。哲学的な思考がこのような滑稽さに陥りがちなためにヴィトゲンシュタインが戒めているのですが、多くの人がやっぱり罠にはまります。ナーガールジュナが第一義諦《たい》と世俗諦について語ると、世俗諦に属する言葉を語る者たちが、第一義諦とは語り得ないものだと勝手に考えてしまう。ナーガールジュナが言語を止滅するといえば、ほらやっぱり語り得ないんだと飛びついてしまう。ナーガールジュナが止滅させようと思っているのは、まさにその種の愚かしい言語理解に他ならないということに気付かないのです。

ナーガールジュナの思想は分かりにくいものなのに、どういうわけかいつでも人を魅了します。その著作を読んだことが無い時ですら、無意識のうちに惹かれてしまうほどです（恐らくは鳩摩羅什の翻訳のせいだと思います）。そこで色々な通俗本や解説書が出版されるのですが、それらの優劣を考える時には是非この尺度を当ててはめてみてください。語り得ない「空性」と世俗の言語、これが出てきたらアウトです。そんな時はその著者が本を書くために使っている言語をもう一度客観的に眺めてみて、この人物が言語の先にある語り得ないものについて何かを語る資格があるのか無いのか、そもそもこの人物が語るという行為にどれだけ通達しているのかをよく見極める必要があるでしょう。

残念ながら「空」とはそんな単純な思想ではありません。何よりもまず、言語による虚構を止滅させるのは、他ならぬ言語である可能性が高い。否定的な論証や、よりうまく扱われた言葉が言語による観念的虚構つまりは無明を切り崩す。そのより良い言葉がどこから来たのかはよく分かりません。これをインスピレーションとして聖なる領域と化しても構わないのですが、我々に見えるものが言語である以上、インスピレーションがどれだけの広がりを持っているのか、それが言語ならざるものから来たのか、我々には聴こえていない言語の集積から来たのかは、結局のところよく分からないのです。ですからナーガールジュナは空とは仮名だと言っています。「空性」は言語の外なのではなく、言語に満たされているだけなのかもしれない。今は言葉にならない聖なるものも、偉大な詩人が現れてあっけなく言葉にしてしまうのかもしれない。言語にならないものが行間に暗示されるしかないとしても、我々が何かを書いている時に、行間を書いているのではないなどと言い切れるでしょうか？

沈黙があまりに多くの言説の結節点となったとき、我々がそれは語り得ないのだと身体的に感じるほどの感動を伴った経験をしても、まだその先には言語で切り開かれる空間が残っているかもしれない、もしくはそうではないのかもしれない、こうした緊張感に満ちた時間の狭間を台無しにしない、そうした理由ひとつだけでも、言葉の先にある「空」という理解を放棄するのには充分ではないでしょうか。言語というものを、何かを表象したり、何かを伝えたりする手段だと考えている限り、言語空間の無限の可能性に目を閉じてしまうことになる。聖なるものは仏陀に属している、それ以外のものはいくらでも語り替え、パロディ化し、俗化し、変転させることができる。これが『維摩経』や『西遊記』の立場です。無言の講経とはすなわち無言の講経のパロディになっている。言い換えるなら、純粋に慎みだけによって成し遂げられた世俗化と言っても構わないと思います。

『法華経』二十八品のうち、前半の十四品を「迹門《しゃくもん》」と呼び、後半の十四品を「本門」と呼ぶ習わしがあります。この分類は次の二種類の思考法に対応付けられています。まずは、聖なる真実があって、それを万人に分かりやすく説明するために方便として様々な物語が語られる。後半の「本門」に真実が書かれていて、その真実を分かりやすく説いたり、分かりやすく説くことの重要性を示唆しているのが「迹門」だという考え方です。もうひとつ、これとは真逆の考え方も成立します。やっぱり我々の世界には物語しか存在しないのではないか。宗教という聖なるものも非常に上手くできた物語のひとつなのではないか、という考え方です。「空性」を突き詰めていくと後者の考え方になるので、天台宗などもどちらかと言えば後者に近い立場を取っています。「本門」だってやっぱり言葉で書かれた物語なのですし、そもそも解脱した仏は六道輪廻から離れてどこかに行ってしまう、それだとこの世界に残された我々が救済されずに可哀そうだから何度もこの世界に降りて来ては法を説いてくれるということになっています。それはそれで大変ありがたいことですが、じゃあ仏がこの世界で何をしてくれるのかと言えば、やっぱり方便力をもって法を説くわけですから、我々に見えるのは物語だけなのです。事実『法華経』は「序品」が終わるとのっけから、「方便品第二」、「譬喩品第三」となっていて、レトリックについての物語なのだと考えたほうが自然なくらいなのです。

では何故日蓮上人は「本門」にこだわるのでしょうか。日蓮宗のお寺には池上本門寺をはじめとして本門寺という名前の付いたお寺が多いことからも分かるように、日蓮宗では本門の重要性が強調されるのですが、これは常に燻り続けている比較的重要な問題なのです。日蓮自身は語る相手によって色々な説明を施していますし、『法華経』二十八品のうちでどこが肝要な部分ですかと真っ向から問われたときには、「妙法蓮華経」の五文字が肝要であると逃げを打ったりもしています。

日蓮が天台宗の僧に送った、短いけれども非常に含蓄に富んだ書簡である『諸法実相鈔』というテキストが残っていて、結論から言えば実はこのテキストの中でほとんどの回答は与えられています。しかしこちらを解説するとなると仏教用語ばかりになってしまうので、今回は私なりのアプローチを続けさせていただきたいと思います。

もともとこの問題がややこしいのは、日本仏教で唯一「南無妙法蓮華経」と唱えることでエクリチュールそのものの宣揚に舵を切った日蓮が、本門に聖なるものの「場」を提供したのかどうかがよく分からないところに奇妙な違和感が付き纏っているからです。しかしこれを、聖なるものの「場」ではなく、言語そのものの「場」の問題であると考えれば、なんら矛盾はなくなります。

言語を何かが伝達されるための道具だと考えること、通俗的な言語理解と呼んでもよいかもしれませんが、そこには言語の本質的特性に関して大きく二つの視点が欠落しています。ひとつは、どんな言説もそれを覆い尽くすか斜めから切り込む言説によって無限に超越可能であるという点。人間の感情や多くの場合本能的だと考えられているものでも、基本的に言語的なプログラムに従属している以上、この「書き換え」が人類をはじめとする現実世界に及ぼす影響は絶大なものになります。そうしたいというのなら死を乗り超えても構わない。このことはナーガールジュナも軸足を置いて語っているので、先ほどから述べて来たとおりです。もうひとつは、そもそも言語はどこにあるのかという視点です。言語を伝達の道具だと考える人は、言語が自らの脳味噌に格納されていて、適宜取り出して使うことが可能だと考えている。しかしそんなはずはないのです。言語は中空にあるからです。より近代合理主義に寄り添った形で次のように言ってもよいかも知れません。言語は、都市や田舎の、あらゆるお喋り、ささやき声、夢、図書館にひっそりと眠る書物、加速度的に増設されるサーバー、脳の奥の滅多に光が当たらない一隅に潜んでいる暗渠、まだ発掘されていない木簡や石板、それらが寄り集まって巻き上げる旋風のように存在している、と。こうなるとどの道手に負えませんから、中空にあると言うしかなくなるのです。所在は分散していても、総体は案外はっきりと輪郭付けられているのが言語なのですからね。

そう考えると、本門の大部分を占める舞台である多宝塔の比喩が際立ってきます。中空に浮かぶ塔。そこからいくら価値のあるものを取っても、尽きることのない宝を携えている、時を超える多宝塔。法であり、父性であり、それらのユーモアでもあり、観念を超えた現実でもあるもの。この舞台さえ出揃えば、「久遠実成《くおんじつじょう》」まではほんの一歩です。

日蓮は多くの素晴らしい文章を残していますが、その中にひとつの「作品」としての纏まりを持ったものが、ひとつたりともない。これは特筆すべきことです。自らの思想を纏め上げるとか、主著になるようなものを書くとか、レファランスになるような中心性を持ったテキストを書くということをしないのです。『立正安国論』は確かに中心的なテキストで日蓮自身も何度も書写していますが、それは思想的な中核というよりも、日蓮が日本国において最高度に公的な場で発言をしたのだというアリバイであり、彼の孤独な戦いを支える根拠となっているからです。内容的にはあくまで相手が国家元首だからあのような書き振りになっているにすぎない。日蓮の書くものはどれも相手のある手紙になっているので、人間が『法華経』の前では平等であるという意味においてのみ、特殊性から逃れているのです。

日蓮のテキストが現代にあってもほとんど色褪せないという驚くべき事実は、ここに主たる理由を見て取れるといっても決して過言ではありません。漠然と日蓮の書いたものを追っていくと、確かに煩雑に見える時もあるでしょう。ある時は経文を文字通り受け取り、ある時は拡大解釈する。『法華経』の優位を主張するために使えるものは何でもかんでも援用しているのではないかと勘繰りたくなるような面も確かにあります。しかしそうした見方は必ずや良い意味で裏切られることになります。日蓮の論理構築能力と、相手の器量や立場に合わせて語りかけるレトリックの力、『法華経』の言葉でいうなら「楽説弁才《ぎょうせつべんざい》」が、単に、他を寄せ付けないほどに卓越しているだけなのです。そして実際に人生をかけて、「本門」に説かれた真実を「迹門」のテクニックで語るという、『法華経』の精神を地で行っているだけなのです。そこに哲学が不在であるために、最高の知性が回転しはじめるその瞬間の姿をカメラに収めることができるのだ、そう言ってもよいかもしれません。

例えばある女性信者に語るときには、こんな調子です。世の中が念仏一色の中で、わずかに『法華経』を信仰するような女性もいないではない。とはいえそのような場合も、「例えてみると、月が出るまでのわずかな待ち時間を、心に思っている男の現れるまで、心に思っていない別の男と会って時間つぶしをするようなものなのです。」

その態のような直情的なエネルギーの下に隠された冷徹で緻密な知性をもって、日蓮は何を計算しているのでしょうか。日蓮の戦略というものを見た場合、私はそれはほとんど三点に帰着すると考えています。ひとつは伝説の持つ理性的側面を最大限活用すること、ひとつはすべてにユーモアを纏わせるために時にユーモアを封印すること、最後に、もっとも合理的で勝算の高い戦術は、たった一人で全員を相手に戦争を仕掛けることだと考える、ということです。結果として極めて伝説的なものとなった日蓮の生涯は、いかなる意味でもパフォーマンス的ではなく、説得力の効果を狙ったものでもないのに、説得力のあるパフォーマンス以外のなにものにも見えないという特徴を備えています。まさにそれこそが「一人で戦う」ことの利点であり、日蓮はその優位性を最大限生かすことができている。戦いがどこで、何を巡って行われているかを知悉しているのです。

二一世紀に入ってから、大国の欺瞞を暴くためにジュリアン・アサンジやエドワード・スノーデンが取った戦略もこれと似たものですが、日蓮はそれよりはるか以前、インターネットのない時代に、自らの脚と手書きの書簡だけでこの戦いを勝利に導いてしまいます。そうです、この戦いは紛れもなく日蓮サイドの勝利に終わるのです。

「なにとなくとも、この国へ流されたる人の始終いけらるる事なし。たとひいけらるるとも、かへる事なし。又打ちころしたれども御とがめなし。」

これは佐渡ヶ島へ流されたときの状況です。確かに過酷ではありますが、どこか距離をとって遠くから眺めている。ある種のユーモアすら感じさせます。実際に日蓮のテキストの中でもっともユーモアに満ちていて、時に笑い出したくなるような文章が現れるのは、こうした迫害自慢の部分なのです。

「二百五十戒をたもった羅睺羅《らごら》のような聖人も、富楼那《ふるな》のような知者も、日蓮に会えば悪口を吐く。正直なことでは魏徴や忠仁公のような賢者たちでさえ、日蓮と見れば理をまげて非を行う。いわんや世間の常の人に至っては、犬が猿を見たとき、猟師が鹿を追いつめた時のようだ。」

——『報恩抄』

不謹慎だと思ったとしても、笑わずにいられるでしょうか。こんな風に日蓮が自らが迫害された状況を嬉々として語っていることに疑問を抱いた人物が、それは言うなれば自慢なのではないか、そう質問します。すると日蓮が咄嗟にほぼ完璧な回答を返します。「迫害されればされるほど自分の正しさが証明されているようで、あまりに嬉しくてつい自慢をしてしまうのです。」

こんな人物に首輪をつけることは不可能です。命がけなのに無鉄砲ではなく、自虐的なのに引くことを知らず、何かを主張してくるのに妥協によってそれを実現することを自ら拒むのですから。そう、日蓮が突き付けるのは、常に相手が絶対に受け入れることのできない要求なのです。

こうした日蓮の行動原理を日蓮宗学ではよく「色読」という言葉で表現しています。お経を読むときにただ字面を読むのが「口読《くどく》」、心に理解するのが「心読」、自分の身体をもって読むのが「色読」というわけです。日蓮は『法華経』に書いてある教えを、身をもって実践しているのだという考え方です。それはそれで間違いではないのですが、『法華経』で読んだことを実践していると考えるより、実践の結果『法華経』が読めるようになると考えるほうがずっと刺激的です。日蓮自身もそう述べている。それどころか、日蓮の一連の行為、何度も命の危機にさらされギリギリで生き延びるというような、一見奇跡のような人生、これらがすべてどこを目指しているのかを考えると、『法華経』を「読む」行為へと向かっているということが浮かび上がってきます。「読む」という行為は決して受動的なものではない、あるいは受け身すぎて受動的に見えないと言ったほうがいいかもしれません。どちらにしろその種の「読む」行為の前では、革命も、宗派を打ち立てることも、自らの生死すら色褪せてしまうような、別種の目的意識が存在しているのです。ここに日蓮の戦略の根本にある主客顚倒が作動していて、これに気付かない者たちが日蓮ひとりに振り回されることになる、日蓮を捕まえようとすると逆に捕まってしまうという罠にはまりながら、そこから逃れる術を見出せないことになるのです。

常不軽菩薩《じょうふきょう》という菩薩の物語が『法華経』に出てきます。この菩薩は他者を絶対に軽んじないという行を実践しています。そこで誰であれ近付いて行っては、「私はあなたを軽んじません、あなたは仏になるべき人だからです」などと言いながら礼拝します。すると、「逆に舐めてんのか！」という話になって棒で叩かれたりします。常不軽菩薩は命からがら逃げ出しますが、それでもやっぱり振り返って、遠くから「私はあなたたちを軽んじませんからね！」と大声で叫んだりするという、極めて厄介な菩薩です。柴又の帝釈天に行けばこの物語の美しいレリーフを見ることができるでしょう。この菩薩は釈迦牟尼仏の過去生ですから、悟りを開くまでにはこの種の修行をしないといけない。ここで面白いのは、この菩薩の名前なのですが、サンスクリット原典では「常に人から軽んじられた菩薩」という意味だったのを、鳩摩羅什が漢訳するときに「常に人を軽んじなかった菩薩」という意味の常不軽菩薩と訳し変えて、主客顚倒させているのです。さすがの鳩摩羅什と言うほかありません。この訳し変えのせいでぐっと物語の魅力が増していますし、菩薩が他者を軽んじなかったがために他者から軽んじられるのですから、意味的にも正確になってすらいます。日蓮が鳩摩羅什だけが真の訳経者で、他の漢訳者にはどこかに嘘があるといって持ち上げているのもむべなるかなですね。この主客顚倒こそが、日蓮が自らの人生に組み込んだ主客顚倒とも相似形をなしている、こう考えると興味深いと思います。

さてようやく龍ノ口法難を見てみましょう。佐渡ヶ島流罪か斬首かで情報が交錯する中、日蓮聖人は龍ノ口の刑場に引き出され、白刃の下まさに斬首される瀬戸際まで追い詰められてしまいます。ちょうどそのとき江の島の方から光る物体が飛んでくるという奇瑞が起こったために一命をとりとめます。この辺りは人魂が飛びやすいところなのかと思って『吾妻鏡』から拾ってみますと、二件。

治承六年六月廿日
「鶴岳の邊に光物有り、前濱の邊を指して飛び行く、其光數丈に及び、暫く消えずと云々」
建保元年三月十日
「故右大將家の法花堂の後山に光物有り、長さ一丈許り、遠近を照して暫く消えずと云々」

特別多いというわけでもなさそうです。光る物体に救われたのは一体誰なのか、考えてみる必要があります。この時追い詰められているのは日蓮ではなく日本国の方でしょう。日蓮を斬れば日蓮が殉教者になってしまいますし、斬らなかったら黙らないことは明白ですから。日蓮は龍ノ口で生き延びたことによって、日本国を許しているのです。キリストと比べてみると分かりやすいと思います。キリストは人類の罪を背負って十字架にかけられますが、日蓮は同じように迫害されながらも、死なないのです。そういえばキリストの使徒が十二人なのに対して、日蓮の弟子が六老僧と、ちょうどキリストの半分の数になっているというところにも、日蓮の遠慮深さがあらわれていますね。こう見てくると、日蓮が自分こそが日本の柱であって、自分が居なければ日本は駄目になってしまうというとき、通常の意味での誇大妄想とは全く対極にある妄想に身を委ねているのではないかという疑念が湧いてきます。自分が殺されそうになりながらも、日蓮を殺すという罪を日本に背負わせないように気を使うというのは、なかなか洗練された態度ではないでしょうか。

　社会というものは、仏教徒があげると言っているものを、受け取るのではなく奪ったことにしないと気が済まないものなのです。だからそんな社会に対して何かしらものを述べたり贈り物をしようと思ったら、あらかじめ主客顚倒を組み込んでおかないといけない。龍ノ口法難は、普遍性に憧れた日蓮が、日本の日蓮で十分だと自らを限定してくれた、そんな事件だったのです。そのためこの事件を境に日蓮の発言が全くと言っていいほどぶれなくなり、方向性が定まったように見えたとしても不思議ではありません。粟散辺土《ぞくさんへんど》の日本の中でもさらに最果てのような外房に生まれた一人の男が、『法華経』に出会うことで時空を超えて真実を伝えるテキストの力に感激する、そのまま一直線に心身を捧げ、手垢のついていない地涌《じゆ》の菩薩の一人として、ただただ迫害されながらも人々が忘れることのできないような人生を送り、最後にはまた自分は一人の「えせ者」だったという認識に戻って行く。現代というのは好むと好まざるとにかかわらず、誰もが一人の「えせ者」であることを強いられる時代ですから、一人の「えせ者」に何ができるのかを考えたとき、日蓮の生き様が我々を触発し魅了し続けているのも当然かもしれません。

# ようやく河口に辿り着いた、これから智慧の海へと漕ぎ出そう

私には一切秘密はありません。私が心中の真実を告げます。私を送ったものは私自身の意思であります。

——河口慧海『チベット旅行記』

初夏のさわやかな宵の口に、鴨川の川床でとる夕食。揚子江沿いの屋台で、いつ果てるとも知れない麻雀の音を聴きながら傾ける紹興酒。パリの街中、偶然訪れた教会で耳にするヴァイオリン… 今思いつくままに、自分にとって贅沢な楽しみだと思える時間をあげてみた。次にそれらを、河口慧海の人生のひとコマと比べてみよう。ネパールやチベットの寒村にある苫屋で、日がな一日『華厳経』を読むこと… 何か非常に直感的にではあるが、この人にはかなわない、そう僕は思う。しかも熱烈に。

誰もが驚嘆を禁じ得ない慧海の人となりを、何かの形容詞で書き表そうとしたときに、僕にはただ

「お洒落」だという言葉しか思い浮かばない。無粋なところはどこを探しても見当たらないし、どんなに泥まみれになっていても泥臭い気がしない。自己プロデュースの能力に長けていて、自分の見せ方を知っているからなのだとしても、化粧板を剝がしてみたところでがっかりすることもなさそうだし、そもそもそんなことをしてみたいとすら思わない。

ところがとりあえず当時の社会では、慧海の化けの皮を剝がそうとするムーブメントがひとしきり繰り広げられた。一八九七年に日本を出発した慧海は、ほぼ六年の旅ののち、一九〇三年に神戸に無事帰って来る。帰国と同時にその業績は全国的なフィーバーを巻き起こす。口述筆記による新聞連載から『チベット旅行記』が生まれ、講演の依頼が引きも切らず、芝居の題材にまでなっている。一躍時の人となった慧海に、嫉妬と猜疑の目も向けられることとなったのだ。

今でも時折り反骨のジャーナリストなどと言ってもてはやされることもある宮武外骨は、自らの主宰する『滑稽新聞』で慧海の金銭スキャンダルを暴こうとして、その低劣さを遺憾なく発揮している。現代から振り返って想像を巡らすに、この金銭スキャンダルは、半分は正しく半分は根も葉もないことであったのではないかと思われる。『大阪毎日新聞』と『時事新報』とに二重に独占契約を結んでしまったという責めは、いざ慧海が口述筆記をする時点ではその場に両社とも居合わせているという事実がある以上、何がしかの問題があったとしても、少なくとも最終的には話が付いていたことは間違いがない。一方で、最初に慧海が大金を要求し吹っ掛けすぎてしまったために、『大阪朝日新聞』

が手を引いたという話は、恐らく事実であろう。そのくらいのタマでなければ、口八丁だけでチベットに密入国して出国してくるなどという芸当ができるものではない。僧侶たるもの取れるところからは取るのである。

歴史学の巨頭内藤湖南も慎重にではあるが俄然ケチをつけている。彼の論点は、慧海がチベットに関する綿密な地理学的報告をしていないという点に集約される。

これに関しては少し補足しておこう。慧海の入蔵から遡ること三十年以上前の一八六〇年代から、在印イギリス軍のモントゴメリー大尉という人物が、インドの現地人を訓練して測量スパイに仕立て上げ、チベットに送り込んでいた時期があった。本来であれば煩悩を滅するために百八個の玉が付いている数珠を、数を数えるのに便利なように百個玉の仕様に改造し、キャラバン商隊などに紛れ込んで、その数珠を繰りながら歩測によって距離を実測するのである。手持ちのマニ車も改造され、中に測量器具が仕込めるようになっていた。この方法でかなり正確な地図を作ることに成功した彼ら測量スパイは、通称パンディットと呼ばれる。海賊まがいの賢者という意味だと考えたい。

その他西洋の探検家たちも含めて、中央アジアの地図作成にしのぎを削るのが帝国主義時代の当時の一般的な空気であった。にもかかわらず、慧海の旅行記はあまりにも面白く、また劇画調でありすぎる、つまりは数字の裏付けがないというのである。勿論慧海は自費で渡航しているのでそんなことをする義理はない。余計なお世話も甚だしい話である。

内藤湖南は新聞に発表した論説で、ご丁寧に次のような一文すら付け加えている。

「いたずらに詩趣的談話に満足せざらんことを切望してやまざるなり」

こうした、言わば「硬派」な視点に、明治知識人の限界を見るのは僕だけではないだろう。彼ら田舎生まれの功利主義者たちが考える「詩趣」ほど素朴で詩的でないものはないし、山田美妙を抑圧したのも、その後凡百の下らない「私小説」を産み出すことになったのも、一人称で何かを書いただけで下らない私小説だと日本人が即座に決めつけるようになったのも、もとはと言えばこの種の知識人の単純さによるところが大きい。慧海はと言えばもっと露骨なルポルタージュを書いているつもりだから意にも介していないし、当然ながらお世辞にも上手いとは言えない自作の短歌や俳句を引っ込めるつもりもさらさらないのである。


反応は国内からだけではない。スウェン・ヘディンがその有名な著作『さまよえる湖』の中で慧海に難癖をつけているが、それはもうどこからどう読んでも嫉妬の産物にしか聞こえないし、ほとんど「河口慧海？　ありゃ反則だよ！」と叫んでいるかのようである。

ジャーナリストのホップカークが一九八二年に刊行した、『チベットの潜入者たち』の慧海に対する記述も面白い。

「この人物は無事ラサに到達したばかりか、正体を知られずに一年以上もそこで暮らしていた。ただ、そのために大変な命の危険を冒したとはいえ、彼は厳密な意味でこのレースの勝者と言うことはできない。」

何故だろう？　これ以上どんな厳密さが必要だというのだろうか？　ちなみにホップカークがラサ一番乗りの称号を与えたのは、英国人のヤングハズバンドである。それではもはや工夫も何もなくただ軍隊を引き連れていってラサまで進軍したというだけのことではないか。ヤングハズバンドはラサで、河口慧海に協力した罪で幽閉されていたセラ寺の僧侶を解放したと自慢気に語っているが、そもそもラサに到達するまでにヤングハズバンドの軍隊は二千六百人のチベット兵を殺害している。

一体どうしたというのだ？　何故誰もが、慧海の功績を認めつつ、難癖を付けたがるという事態に陥っているのだろうか？　勿論その種の条件反射こそがすでに慧海の不動の価値を証立てている。慧海の成果が衝撃的であり、慧海の方法が圧倒的に独創的であり、その独創性の源を他の人間が真似しようとしてもほぼ不可能だし、更に言えばこれから先も慧海のような人物が現れることはないだろうと、どこかでうすうす感づいているからこそ、そうなってしまうのだ。

のちに慧海よりも遥かに長い期間ラサに滞在した、真宗大谷派の多田等観も、その『チベット滞在記』では、どうにかして慧海をその他大勢のチベット潜入者の一人として描こうと、極力そっけない態度で慧海に言及しようとしている。しかしそうした小細工を弄すれば弄するほど、慧海の特異性は際立ってしまうのだし、よりにべもなく、慧海に備わったある種の誠実さがかえって他者の限界を際立たせる作用を持っているのだということを認めざるを得なくなってしまうのである。

河口慧海という名前の大きさに、僕は驚く。それと同時に、この名前の小ささにも、僕は驚く。慧海の冒険から百年以上経過した現在においてさえ、いまだにこの名前が「扱いづらい」という事実に驚かざるを得ないのだ。

確かに慧海は名誉を回復した。まるで、そもそも棄損されたことのない名誉を、さも回復する必要があったかのように。川喜田二郎氏が実際にチベットで慧海の足跡を辿り、『チベット旅行記』の記述が極めて正確であったことを立証してみせた。『チベット旅行記』以外の著述も読めるよう、全集や著作集も刊行された。にもかかわらず、ごく普通に生きている日本人にとって、この名前に触れることなく一生を送ることは何と容易なのだろう。他の歴史的偉人のように、思い出したようにテレビでドキュメンタリーの特集が組まれるといったこともほとんどない。慧海は、一体、どこに行ってしまったのだろう？

実はここに、非常に興味深いある現象が横たわっている。
河口慧海という名前だけは聞いたことがある、そんな人がほとんど存在しないのだ。え、だからどうしたのかって？　いやいや、これは現代ではかなり特殊なことなんだよ。「滝沢馬琴？　もちろん知ってるよ、まだ読んでないけどね。だって長過ぎるだろ。今ちょっとまとまった時間が取れないんだ…」「山田美妙？　ああ、あの言文一致の人だろ？　教科書に載ってたよな。で、結局彼はどんな本を書いたの？」そんな話なら、どこにでも転がっている。ところが、河口慧海の名前「だけ」を知っていて、彼が成し遂げたことを知らないという人はほとんどいない。少なくとも僕は出会ったことがない。逆に一度でも『チベット旅行記』に触れたことがある人は、河口慧海の名前を二度と忘れることがないだろう。

そんな「実存的」な固有名詞なんて、このご時世には滅多にお目に掛かれないものではないだろうか。想像してみて欲しい、その言葉と、その航跡と、その人生と、その思想と、これほどまでに密着した一つの名前を…　社会が名前をその人から引き剝がし、身に覚えのない場所で流通させようとしているときに、これほどまでに自分自身にしがみつこうとする名前を…　この上ないほどに頑固で、ディフェンシヴな名前を…　そこで、この名前のために一つのメタフィジカルな幻視が現れるのである。つまり、社会が総体として産出しようとする幻視としてのスペクタクルな詭弁に対し、河口慧海というたった一人の人生が、遥かに巨大なスペクタクルによる詭弁なのだという可能性が…　これは資本的な価値によってイメージ化された社会では、決して侵入させてはいけないウイルスなのだと見做されてしまう。河口慧海は、驚くべきことだが、充分に時間が経ったということくらいでは、流通可能にならないのである。

だからこそ、ヘディンに限らずありとあらゆる、社会を味方につけることが出来ると考えているもの、他者を支配しようとするもの、他者を言い負かそうとするもの、物量戦をこととし、イメージを操作しようとするものたちが、一斉に叫び出すのだ。

「慧海？　ありゃ反則だよ！」

うんざりしない？　僕はうんざりだ。しかし、仕方がない。連中は連中で、極度のしつこさを持っているし、それなりに切迫してもいるのだから。

　西洋があの手この手で歴史を改竄しようとするのに対し、我らが嫉妬深い日本国民は全面的な協力を惜しまないことだろう。東京地学協会は来日したヘディンを表彰してわざわざメダルを授与するが、慧海のことは無視である。仏教界は慧海の生誕百年に当たる一九六五年に、全くの別人の生誕百年を祝うことにした（慧海の分は代わりに世田谷の九品仏で執り行われた）。勿論慧海本人は気にしている素振りすら見せていない。それはそうだろう、賞やメダルは自らの意思で動くものにとってはほとんど意味がないものだし、慧海はと言えば、自我なんかもうとっくにないか、必要最小限しかないか、遍歴の果てに再び取り戻した自我、要はあるかないかにはお構いなくコントロール可能なものになっている身体を握りしめているだけなのだから。

　それに慧海の側にだって責任の一端はあるのだ。実際のところ慧海が仏教徒としても探検家としても超一流であり、二回目のチベット入りの時には植物採集の道具一式を持っていって、最低でも十二種の新種を発見してしまったなどということは、真面目に人生を懸けて一つのことを極めたいと願っている社会的な人々への侮辱以外の何ものでもないではないか。それは子供向けの、庶民向けのヒーロー譚だ。そんなのは、「何かが」おかしい。

庶民向けだって？　上等だ。もっとも慧海が、日本の政府からあらゆる協力を無下に断られた後も、たった一人でネパール国王と渡りをつけ目的を達してしまうような人物だということを忘れさえしなければの話だが…　慧海の眼差しが庶民に向けられていることは、疑いようがない。観察者としての慧海がここまで優秀なのも、先入観などこれっぽっちも持ち合わせていないかのように、人間の裏と表、国家や民族や文化の長所と短所を何事もなく選り分けてしまうのも、慧海がチベットで「壮士坊主」と名付けたような中世の僧兵まがいの荒くれ者たちに対してすら、その本質を一瞬で嗅ぎ分けてしまうのも、慧海にとっては王も人民も何一つ隔たることのない仏の子供であるからに他ならないのだし、だからこそ、まるで当然のように弱き者たちはより多くの視線を要求してくるのだ。

遊牧民の中に絶世の美女を見つけたときには、シャクンタラー姫を見つけたなどと言って素朴に喜んでいるだけの慧海が、あたかも百鬼夜行のごとき不可触民の一団と遭遇したときに見せる筆の冴え、次のような描写は、間違いなく慧海の文体の中でも珠玉のものの部類に数えられる。

「若布《わかめ》の如く破れし衣に、垢《あか》の黒光りせるを着て、顔も垢にてニグロの如く、黒き口、恐ろしき眼の光れるさえあるに、中には片足にて両杖にすがるあり。また、義足と一本の木にて、飛ぶが如くに行くあり。片眼は張れふさがりて、片眼の縁の赤光りせるに、鬼女かとも思わるる四十恰好の婦人の、下げ髪乱れたるあり。またあくまで肥え太りたる十二、三歳の童子が、挽き臼《ひうす》の如き顔に眼をいずこにあるかと、よく見れば、一は額の上にありて、左は口の上の片隅に象の如き細き眼のかかれり。」

——『第二回チベット旅行記』

もともと慧海のチベット人に対する叙述はなかなか辛辣を極めている。「雪山の垢塗《まみ》れの土人」、「糞を喰う餓鬼」、「数学的観念のない半開人」。これではまるで、慧海がチベットに何年も憧れて、命を賭してまで教えを請いに行ったのだという事実を忘れてしまいそうになる。しかし、結局のところ、正確さ以上の何が対価として払われよう。正確さは愛だ、正確さは慈悲だ、そして一番大切なこととして、正確さは回向《えこう》なのである。

『チベット旅行記』を開いたとき、他の本であればほとんど目を通すことすらない、思わぬ場所が僕にこの上ない感動を与える。序文と目次との間に挟まった、「凡例」の中の一文だ。

「一、新漢字、新かなづかいに改め、あまり使用されない漢字はひらがなにした。」

この何気ない宣言は、こと慧海に関しては、驚くべき事実を再確認させるよすがとなっている。このテキストは、改変可能なのである。新かなづかいの露伴、新漢字の馬琴などといったものが意味をなさないのとは対照的に、慧海のテキストは時代とともに、時代に即した形を纏って生まれ変わりさえするのだ。口述筆記ゆえのこととはいえ、ちょっと他に似通った例さえ思いつかないような、何という輪廻転生だろう。実際当初出版されたときには『西藏旅行記』と名付けられたこの書物を僕らは『チベット旅行記』と呼んでいるのだが、一体それのどこに不都合が見出せるだろうか？ これこそ、日本語における最大限の「反則」ではないだろうか？ 何故ならば僕らはまたも心のどこかで、時代とともに装いを変えるこのテキストが、そのことによって価値を減じることがないであろうということに、うすうす感づいてしまっているのだ。

『チベット旅行記』は、慧海その人の、限りない自由の引き写しになっている。自由からの逃走が、自由からの絶対的な逃走にまで徹底された現代に、益々輝きを増す自由である。人々が最早予測可能な自由しか求めないときに、慧海の自由の予測不可能性は他を圧する高みに達しているのだが、その予測不可能性を生み出す手際こそが、僧としての慧海の教えと表裏一体をなしている。さあ、悩める現代人諸氏よ、そんなに答えを求めて自己啓発本や経済的成功者の伝記を読み漁るのであれば、もっと本物の、一発で効く薬があるよ。現実に人並み外れた成果を上げた、信じられないような過酷な状況もスマートに切り抜けてきた人の教えだよ。ここに書いてある幾つかのルールを守りさえすれば、君たちだって約束の地に辿り着けること請け合いだ。そのルールとは何かって？ 簡単なことさ、正午を過ぎたら食事を摂らない、肉を食べない、酒を飲まない、女を寄せ付けない、選択に困ったら瞑想して心の声に従う。たったそれだけのことさ。

仏教の教えを文字通りに受け取ってはならないなどと、一体誰が決めたというのだろう。西洋の探検隊がライフルや地図を買い揃えて出発の準備にいそしんでいる傍ら、慧海だって準備におさおさ怠りはない。少しばかり準備の方向性が違うだけだ。慧海にとって旅立ちの準備とは、チベット語の習得と、予め功徳を積んでおくことだった。功徳さえ積んでおけば、のちのち危機に直面した際に生き残る確率が高まるのだから当然だ。仏教徒たるもの、因果の差引勘定を間違えるなどということはあり得ない。強盗や猛獣に遭遇したら、とりあえず欲しいものは全部あげてしまえばいい。命をくれといわれたらそれまでだ、一番の宝物をあげるのだから、来世で良いスタートが切れるだろう。

結果として、『チベット旅行記』はある僧侶の冒険譚でもなく、三蔵法師ばりの求法の旅でもなくなってしまった。慧海は、ここ千数百年にわたって書かれたことのない、新しい「仏典」を書いてしまったのである。

思えばこの事実は、釈迦入滅後数世紀のあいだ、インドの仏教寺院は毎年数百人に及ぶ解脱者をちゃんと輩出していたのだという事実を忘れ、修行の到達点である悟りを聖なるものの不可視性という哲学的欺瞞で覆い隠してしまった世俗的宗教集団からしてみれば、何としても認めることのできないものなのである。

さあ、僕らもチベットへ飛ぼう。高天原《たかまがはら》へ… 心と閉ざされた四次元の身体的ルーツへ… 雪原… 山々… 空を見上げて思うことと言えばただ一つ… ここは地の果てだが、やっぱり日本と繋がっているということ… それだけ… それだけのために来たのだ…

人間という時間的対比の壁に挟まれた苦行者。やむにやまれず空間に投影された時間と、時間化された空間の呪縛を乗り越えようとしてあてもなく歩き回ったところで、チベットと日本を往復するのが関の山なのだという事実。誰もが、チベット人にはもうなれない。戻りたくても、戻れないのだ。この絶対的に相対的な、循環するだけの時間には… 『セブンイヤーズ・イン・チベット』、『スリーイヤーズ・イン・チベット』、『秘境西域八年の潜行』、『チベット潜行十年』… 折り合わされて重なり、存在の無力さを伴って停滞する時間に、いまだ無駄な抵抗を試み続けるかのように、チベットに居た時間を数え上げようとする近代化された者たち… 一歩歩けば、少なくとも一歩近づくのだ、そう自分自身に言い聞かせる慧海… けれども何処へ…

巍々《ぎぎ》たる山… 突兀《とっこつ》とした岩… 潺々《せんせん》と流れる川… 形容詞はあくまでステレオタイプでそんなに多くない。現実がシンプルさを要求しているのだ。西洋人がライフルで制圧しようとも、日本人がいくら「共生」しているような顔をしようとも、自然は、それもここにあるような自然は一皮むけば人間などには一瞥もくれていないし、自然の方からより積極的に人間を自然の一要素に呑み込もうとする運動の生理的残酷さを前にしては、認識の力はあまりにも役立たずだし、砂漠と雪原の区別すら、最後には付かなくなってしまうことだろう。

程なく人類は、この風景をカメラに収めに来るはずだ。自然が決して人類が考えるような純粋さを持ち合わせてなどいないという事実は不問に付して、自らの行為の汚辱を何もかもひっくるめて自然に背負わせたうえで、それらを視覚的に所有しようとさえし始めるかも知れない。

そのとき、チベット人が一体何をやっているのかが、理解できる、いや、理解すべきなのだ。近代人の誰がチベット人よりも清潔で清廉だなどと言えるだろう。チベット人が「風景」という概念を持たないのは、それがまだ不要であるほどに内面化が遅れているからではなく、外に、狭間に、悠久の大自然に人間を背負わせた末の敗北なのだと、考えることも出来るはずではないだろうか。

慧海が、自分は探検家ではない、ただひたすらに仏教の教えを求めているのだと自己規定してみたところで、慧海がまごうかたなく探検家としての要素を持ち合わせているのは間違いがない。その最大の証左は、慧海がやたらと発揮するその命名癖に見て取れる。

間道をつたってようやくチベット領内に侵入した慧海の前に、二つの池が現れる。慧海は自らこれに命名することとし、一つは「慧海池」、もう一つは「仁広池」と呼ぶことにする。慧海の法名は正式には「慧海仁広」であるから、早速探検家としてチベットの地形に自分の足跡を刻んだのだ。

ところが、しばらく行くともう一つの池に出くわした。この池にも慧海は名前を付ける。池がひょうたん型をしていたので、「瓢箪《ひさご》池」と…　何とも滑稽ではないだろうか。この奇妙な「落差」を感じ取って欲しいのだ。そう、まさに「落差」だ。博物学者のような冷静さで動物を観察したかと思えば、次の瞬間には動物たちが屠殺される光景に滂沱《ぼうだ》の涙を流している。法王に謁見したその足で臭気鼻を衝く汚穢の住居に帰っていく。舌先三寸で窮地を乗り切ったかと思えば、誠心誠意の訴えで事態の打開を図ろうと試みる。慧海のスタイルは、いや本来ならば近代的知性にはすべからく備わっているべき是非とも必要な要素なのかも知れないが、この休むことを知らない徹底した「落差」なのだ。

仁者は山を好み、智者は水を好む。慧海の精神はその二つを兼ね備えているので、当然の如く山と水を兼ね備えた「落差」であるところの滝を好む。

ほら、慧海がまた名前を付けているぞ…


「で、その七つの滝を名づけて試みに雪峰チーセの七龍といったです。実に愉快でした。」（傍点筆者）

なんてセンスがないんだ！　なんて素敵な平凡さなんだ！　慧海がチベットに渡るにあたって自らに課した「二十六の請願」というものに関しても、その数が四十八でもなければ、二十四でもないことに注目するべきであろう。まるでプロ野球チームの永久欠番のように、この二十六という数字が慧海に占拠されてしまっている。

また、チベットで遭遇した苦難、高山病にかかったり犬に噛まれたりといった災難を、数え上げて十の災難として定式化していることも見逃せない。これは爆笑ものなので、是非読者の方には自らの手で読んでみて欲しい。

世界からフロンティアが消滅し、地球上最後の秘境と言われたツァンポー渓谷も（それもまた当然のような顔をしてチベット領内にあるのだが）、世界中の誰もが衛星写真で覗き込むことぐらいは出来るといった、奇妙な時代に僕らは生きている。しかし慧海が繰り返し実践してみせてくれているように、新しいものは幾らでも存在するのだし、それに命名し、自らを意図的に一つの伝説と化すことだって、やり方次第では可能なのだ。新しいものは自ら作り出してこそ新しいのだし、それはもっと簡単な場所に見出せる、誰の知性にも備わっている能力、ものを見るという能力のヴァリエーションにすぎないのだ。

「官職は賄賂でもって買える位のもので才能の有無はそんなに問わない。なぜならば才能があったところでかえって邪魔になる位のものです。沢山な馬鹿の人の居る中に立派な人が一人居ると、かえって邪魔になって仕方がないから、そういう立派な人が出ると他から必ず嫉まれて放り出されてしまう。」

「こういう大罪を犯して恬《てん》として愧《は》じないところの人間がです、かえって虫を殺したり虱を殺したりすることを大いに恐れてしないような事もあるです。それからまた何でもない寺の規則とかいうような事を一生懸命に喧《やかま》しゅういうて守って居る。」

あるいはもっとシンプルに…

「チベット人は殺生をすることが非常に嗜《すき》です」

明治という時代が自ら好んで呼び込んだ神経症に蝕まれようとしている中で、慧海の精神だけがこれ程までにヒステリーと無縁でいられるのは何故だろう？　慧海の中でだけは、言語の多重性がその主体を利しているという事実は、もっと真剣に受け止められても良いはずであった。

しかしながら、残念なことに、本職のスパイよりもよっぽど正確な観察を持ち帰った慧海の仕事を、我らが日本国は生かすことが出来ずに、更なる集団ヒステリーの道を歩むことになる。この点に関しては慧海もまた、他の多くの知識人と同様に明治という壮大な夢の産物であったのだ。でも慧海の名は他の名前と溶け合うことはないだろう。これは僕の私的な観測でもなければ願望でもない。チベットの土地に飽かず刻み込んだ慧海の仕掛けが、この奇しくもダライラマと同じ意味の名前を持つ過剰なまでに独創的な一人の日本人の足跡を、時を超えたからくりのように作動させ続けることは間違いないのだから。

慧海の教え。

目的は手段と渾然一体となり、表裏一体となり、不可分のものとなっている。にもかかわらず、目的と手段どちらを取るかという二者択一を迫られたなら、手段を選ばなければならない。

慧海が最も嫌うのは、「目的を達する為にはいかなる方法も執るべし」という考え方であり、大切なのは「目的を達する為にはただ誠実なる方法を執るの一つあるのみ」なのである。

時代とともに益々重要さを増しているこの教えを現代風に言い換えれば、もしも洗練された手段を手に入れることさえ出来たなら、目的を見出すことすら不可能ではないかもしれない、ということになるだろう。

「私には一切秘密はありません。」

今までも、そしてこれからも、秘密を持つのは因果の掟を誤魔化すことが出来ると考えている者たちだけだ。日本に居るときには毎日、一日も欠かすことなく、決まった時間に、遅れそうになったときには猛ダッシュで帰って来て、慧海は木の板を打ち鳴らしながら、こんな文句を唱えていたという。

「謹んで一切衆生に申上ぐ
生死の問題は至大にして
無常は刹那より速かなり
各々務めて、さめ悟れ

慎んで油断怠慢するなかれ」

大切なところに差し掛かると、慧海は相も変わらず下手な文章を繰り出してくる。何かしら重大な意味を伝えたいのだということを、こうしたたどたどしさの中に籠めているのかもしれない…

『チベット旅行記』の最後は、まことに示唆的な終わり方をする。「日本の社会の中にはヒマラヤ山中に居る悪神よりも恐ろしい悪魔が居るかも知れない。またその陥穽は雪山の谷間よりも酷いものがあるであろう」。そうに違いない。チベットに居る間は、いつだってその光景に日本のことを重ねて見ていたものだった。日本文化のルーツを思わせるシッキム地方は高天原に思えたし、マナサロワル湖の静かな湖面は八咫鏡に見えたものだった。これからは逆に、日本をチベットの光学的偏差を通して眺めることになるだろう。

既にインドで、チベットの僧服を纏った自分というたったそれだけの存在が、日本の政府高官たちに引き起こした明らかな動揺を目の当たりにしていた慧海は、明治日本の掲げるグローバリズムの夢が、どのみち有名無実に終わるであろうことを嫌というほど感じ取っている。どれだけ内側に水位差を生み出そうとも、経済や軍事の力で進攻しようとも、外側と向き合うという当たり前のことがおざなりになってしまえば自滅するのは時間の問題だ。あまりに当たり前なのだが、外が無ければ内側は確定しないのである。

慧海がいつもチベットの僧服を身に付けていることを指して、まるで自分を見世物にする商売根性だなどとあげつらう者も居た。彼らには、目の前にあるものが見えていない。「私には一切秘密はありません」。いつか人々も気付くだろうか？　河口慧海は、目に見えたものそのままの存在なのだと。つまり今となっては、慧海は日本を済度するために降り立ったチベットの一僧侶なのだと。

先日、ミャンマー北部のカカボラジ山登頂を目指す登山隊を追った、面白いドキュメンタリー番組をテレビで見た。身長が百三十センチにも満たないアジアのピグミー、タロン族の最後の生き残りだという、よく喋る剽軽《ひょうきん》なおじさんも登場する。ベースキャンプを映したシーンで、登山隊の一人が横になり、ボロボロになった文庫版の『河口慧海日記』を読んでいるのが、偶然映し出された。

探検家からはあまりに独創的だという理由で、仏教界からはあまりに仏教的すぎるという理由で、いまだに奥歯にものが挟まったような扱いを受けている河口慧海が読まれる場所として、これほど相応しい場所もないだろう。常に現場で。そう、物事には結局相応しい場所とスタイルがあるのだし、最後までそこにこだわり続けた慧海は、やっぱりどうしたってお洒落だ。

上が何と言おうとも、慧海の本がどの棚に置かれようとも、現場には現場にしか分からない真実がある。良き仏教徒であることは、すなわち良き探検家であることなのだ。大衆向けのコピーライトは、若き日の恩師である井上円了に考えてもらおう。「探検僧」。ははは、さすが餅は餅屋だね。単純明快にして的を射ている。でも河口慧海を、井上円了とか鈴木大拙とか、ヴァイタリティはずば抜けているもののどこか浮いている、あの辺の「一味」だと考えるようなことはしないでくれよ。慧海はやっぱり別物なのだ。それはちょっと写真を眺めただけでも一目瞭然だろう。左右対称の、彫像のような悟りすました顔。時とともに、身に受けた試練とともに、純粋さをいや増しに増していく顔。歴史上の偉人という空想上の存在に、ある種の形象を与えてくれる、壊れそうに繊細で、決して壊れることのないその顔…

「くさぐさに有らん限りの苦しみを
なめつくしてぞ苦の根たえなん」

# 弓と禅とアンチ禅

しかしわたしは、知性は意志よりも高貴であると言う。意志は善という衣装をまとった神をとらえるが、知性は、善とか有といった衣装を脱ぎすてた覆われない神をとらえるのである。

――『エックハルト説教集』田島照久訳

どうにもこうにも、京都も浅草も、外国人観光客が引きもきらない押しかけようである。まだまだ増えるらしい。日本人が逆によくもまあと感心するような辺鄙なところにも、しっかり見どころを見つけてやってくる。那智の滝の近くで若い白人に話しかけられる。「カラスだろ?」「え?」「カラスが天皇の道案内をしたんだよね。」「ああ、そう、良く知ってるね!」「有名な伝説なのか?」「そうだね、一応、まあでもカラスが何者なのかはよく分からないけど…」「分からない? ガイドが言ってたぞ、三本足の太陽に住むカラスなんだろ?」「そうだね。良く知ってるね!」さあ、どうしたものか……分からないものは分からないままにしておいてもよいというのが我が国の美徳の一部だったはずだが……日本人にとって重要なことはすべて国土に書いてある。そのおかげで言挙げせぬ国だなどと澄ましかえっていられるのだが、必要に迫られると慌てて言挙げしては下手を打つというのも我が民族の特徴に他ならない。ちょうどパリで日本文化を発信するような仕事を手掛けている友人が居たので、聞いてみた。「結局のところ彼らは何を読んでるの?」「ウチに来るような人はみんな日本通だから、『陰翳礼讃』と『弓と禅』は大概読んでるよ。やっぱりテキストが短いってことは大事だね、短いってことは!」

カント派のドイツ人哲学者オイゲン・ヘリゲルが東北帝国大学に招聘された五年間に阿波研造から弓道を教授された際の経験を綴ったのが、『弓と禅』である。初版から七十年たってなお読み継がれ古典としての地位を確立したこの書物は、西洋人と東洋人の対比をもって見事に日本的禅の思想を切り出している。今は『弓と禅』を起点にして、次の一歩を踏み出してみよう。

『弓と禅』の最後に、「むすび」と称し突如として奇妙なパッセージが現れる。「彼」と呼ばれる何ものかが登場するのだ。本文の中で「彼」と呼ばれるのは一貫して師範の阿波であった。このパッセージも「禅によって規定された芸術の師範は」という文句ではじまるので、一見阿波師範のことを述べているのかと疑いたくなるが、すぐにそうではないことが分かる。この「彼」とは誰だろう? ヘリゲル自身だろうか? もともとこの本は、ヘリゲルが西洋的な「私」を放下して「それ」と合一化するまでの物語である。また、その過程でヘリゲルがよく使用する「精神」の単語の意味が変容していく物語だといってもいい。冒頭ヘリゲルは「精神」という語を外界に対応する内面といった意味で使いはじめるのだが、そうしたときの「精神」という意味のシンプルさはむしろ日本の読み手をハッとさせる。日本語の「精神」はすでに換喩的に用いられることに慣れ切っていて、時折外界の存在を忘れさせるほどなのだ。ヘリゲルは西洋人らしく、何はともあれとっかかりとしては外界に存在するパラメーターを綜合しなければならないと感じる。ライフル射撃の経験から、弓矢の物質的特性、風、的までの距離、意識的な筋肉のコントロールによって弓を射ろうとするのだが、そうしたアプローチは否定され、阿波が外界に意識を向けずに自己の内面にのみ集中するように弟子を導いてゆく。鍛錬によって意識的になされていたものが徐々に身体に落ちて無意識化され、結果として上達するというプロセスであればヘリゲルも否定してはいないのだが、それ以上にのっけから外界を意識しないことに主眼を置く教授法にヘリゲルが当惑してしまうのである。単に矢で的を射るという目標に向かうのであれば、このように外から内へ向かう方法も、内から外へ向かう方法もともに承認されるだろうし、実際日本語では前者を「練習」と呼び後者を「稽古」と呼ぶような形でどちらの方法にもちゃんと名前が付いている。ところが阿波はそのどちらをも認めない。そもそも的を射るということを目標に置くこと、その目標に付随するあらゆる功名心や向上心をすべて放棄することで、徹底して「私」を棚上げにすることを要求するのだ。そうしない限り「それ」との合一化を成し遂げることができないという理由からである。

さて、ヘリゲルは持ち前の真剣さで「それ」との合一化を達成する。では次の目標は何だろう？

となると、いついかなるときでも「それ」であり続け、死の恐怖を克服することである、という話になる。もちろん死の恐怖を克服し、在るべきものが存在そのものの広がりと重なり合った状態は素晴らしいものであるには違いない。しかしここで非常に重要な次の課題が現れる。「私」は本当にいらないのか？「精神」が単なる内面性を超えて複数のレイヤーに跨った場合、現実におけるその選択を「それ」などというものに任せておいていいのかという至極真っ当な疑念が残るのだ。「それ」はある限定されたレイヤーの中であれば恐らくは「私」よりも適切な選択を導き出すだろう。河口慧海がチベットでの冒険中に行き詰ったとき、決まって瞑想をすることで自らが進む道を決めていたことを思い出して欲しい。しかし現実の人生でいつ「それ」にお伺いを立てるべきなのかということまでを「それ」に委ねてしまっても大丈夫なものだろうか？　むしろそこは「私」が担うべき仕事ではないのか？

中途半端な信者たちはこと話がここに及ぶと顔を真っ赤にして猛反発をはじめる。「さかしらだ！」「屁理屈だ！」「何も分かってない！」「自分ができるようになってから言え！」しかし何を？　何をできるようになれと？　日本人の中に身を置いた者であれば一度ならずこの種の罵詈雑言を浴びせられた経験があるはずだ。これら思考停止に陥った個へのルサンチマンにすぎない無への強制収容からは、そっと逃げ出そう。それは禅でもアンチ禅でもない、ただの人間の終局にすぎないからだ。「それがあるところに私が立ち上がらなければならない」、そんなフロイトの定式が示唆しているように、西洋の「私」は何度でも「それ」の中に立ち戻ってくる。一方で「それ」との合一をゴールのように語る日本の思想にしても、「それ」だけでは済まないということはちゃんと知っているのだから。「私」と「それ」が織りなすドラマには次の章が存在するのである。ヘリゲルは禅の思想を西洋人に紹介するという必要性からひとまずこの問題を留保した。その代わりに「私」でも「それ」でもない「彼」が登場しているのである。そして「彼」が最高の自由に達していないのは、「彼には最高の自由が未だ最深の必然性となっていないからだ」、「今まで忍耐強く、へり下って従って来た」にもかかわらず。なにか、もっと奥がある。「それ」より先の「それ」が、表面的な精神、近視眼の論理がときほぐされた、根源の表出にも似た自由の彼方に、さらなる自由が。

「それ」とは何かということは身体によって体得する以外になく、建前上は言葉では説明できないことになっている。しかし阿波はそれをはっきりと言葉で名指している。「それ」とは「仏陀」だと。またそれなりに説明も加えている。「不可解ではあるがそれにもかかわらずあまりに現実的なので、我々がその外の仕方ではあり得ないかのように慣れてしまっている一致」なのだと。この「一致」は、ならば自然の摂理のようなものなのかといえば、確かにそうであるらしい。阿波は次のように具体的な実例も挙げてくれている。

「蜘蛛《くも》はその巣を舞いながら張ります。しかもその中で捕えられる蠅《はえ》が存在することを知らないのです。蠅は呑気《のんき》に日向で飛び、舞いながら、蜘蛛の巣に捕えられ、しかも何が自分に迫っているかも知らないのです。しかしこの二つのものを通じて〝それ〟が舞っているのです。」

ここで言われているのは、舞うための時間が存在するということだ。疲れるまで舞う、それだけでも三日三晩踊り続けることができるだろう。さらには人生を、ひとつの舞のように生き抜くこともまた可能なのだ。それと同時に、悠久の時が生きものたちの舞に干渉し、すべてを無に帰すような時間のことも、きちんと考えなければなるまい。それは自然の歪《いびつ》さの時間である。あるレイヤーに沿って完全に調和していて、別のレイヤーが重ね合わされると極めて歪な相貌を露呈するこの自然、その中に「現在」を認めることは、自然の歪さに目をつむることであってはならないはずだ。「正しき精神の現在」は過去を獲得するために、現在をその過去と過去の無責任さにおいて獲得する、そんな機制であるはずだ。

例を挙げよう。ニュージーランドには空を飛ぶことのできない鳥が何種類か生息しているが、それはニュージーランドでは鳥類の種類と数が多すぎて空域の競争率が高いので、地面を走った方がかえって有利になることがあるからだという。地上に降りることでそうやって生き延びることができているのだから、生存戦略としては大正解なのだが、もともと空を飛ぶために進化した身体で地面を走っていること自体はかなり歪である。こうして自然は何重にも無理をすることで成り立っている。同様に蜘蛛が網を張ることも元を辿れば極めて回りくどい歪な戦略なのかもしれないのだが、とりあえず現在というレイヤーで区切りをつけてみれば、完全に予定調和的で、ちゃんと蝿がかかる。だから「正しき現在」はその中に大量の過去を孕んでいるのだが、同時に過去の不条理に目を開くような人間の精神を、論理的であるという欠陥を持つ人間ならではの習慣としてのみ捨象してしまう危険も持ち合わせている。種田山頭火に次のような句がある。

## 蜘蛛は網張る私は私を肯定する

これは、蜘蛛でさえこれほど馬鹿馬鹿しいことをしているのだから、私自身の馬鹿らしさも少しは許してあげよう、という意味なのだが、蜘蛛と山頭火が互いに肯定し合うこの現在において、山頭火が過去に歪な「私」だったこと、もしくはその私を微妙に偏差を加えながら積み重ねてきたことは、果たして「それ」から見て単なる誤謬だと言い切れるものなのだろうか？　もう一度阿波の言葉を聞こう。「この二つのものを通じて〝それ〟が舞っているのです。」そう、「それ」も舞っているのだ。つまり「それ」には終わりがあるのである。逆に人間を永遠の舞として表象するのであれば、そここそ純粋さと全肯定という誤謬が潜んでいるのだとも言える。

「それ」との合一は何も東洋人の専売特許ではない。先日、南米出身のある若いサッカー選手を撮影した動画が世界的に話題になった。その選手は練習中にグラウンドで同僚の選手と談笑していたのだが、背後から転がって来たボールを、目で見ることもなく、まるで何事もなかったかのようにひょいとトラップしてしまったのである。この選手は後ろに眼でも付いているのではないかと観るものを驚かせたのだが、この話は阿波師範が暗闇で正確に二本の矢を同じ場所に射当てるエピソードとも通じるものがある。この若いスター選手にとって、幼いころから慣れ親しんできたサッカーボール、自分のホームグラウンドであるサッカー場が混然一体となってひとつのレイヤーを構成していたからこそ、このような現象も起こり得るのであろう。かくのごとき状態にあっては神経から外界へと通じる一続きの大陸が形成されることになるのだが、言語の作用がそこに割って入って陸地を分断する。言語は、自らの質量によって、必ず、そうするのだ。だから言語の舞と「それ」の舞が別物であるということに当惑した、自らの純粋さを偽装しつつ標榜する精神が、論理を嫌うように言語そのものをも嫌うようになるのである。

言語と「それ」との間に介在する断絶に人一倍意識的だった山頭火には、次のような句もあって、これなどはまさに山頭火の真骨頂だと言っても良いだろう。

すツぱだかへとんぼとまらうとするか

確かに、言われてみれば、私が何故「私」に捕われているのかという疑念より、何故私にとんぼがとまるのかという疑念の方がはるかに根元的である。自然の摂理に浸りきったとんぼは、自然の摂理からはますます離れていく山頭火に、何故とまるのだろうか？　二つのレイヤーが交差するときのこの驚きは、とんぼに向けられたものなのだろうか、それとも肉体から遊離する山頭火その人に向けられたものなのであろうか？

よく知られているように、山頭火は後半生回遊の僧侶として山野をひたすら歩き続けたが、歩き続けること自体はここでいう弓の求道者が鍛錬を重ねることとそう違わない。歩き続けることで山頭火の所作には無駄がなくなり、必要な筋肉が付き、より一層「それ」へと近づく準備が整っていったことであろう。しかし一方、歩くことの目的は一般に信じられているように、自我を滅却することではない。山頭火自身あわよくば歩くことが「私」からの解放をもたらしてくれたらと期待していたかもしれないが、現実には歩くことにより自意識はより肥大するのである。これは一人で仕事を続けるタクシーの運転手に屁理屈屋が多いのと同じ原理であって、現に山頭火の場合でも歩けば歩くほど他者への観察眼がより辛辣になっていくさまを見てとることができる。この時山頭火は安易に自意識の側を弱めて外界と交信する身体へと沈み込むことを選ばない。むしろ自らの内部で先鋭さを増す分裂をさらに育み、より過激なものとすることで、自らが自然の摂理との接触により散らす火花を最大化しようと試みさえするのだ。結果としてとんぼが自分にとまろうとする瞬間は、それ自体が驚きと、こう言って良ければ恩寵に満ちたものとなる。この道のりの彼方には、恐らく、自然そのものとの対決が待ち受けているはずだ。そうなのだ、これは目標という概念そのものをピンボケさせ、自在に距離を伸縮させる何かなのだ。弓道によって精神に未知の扉を開くことが、目標の放下によって成し遂げられたその先に、言語がそれらすべてを取り囲み、目標の放下を新たな目標へと転化する、そのような場で躍動し舞を舞う言語の地平が存在するのである。

面白いのは『草木塔』の前書きを見る限り、山頭火の俳句の師匠である荻原井泉水がこうした山頭火の困難なポジションを全くといっていいほど理解していないことである。荻原には山頭火の句が、「木の実のおのづから落つるのを拾ふやうな」、自然そのままの句であるかのようにどうしても見えてしまうのだ。それでは山頭火は良き師に恵まれなかったのかといえば、とんでもない、素晴らしい師匠である。大体禅とはダイアローグの技法であって、いざとなったら師は壁でも柱でも良いのである。凡人には凡人なりのものの見方というものがあるのだ。事実荻原も芭蕉を引き合いに出すことで山頭火の句才を最初に見出したものとしての栄誉をしっかりと手に入れている。

最後に、ここまで語ってきたことを見事に包括して象徴しているあるシーンを紹介したい。馬琴の『南総里見八犬伝』が完結した後、エピローグを兼ねた楽屋話があるのだが、ここに歌川国貞が見事な挿絵を描いている。画面の左には、馬琴を訪ねて無理矢理押しかけて来た、一人の諸国回遊の僧。孤独に歩き続け、山頭火のように句を拾ったり捨てたりしてバランスを取る術も持ち合わせていないその僧は、自意識と猜疑心がはち切れんばかりに膨れ上がっていて、見るからに険のある意地悪そうな目つきをしている。その僧が『八犬伝』の地理考証について実に五月蠅い重箱の隅をつつくようなクレームをつけてくるのだが、それを馬琴が木端微塵にやっつけるという話である。馬琴の方は、本来の偏屈さは影を潜め、まるで翁の面のようなにこやかな好々爺として描かれている。まさしく剣術の他流試合のように、血気にはやる挑戦者を達人の馬琴が軽くいなすようにひねり上げてしまうのだが、無論僧は感謝して帰って行く。こうして、表面上は廻国の僧が永らく求めた禅師に巡り合えたかのような構図になっているものの、この時かけがえのない師を得たのは実は馬琴なのだ。師は有難いが、自己を捨てろと言いすぎる。こと文学に関してはそれではいけないのだし、結局のところ文学の世界に師弟関係は存在し得ない。どんなに真剣に『水滸伝』に私淑しても、古典の文体模写をしてみても、スペインの諺《ことわざ》にあるように、詩人は作れない。だから馬琴は最後の最後に架空の僧の師になることによって自らを救ったのだった。これは人並み外れて自分に厳しかった馬琴が、珍しく、正確な意味では生まれて初めて、自らに与えたねぎらいだった。言葉を扱う者にとって、「それ」と合一化することは許されない。分岐を繰り返し、郷愁と乖離の反復に魅せられた無限運動の中で、自らを間断なく見知らぬ存在へと押しやらなければならない。そんな人格を前にしては、不立文字《ふりゅうもんじ》と言いながらもわりかし言葉を使いたがる禅も、初源の微笑みに戻っていくしかないのだ。

どうだろう？　上手く短くまとめることができただろうか？

## 付託されたもの

民俗学者の宮本常一氏が、『暮らしの形と美』の中でこんなことを言っています。

「私は物質文化を「軟文化」と「硬文化」に分けています。軟らかな文化と硬い文化で、日本の文化は軟文化の比重がひじょうに高かった。」

例えば長く保つ革靴を作ろうとしないで、三日もすれば擦り切れて使えなくなることを前提に草鞋《わらじ》を用いる、地震や火災で損壊することをある程度折り込みつつ木と紙で作った家屋を用いる、確かに軟らかい素材を使った文化であって、二一世紀に生きている我々も、日本人でありさえすればすんなりと受け入れられる考え方に思われます。しかし一方で、周囲を見回すと我々は決して軟らかい環境に取り巻かれているわけではありません。東京は硬質の超近代建築に埋め尽くされています。宮本氏は「物質文化」と限定していますが、そうした文化を産み出し継承するメンタリティにまで対象を広げて、もう少し考えてみましょう。

近代であっても黎明期の頃には、もっと軟質な部分も持ち合わせていたように思います。日本でデザインされた蒸気機関車、戦闘機、古き良きスポーツカーには、工業製品であってもどこか日本らしい繊細なはかなさを感じさせる部分があります。しかし現在では鉄道も自動車も、ドイツ製のいちい戦車のようなものではないというだけで、充分に硬質なものとなっています。インフラや建築といった器だけが硬質になり、その器の中を軟らかい人間が流浪《さまよ》っている、これが高度経済成長期以降一貫して続いている東京の光景です。

では何故人間が軟らかいままなのでしょうか？　日本語がまさに軟らかい言語だからです。日本語を母国語とする以上、その言語体系にプログラムされた性質や領域、宗教原理のようなものを超えていくのはかなり難しい、というか通常は不可能であるといっても過言ではないのです。

言語とは、少なくとも、遺伝情報の外在化です。私はこの事実は人類にとって極めて重要な知識だと思うのですが、一般にこの事実がどのように理解されているかという点では決まって絶望的にならざるを得ません。その昔、三十年くらい前のことでしょうか、リチャード・ドーキンス博士の『利己的な遺伝子』という本が世界的ベストセラーになりました。私も学生時代に夢中で読みましたが、ただひとつ、「ミーム」という概念が納得できない。このとき博士はミームというのは人間の象徴的次元におけるまさに遺伝子のようなものだと規定していたのです。これではピューリタン的すぎます。つまり遺伝子の自己複製のように、ミームもプロパガンダによって複製されていく、その運動を基本として捉えているのです。しかし言語の持つ運動を考えていくと、何かしら知識なり概念なりが複製され得るとした場合のその単位というものが、仮に存在したとしても、言語機能全体に占めている重要性は比較的小さいと思われるのです。例えば何か新しい技術革新が生まれてその技術の名前をテレビで連呼して人々に浸透させたとしても、人類の遺伝情報が変異を被るだろうか？　しかし結局多くの人々が興味をもったのはこの「ミーム」だったのです。まあ、合理主義は、合理主義ですから。

何年か前、久しぶりにドーキンス博士をテレビのドキュメンタリー番組で見かけました。相変わらずフィッツジェラルドの小説に登場しそうなハンサムなナイスガイです。彼が「ミームはちょっと間違っていた。言語は遺伝情報の外在化です」といった趣旨のことを喋っていたので、我が意を得たり、やっぱり頭のいい人は正解に辿り着くものなのだなと思って最近の彼の著作を読んでみたのですが、何かが違う。やはり科学者は、言語による遺伝情報の外在化を、人類の発展という物差しで理解するものなのかもしれません。人類の発展が加速度的に起こるのは確かに遺伝情報が外在化しているからです。知性のない人やある種のロマン主義者が人類と動物の連続性をいくら躍起になって証明しようとしたところで、人間と動物はもはや全くの別物であって、似ているところと言えば我々も動物のようにいつかは死ななければならないということくらいです。

結局言語によって遺伝情報が外在化されていることの大きなインパクトは、その情報に直接コミットして今現在我々が拘束されている生物学的状況を、リアルタイムで変革することができる、そうすると我々が普段生物的に規定されていると感じている知覚や肉体のレベルにまで間接的にコミットすることになる、言い換えれば頭蓋骨を開かなくても直接脳味噌に外科手術を施せるということになるのだと思うのです。心頭滅却すれば火もまた涼しの境地ですね。実際に焼かれたらかなり熱いとは思いますが、確かにこれは宗教的な問題に直結しているのです。

言語空間に直接コミットして遺伝情報を書き換えることができたら、それはそれで素晴らしいと思うのですが、厄介なのはそのコミットの方法が言語によって想像以上にまちまちだということです。インドヨーロッパ系の硬い言語と、日本語のような軟らかい言語では扱い方が違うということになります。

何故日本語が軟らかい言語なのかというと、これは端的に言って意味が漏れ出してしまうからです。和歌を考えれば明らかですが、枕詞、掛詞、縁語と、言ってしまえば駄洒落と連想のシステムに沿っていくらでも言語が横滑りを起こしてしまう。ある言葉を更新しようと思ってもその単語がアメーバのように捉えどころがなく手術台の上に固定できないのであれば、どう処置してよいのか分からなくなってしまいます。これは見かけよりも大変大きな問題で、実を言えば言霊だなどといってはしゃいでいる場合ではない。それどころか日本語の文学の歴史自体がこの問題を巡って回転しているのだと言っても構わないくらいに大きな問題なのです。

A＝B

この簡単な等式を固定するだけでも、西洋における物自体の伝統が必要になります。しかし日本は物自体を考えません。物には余計なものが纏わりついているからです。今仮にAを「山」、Bを「黒」だとしましょう。西洋では、山が黒い、そう述べることが可能です。ところが日本語でこの等式を考えようとすると、

あしひきのA＝ぬばたまのB

となってしまって、破綻します。歴史が貫入してくるからです。いや、日本語だって、山が黒いは山が黒いだ、そう考えるのはナイーブすぎます。意味の過剰が何によって今だけ制限されたのかを一概に暗黙の了解としてしまうわけにはいかないからです。昨日の山と今日の山は別の山だけれど、やっぱり同じ山だ、そう確信するには物自体の考え方を導入するしかないのです。いや、私は大まじめですよ。

日本語が概念の外枠を形作ることにおいて不器用だということは、ある程度以上のことを述べようとする作家たちには古代から認識されていました。それはもう柿本人麻呂の昔から、あの手この手で

やってきたのです。紀貫之が『古今集』の部立てを春夏秋冬からはじめたことさえ、私はこの問題の延長線上にあると考えています。もうどうしたって原理に直接戻ることはできない、ならばとにかく何か決めるしかないだろ、そうした感覚です。火、空気、土、水のような四大元素として、春夏秋冬を置くんだ、ということです。万葉の時代にも春夏秋冬の部立てはありますが、額田王の有名な歌のように、私は春と秋のどちらが好きだろうかなどという問いを立てることができる、しかし古今以後はそうした問い自体が一種のタブーと化してしまう、だって元素なのですから。

この種の問題意識が生々しい形で噴出したのが、山田美妙の編纂した『日本大辞書』です。辞書を編纂するに当たって美妙が書いた編集方針は罵詈雑言がたっぷり詰まった大変楽しいものですが、ここで美妙は新しい品詞を作ってしまうのです。「根詞」というものです。「赤（あか）」などは根詞なのです。今の感覚だと当然名詞になりますよね。でも美妙は名詞には「すぺえす（空間）」が無くてはならないと強弁します。「机（つくえ）」は空間を占める、しかし「赤」は占めない、赤は「赤い机」のように形容詞化するのが本分であって、名詞には入れてはいけないのだというのです。今の感覚でそれを間違いであると即座に断罪するのは、美妙自身がこの話をしながら「何か詭弁みたいになって来たぞ」と白状しているという事実を度外視したとしても、必ずしも適切ではないかもしれない。というのも日本語の文法がいかに機能しているのかについては実は専門の学者であってもまだそれほど納得できるような説があるわけではないという状況ですし、そもそも印欧語の学問を無理矢理適用している、美妙の時代にまさにリアルタイムに適用を試みている、そうした中で日本語の特殊性に美妙がいち早く気付いている、そして何より山田美妙という人は水際立った天才ですから、彼が何かを言っているという時点で無視などしてはいけないのです。

今一度虚心坦懐に美妙の意図を汲み取ると、「根詞」が問題なのではなく、「根詞」を分離させることで、「名詞」を救おうとしている。やっぱり物自体の問題なのです。すると同じ場所で美妙が挙げている「らんぷ」の例が分かってくる。「らんぷ」はもともと外国語であっても、日本語の内部で流通し、見識のある人が（馬鹿は除く）その言葉を聞いて何を指しているかはっきりと分かる以上、「らんぷ」という日本語なのだというのです。そして日本語の内部で流通しているものは、日本語で説明されなければならない。当たり前のようですが見かけほど当たり前ではありません。

日本の中世から近世の古典文学を読んでいると、注釈者が決まってイエズス会の編纂した辞書を参照しています。『日葡《にっぽ》辞書』とか『日本語小文典』のようなものです。他者の視点があれば語彙が一発で分かるから便利なのですね。しかし実は母国語というのは母国語の内部で二重化され参照し合うようにならないと、新しいことを語ることができなくなってしまう。水平化された言語空間の参照よりも、歴史的な参照の方が勝ってしまうからです。山田美妙が試みたのは、単に、日本語でモノを思考することができる、そんな日本語を規定することだったのです。

本来日本語でモノを思考することはできません。日本語は思考を漢字に「付託して」しまっているからです。私たちは思考していないし、それどころか日本人は中国人と比べても一段深い意味で思考の不在という恩恵を被っている、こう断言すると科学者をはじめとした実証主義者の集団が襲い掛かって来そうですね。「何を言ってるんだ、日本の科学技術は世界中が認めている、理論物理学や数学の分野でだってノーベル賞を取ってるじゃないか！」というわけです。こうした、ノーベル賞を目標として成果をあげようとする日本人の傾向をジャック・ラカンが何と呼んでいるか覚えていますか？はい正解です、「スノベリズム」ですね。

ラカンの『エクリ』が日本語に翻訳された際に書かれた『日本の読者に寄せて』（一九七二）は、短いテキストですが記念碑的なものだと私は思います。美妙の辞書の緒言にもひけを取らない罵詈雑言の嵐に大半の分量を費やしながら、その合間合間で日本語について言うべきことをほぼ言い尽くしてしまっているという、とんでもない代物です。

「本当に語る人間のためには、音読みは訓読みを注釈するのに十分です。お互いを結びつけているペンチは、それらが焼きたてのゴーフルのように新鮮なまま出てくるところをみると、実はそれらが作り上げている人びとの仕合わせなのです。

どこの国にしても、それが方言でもなければ、自分の国語のなかで支那語を話すなどという幸運はもちませんし、なによりも——もっと強調すべき点ですが——、それが絶え間なく思考から、つまり無意識から言葉《パロール》への距離を触知可能にするほど未知の国語から文字を借用したなどということはないのです」

（宮本忠雄他訳）

どうやらこれを見ると思考とは――そうなんです、私も日本人なので思考するということがどういうことなのかよく分かりません――無意識から言葉までの距離、あるいはその距離を橋渡しするもののようです。

漢字は象形文字なので一文字一文字がひとつの意味素として機能していますが、それ以前に一文字一文字が意味素の集合体となっている。つまり漢字が一文字存在するだけですでに二系統の意味を持っている。これを使って文章を作ることで――文もまたひとつの意味素です――三系統め、そして訓読みの振り仮名をつければこれだけでもう四系統の意味の結節点と成り得るわけで、脳という三次元プラス時間の構造と釣り合ってしまうのです。これがラカンの言う通り本当に「触知可能」であるならば、我々はそれを外部に「付託する」ことができる、ということは西洋人にはとても考えにくい事態なのです。

フィリップ・ソレルスがジェイムス・ジョイスの『フィネガンズ・ウェイク』について、次のように述べています。

「この言葉の遊戯は、ひとつの単語（というよりも「単語の効果」）を生みだすために、すくなくとも三個の単語と、消去・矛盾・空白の係数とが連動するような、単純な核をもとにして機能していると思われる」

――『ジョイス商会』宮林寛訳

ジョイスがここで言われている「単純な核」に到達するまでに、あれほどの複雑怪奇な姿勢を取らなければならなかったことと思い合わせると、日本語がその本来のありようそのままでこの種の構造を持ち得ていることがどれほど特殊かつ貴重なことであるかが推し量れると思います。とはいっても好き勝手に新しい漢字を作れるわけではありませんし、誰もが母国語の可能性を最大限生かせるというわけではないので、本当の意味での日本語の「仕合わせ」を享受していたのは徹頭徹尾四本の糸を操っていた滝沢馬琴くらいなのかも知れません。

さて、ラカンの本は閉じましょう。ラカン自身が序文で「私は彼らに、この序文を読んだらすぐに、私の本を閉じる気を起こさせるようにしたい！」と言っているからです。確かに日本人が日本語版『エクリ』を読む意味はあまりありません。その上ラカンがもっとも憤っていたのは、わざわざ日本まで来たのに、日本人とコミュニケーションを取ることが全くできなかったという点だということを忘れてはいけません。聴衆はラカンから何がしかの「公式」を引き出そうとしていただけなのですからね。するとそもそもラカンの公式は、父の名にしても、現実界・想像界・象徴界にしても公式を無効化する、というより公式の無効化に辿り着くためにもっとも効率的な入口としての公式を利用するということですから、両者の擦れ違いは明白です。救いがたいといってもいい。ラカンからしてみたらこの民族は何故これほどまでに自分たち自身に無関心でいられるほどスノビッシュなのだろうと感じてしまいます。でも救いがたいのはあくまであの時代の日本人なんですけどね。

若い読者は私が何を言っているのかいまいちピンと来ないかもしれませんが、そんな時代があったのです。日本人がどれほどの仕事をしても無視されて、代わりに舶来物だというだけでどうでもいい思想がせっせと輸入されていた時代です。ラカンほどの人であれば自分が見世物にされているだけだと気付いてちゃんと怒りますが、中途半端な人物であれば下にも置かぬ扱いをされ、ミーハーなおばさまに朝から晩までアテンドされて、京都を案内してもらい料亭で芸者遊びを体験してさらにギャラまで出るのですから、ホイホイ日本に来ます。そのような人物の生き残りの例として、ピエール・ルジャンドルという人の『西洋が西洋について見ないでいること』(二〇〇四)という本を見てみましょう。この人もラカン派の学者です。もっとも派閥の長の迫力とは比べ物になりませんが……

「今日では、アフリカ(より一般的にいえば口承的な伝統をもつ人びと)の舞踏法が神学や形而上学の書物と等価でありうるということが理解されなくなってしまっている。そして、さらに理解されずにいるものが、中国や日本のエクリチュールの伝統において記号や文字が担っている儀礼性、すなわち演劇性の刻印です。

このような無理解に応じて、トーマス・マンの記念碑的な作品『魔の山』の登場人物は次のように述べています。「文字の滑稽きわまりない崇拝に支配された中国」と。」

さあ、どうでしょうか？　ルジャンドル氏が日本に呼ばれるためだったら日本人が喜びそうなことを何でも口にすべきだと腹をくくっているのでもない限り、このように甘い言葉ですり寄ってくる人物には注意したほうがよいはずです。「儀礼性」や「演劇性」という言葉に騙されて、かっこいいかな、なんて思ってしまうのはもっての外です。西洋はどのみち象形文字の前では立ち止まらざるを得ないのですし、いきなりエジプトまで遡れるわけでもありません。中途半端な理解を示す人物よりも、トーマス・マンの苛立ちの方がよっぽど好ましいと考えなければなりません。というのも、こうした物分かりの良さの背後で、彼らはちゃんと侵攻してきているからです。

中でももっとも肉薄してきたのは、やはりソレルスでしょう。彼が、「中国語の空白を手に入れるために」修行したと言っていることをただのはったりだと考えて過小評価してしまうのは大変な間違いです。母国語間の歩み寄りが空間と神経経路の物理的阻害要因をある日突然乗り越えて達成されるのは、現実がもはや我々の手に負えるものではなくなったとき、言い方を換えれば二一世紀に住む者にとってはほとんど日常そのものとなっている超現実の崖っぷちに立たされた時なのです。

彼らは彼らの仕事をしているので、我々も我々の仕事をすべきです。それは漢字に付託された思考を取り戻し、「滑稽きわまりない崇拝」を客観視することに他なりません。

その昔明治政府は、日本語を表音文字に統一することを考えていました。一体何を考えていたのでしょうかね？　何かしらは考えていたのだと思います。実際にローマ字論者という人たちが出てきて、驚くべきことに現在でも活動しています。また、こんな例もあります。これは当時の文部省が漢字廃止を前提にリサーチを行っていた時期、三宅米吉氏が書いた論文の一部です（真田信治『標準語の成立事情』より）

「おなじ　にっぽん　の　しまうち　に　ありながら　六〇　あまり　の　くにぐに　が　あたかも　ごばん　の　め　の　ごとく　に　たちわかれて、おのおの　ひとりだち　して　わがまま　かつて　に　その　ふうぞく　ありさま　を　つくりなし、したがいて　ことば　をも　とりどり　に　かえなしき。」

　これなんかは助詞の前後にもスペースを空けているので、横書きにしたら視覚的にも英語に見えるものです。自分でやってみると覿面《てきめん》に分かりますが、平仮名だけで文章を書くのは貴重な経験になります。論理というものに、多かれ少なかれより意識的になると同時に、我々が漢字にいかに甘えているか、旗色が悪くなるとそそくさと漢字の迷路に逃げ込むのは何故なのかということを考えさせてくれるからです。そして中国と日本以外のすべての国々で、人はこの種の表音言語を扱っているのだという事実に改めて新鮮な感慨を抱いてしまうのです。

　こうして　ひらがな　だけで　かくこと　で　ちょっとみ　やわらかく　みえます　が　こちらの　ほう　が　ろんり　と　しては　かたく　なりうる　と　いうこと　も　おもしろい　ですね。わたし　は　もうしわけ　ありません　が　やはり　かんじ　を　つかって　かきつづける　と　おもいます。

# 姉を恐れるな、妹を犯せ――『源氏物語』・宇治十帖より

我々現代人は、『源氏物語』、なかでもとりわけ宇治十帖に驚くことを宿命付けられている。なんて近代的な小説なんだ。この精緻な心理分析はどうだ。十一世紀に書かれたとはとても思えない。世界で最初の近代小説だ。まさしくそれはその通りであって、宇治十帖は世界でもっとも古い近代小説だと思われる。しかし、十一世紀初頭の日本は別に近代ではない。「近代的」という概念に歴史的隠蔽以上の何かがあり、『源氏物語』がそれを分かち持っているのである。

ヨーロッパが目立って先鋭的な近代化を遂げたのは、近代以前に「近代的」な何かを抑圧するシステムが存在していたからだと考えてみてもよいのかもしれない。カソリックのドグマのことである。ルネッサンスの風潮の中でドグマの全般的矛盾が意識されはじめ、一人の天才がそれを解きがたい謎として定着させることになる。以来ハムレットは「近代的」人格のモデルとして君臨するようになり、我々は悩んでいる人物を見ると、ほとんど反射的に彼がハムレットのように悩んでいると考えているくらいなのだ。無常観に囚われ、自分はモラリストの傍観者だと信じているが、ことこのことに関してはかなりの饒舌家である薫は（大体薫はよく喋る）、何をおいてもまず「ハムレット的」な人物な

のである。

さて、この「近代的」かつ「ハムレット的」な『源氏物語』とは一体いかなるものなのか、原文を繙いてみることにしよう。宇治十帖の「総角《あげまき》」の巻を開いていただきたい。

主たる男の登場人物は薫と匂宮である。光源氏や頭中将が活躍した世代から見ると孫の世代にあたっている。申し訳ないが折角開いてもらった「総角」の巻から目を上げて、しばらく考えてみたい——立ち止まるべきなのはここだ——。光源氏の物語は母の幻想の似姿、その似姿、そのまたあまり似ていない似姿という風に進んで行く。この物語はよく知られた精神分析的モデル、母/息子の系列に属する繰り延べの物語である。源氏と藤壺がともに理想化を競ったあと、天分に恵まれていた源氏はどうにか自らを理想的に(つまりは精神分析的に)統合することに成功する。ところが薫や匂宮が生まれ落ちた世界は、もとからある欠如をはらんでいる、端的に言って「光源氏のいない世界」なのである。かといって光が無いわけではなく、雲の合間から、常にそれは差している。何しろ源氏は「死んだ」のではなく「雲隠れ」したのだから。その光の陰で、薫と匂宮は自分たちの統合ではなく避けがたい分離を意識している。ここで決定的なのは「祖父」の視点であり、外周と中心の両方から間接的に前意識を規定している、血の予感ともいえるような眼差しなのだ。つまり近代とは、少なくとも「近代的」という概念の大半は、実は孫から見た世界のことなのである。

「私は神の孫である」と言い放つキリストが果たして想像できるだろうか。「祖父と孫と精霊の御名において」。しかし『源氏物語』とは明らかにそうした小説なのであって、まさにこの点を見抜いている点で永遠の記念碑となっているのである。薫にとっても匂宮にとっても母の面影は重要たり得ない。何故ならば母とは彼らにとって、強力な祖父のお遊びによってすでに蹴落とされた母にすぎないからだ。

こうして歴史はまたも女性の手に簒奪される。男が歴史を見るところに女が世代の秘密を見たり、男が権力のシステムを見ているときに女が一人の権力者の生き様を見ていたとしても、それほど不思議なことではない。紫式部は——確かに非常に珍しいことではあるが——このことをうやむやにはしなかった。男に歴史を任せておかなかったのである。遺跡や、学術的証拠や、蓋然性の高い説明などといったロマンティックでまどろっこしいものの代わりに、真実以上の真理を突く物語、心情よりも心情に富む構成力で勝負を挑んだのである。

「総角」に戻ろう。

二人の女がいる。一人は姉で、一人は妹である。母親はいないので、二人とも父親のことを他の誰よりも愛している。もっとも、姉と妹では若干ニュアンスが異なっていて、姉はお父さんのことが大好きなのだが、妹はお父さんもお姉さんも大好きだ。姉の方は、父親の恋人だったり、父親の娘だったり、妹の姉だったりと、とかく心労が多い。自然複雑になるし、頭がいい。一方妹は、父親と姉に守られてまあすくすくと育っている。

薫がやってきて、当然の流れとして姉の大君に惹かれる。この女なら自分のことを理解してくれるだろう。つまり薫の言葉を額面通りに受け取ったりはしないだろう。概念の隙間からのぞいている肉欲に応えてくれるだろう。姉にはそれだけの資質がある。ただ、資質があるがゆえに彼女は早くもひとつの秘密に通じてしまっている。観念と肉欲が同時に成就することは、家族を見捨てて天国に行くようなものだと。彼女にはそれができそうもない。責任感もあるし、そもそも彼女はありきたりの幸せに飢えている。そこで自分は観念を担当し、妹に肉欲を割り振るという荒技に思い至る。

姉の目から見る限り、妹は適任に思われる。素直で、真っ当で、なかなか魅力があって、自分のようにか黒いところも無さそうだ。悩むのは私一人で充分だ。もちろん妹も悩むだろうが、まあそれは、嫉妬とか焦燥とか、いわば普通の悩みだろう…… 一旦こうと決めた姉の行動力は凄まじく、言語と肉体を分離するためならどんな手段も辞さないようになる。まずは一部屋に姉妹となりあって寝る（これからは二人で一人だから）、そして二人の居る寝床へ何も知らない薫が忍び込んでくる有名な場面では、自分はさっさと隠れてしまって、妹を代わりに差しだそうとする。

姉の思惑によっていきなり性の市場に放り出された妹を、薫は受け取ることができない。あとで姉から、「やっぱり所詮男は男ね」と言われてしまうのがやなのである。妹の魅力も分からないでもないが、それは薫でなくとも分かるだろうと思われる種類の魅力だ。薫は他の男とはひと味違うところが売りなのだから、姉の方を目の玉が飛び出るような高値で競り落として見たいのだ。姉はそれを充分に知った上で、薫みたいなのではなく、もっと普通の、ちょっとさえないくらいの男だったら結婚してもいいと少し思う。彼女の純粋さは論理的な不確定性に根ざしているので、一見論理的なだけの解答にはなにがなんでも逆らって進むだろう。男と女は、詰まるところ、本能的に、論理の形式的中心を奪い合うものなのである。薫と姉の大君は全く逆の方向に向かいはじめる。つまり一組の歯車として二人を見るとすると、当人たちには不幸なことだが、完全に一致してしまったのだ。

それにしてもあの女は何てことをしでかすのだろう。実の妹を娼婦のように差し出すなんて…　そんなものは受け取れない。けれどもメッセージは明らかだ。頭にくるが、爽快でもある。薫はメッセージを送り返したいと思うあまり、姉の仕掛けた論理的罠に引っかかる。市場に浮いてしまった妹の買い手を探してきてしまうのだ。カエサルのものはカエサルに返そうというのである。

制度的な買い手として連れてこられるのは、当然匂宮になる。彼は有り余る小切手を懐に入れて揚々とやってくる。「他にはいないのかな?」「姉がおりますが、そちらの方はちょっと気むずかしいといいますか、男を馬鹿にしたようなところがありまして、その点妹は気立てがよくて可愛気がありますよ、美貌という点でもむしろ勝っているでしょう。」「そうか、妹の方が良さそうだな…」

薫と匂宮との関係を見てみよう。ちなみに「匂」とは、もっぱら鼻で嗅ぎ分ける物理的な香りを、「薫」とは必ずしも嗅覚では嗅ぎ取れない香りを指す文字である。つまり、薫という男には身に備わった雰囲気が、なにかしらオーラのようなものがある。しかもそれが度を越していて、しばしば鬱陶しいくらいに薫ってくる。この男が場にいるだけで、周囲は何となくしらけて、気詰まりになる。自分たちが小さな、「はしたない」存在だと感じてしまう。暗黙の了解の滑稽さを今にも暴かれそうな気がする。誰だって必ずしも好きこのんで参加してる社会ではないというのに。どんなに無視しようとしても薫ってくる。薫本人でさえそのことを気にしているくらいなのだ。薫から召し物を下賜された従者が、薫の移り香が強すぎてむしろ困惑しているという件《くだり》は、かなり笑えるエピソードとなっている。

ところが、同年代のライバルとして、匂宮には薫のそんな風格がうらやましくてしょうがない。仕方なく既製品に頼って様々な香を焚きしめるために、彼は香の専門家と呼べるほどの知識を身につけている。しかし彼が放っているのは「薫り」ではなく、相変わらずただの「匂い」にすぎない。それらしい偽物の方により魅力を感じる女たちはいつの時代も多いものだから、匂宮はアイドルとなって女たちに事欠かない。しかし匂宮の女遊びには、光源氏の場合とは違って、どこか説得力に欠ける空虚な色調がつきまとう。何故か？「総角」の巻では、まさにこれ以上ないという絶妙なタイミングで、匂宮の行動パターンを解き明かすある秘密がそれとなく語られる。偉大な小説家の知というものは、一見そうは見えない場合でも、常人のイメージの限界を遥かに超えた地点で活動しているものなのだ。

匂宮の理想の女とは、彼自身の姉なのである。

これは実は非常に厄介な問題で、少なくともそのせいで、匂宮と薫を隔てている差異を匂宮が成長の過程で乗り越えることは最後まであり得ないことが暗示されている。彼の限界は超越論的なものとなる。母親の理想化は、そもそも母親が祖父の反映にすぎない無力な父親に犯されているという事実によって乗り越えられるが、姉というものは「もともとは処女だった存在」として生き残るからだ。弟が姉の処女性に付き合うとでもいおうか、匂宮は光源氏の幻影を乗り越えるための足がかりを、はじめから奪われているのだ。この場合、シスターコンプレックスは、マザーコンプレックスとは比べものにならないほど頑固なのである。

匂宮のこの限界が、一方で薫の落とし穴にもなってしまう。妹の中の君を匂宮に譲渡するまで全く迷いがなかった薫は、いざ二人が恋仲になると、ある後悔に襲われる。姉も妹も両方手に入ったのではないかという気がするのだ。姉と妹がセットでないと生じない何かが、姉が作り出した幻影なのかそれとも何かしらの実質に根差しているものなのかが、判別不能だと思えてくるのだ。これは感受性を持った読者なら容易に予測できる事態であろう。姉が妹を薫に差し出した夜、どうせ近くで様子を窺っているに違いない姉に聞こえるように、派手に、妹とやってしまえば良かったのである。これを定式化すると「姉を恐れるな、妹を犯せ」という教訓が引き出せるのだが、これは実は現代でも、一見したところでは性的ですらない様々な場面で応用することのできる教えになっている。薫はモラリストとして遁世を気取っているが、もし本当に虚無に飛び込みたいのなら、こっちの方が近道だ。虚無はいい。晴れやかさがある。しかし虚無は怖い。中でも薫がもっとも恐れていたのは、姉が開き直って匂宮を誘惑することに他ならない。この恐れは、近代世界で一般に「愛」と呼ばれて普及していた現象である。

もちろん姉が自分からそんなことをするはずはない。勝手に匂宮を連れてきて妄想のシステムに巻き込んだのは薫なのだ。このことがすぐさま薫の後悔の本質になる。何故すべてを手に入れてはいけなかったのか？　何故匂宮と役割分担をする必要があったのか？　何故もなにもない、姉の論理的布石が功を奏したのである。

姉は死んでしまう。これは困ったことだ。薫が欲していたのは別段永続する愛ではなく、姉の肉体そのものだったのだから。もっともエロティックな肉体とはもっとも速度のある文体のように語る肉体であるがゆえに、その種の肉体は、何の比喩でもなく、「夢」のようなのだ。肉体は、繊細でユーモアに満ちた言説に拘束されていればいるほど、解放されているものなのである。

姉は臨終の床で薫に話しかける。「気分が良いときでしたら、お話ししたいこともありましたのに」、何だって？　薫に話したいこと？　一発逆転の告白？　思いがけない平凡な誤解？　馬鹿馬鹿しい葛藤？　奇妙な、より救われぬような和解？　しかし、その後彼女が話したのは、何故妹と寝なかったのかという恨み言である。全くもって負けない女である。薫はいつもと変わらぬことを繰り返すしかない。私はあなたにしか魅力を感じないのです。そしてそれは運命と同じレベルにある欲望なのです。まあ結局はいいコンビだったというより他はない。

後日譚を見てみよう。先に宇治十帖はハムレットのようなものだと述べたが、浮舟がオフィーリアである。浮舟もオフィーリアも自分に与えられた幸福や、身に降りかかった不幸に関して、全く身に覚えがない。要は彼女たちのポジションと容姿を介してすべてが推移する。しかも周囲は確信犯ばかりなので、彼女たちのささやかな自意識の叫びはあっという間に嵐にかき消されてしまう。二人ともにっちもさっちも行かなくなって入水するが、浮舟の方は生き延びて、そこは慎ましい日本女性だけあって別段他人から言われなくても進んで尼になる。

浮舟は姉の大君の似姿である。薫にとって彼女が代用品であることはもとより承知の上なので、今回はもう何の躊躇いもなく彼女を手に入れ、囲い、護衛を付け、手の内においてセックスをする。心情の交わりはもう姉の大君と一通り済んでいるので、その部分はすっ飛ばしてしまっていいのである。浮舟に期待されているのは肉体の映像にすぎず、これでは光源氏が代用品を作り上げるときの繊細な手つきには到底かないようがない。雲の中の姉の大君から、「やっぱり所詮男は男ね」と言われてしまってもしょうがない。しかし薫は初心者だし必死なのだ。

浮舟の側から見ると、自らの実質と株価の高さのギャップからくる不安を埋めるために、自分からも何か出資したいと思うのだが、出資先は自然自分と似た不安を抱える（つまり見かけで判断されてしまう宿命にある）匂宮ということになる。この出資分が通常女の側からの愛情と理解されるために、自分の恋人が何を考えているのか理解できない感傷的な女たちの間で、これからもオフィーリアや浮舟の人気が衰えることはないだろう。

『源氏物語』の章題の美しさは群を抜いていて、他に類例がないほどだ。イメージ喚起力があり、象徴的に正確で、逃げ場がない。最後の「夢浮橋」は、言葉と言葉への反抗とのあいだに架け渡され、あらゆる正当性をもって取り尽くされた可能性の果てに、選択の余地もなく醒めるような夢の橋だ。物語は終わった。物語の終末からはじまった物語が終わったのである。何人かの登場人物は生きている。ようやく、かろうじて、一本の糸を手繰るように。ひとつ前の「手習」の巻で浮舟が習いはじめたのも、まさにそんな生き方なのだ。「手習」では、生き方の習得とは、他の誰にも分からないように、ただ自分と言葉との間で、ゆっくりと過去を告白することなのだということが明らかになる。浮舟にはまだ何も分からない。それでいいのである。

「夢浮橋」。山道を急いで通る松明の列。浮舟のところからは木々に遮られ、点滅しているように見える。聞き慣れた先駆けの声が届き、薫が近くに来ているのだと知れる。見つかってしまうだろうか？時間の問題だ。声が近付いてくる。サスペンスと同時性を兼ね備えたこれほど映画的な画面は、『源氏物語』の他の箇所にはひとつも見当たらない。色彩の乱舞、虫の声や水の音の精緻な描写は数限りなく見つかるが、こうした躍動感のある情景は、最終章になってはじめて現れるのである。文学の役割が終わり、物語が映画に受け渡される、この移行こそが「橋」だったのだ。後は映画の領分である。時間は千年単位であるだろう。間違えてはいけない。勝ったのは文学の方だ。誰も『源氏物語』を避けて通るわけにはいかないのである。

# 永遠のソレルス

ユーモアの〈鷹揚さ〉という性格が生まれるのは、ナルシシズムが凱歌をあげ、自分の自我は傷つけられないことを勝ち誇って主張しているからである。現実は自我に、みずからを苦しめよ、苦悩せよと誘うのであるが、自我はこの誘惑を退ける。そして外界から傷つけられないことに固執し、それを快感を獲得するためのきっかけとして利用できることを誇示するのである。

――フロイト

神とはユーモアだ

――ソレルス

エピグラフに掲げた文章は一九二七年のフロイトの小論『ユーモア』（中山元訳）からの引用だが、話はここで終わらない。このすぐ後でフロイトは、ユーモアとは超自我が関与することで生まれた滑稽さだという論を展開し、無意識が関与することで生じる「機知」の滑稽さと対立させている。無意識の奔放さとは別に、超自我であれば父親のように自我を守ってくれる。つまり超自我はいまだその大部分が無意識であるとはいえ、無意識の本体であるエスほどには下手な駄洒落を言わないのではないかというのである。事実人がソレルスを読んで最初に感じるのは、何といっても、超自我が相対化され、共振動を引き起こして瓦解し、再インストールされているかのごとき感覚であり、まるで脳に直接外科手術を施して神経系を繋ぎ直されたかのような体験である。レトリックは本来ここまでの射程を持つものなのだ、そう主張することはソレルスの首尾一貫したテーマだし、あらゆる良い詩や、良い散文は本来的にこの種の機能を持って存在しているはずなので、何が良い文学であるのかという判断基準に個人の経験に根差した趣味の平等性など入り込む余地などないというのがソレルスの立場である。ところが良い文学は時に多大な時間を人に知られずに過ごすため、往々にして錆びついていることがある。まさに道元禅師の言う「古仏」の状態になっているのだ。こうした文学を他に類を見ないリミックスの才能で、ソレルスが次から次へと時代の先端に生き返らせてゆく。知そのものを標的とした新手の考古学的態度の前に、よりオーソドックスな考古学を好む精神分析が一種の緊張を強いられることとなる。

同じ反抗期の息子たちであってもユングの場合にはエディプス・コンプレックスをちらつかせておけば事が足りていたのだが、時代の流れの中に忽然と現れて何故か食ってかかってくるこちらの新・息子は斜め後方の世にも奇妙な地点から斬り込んでくる。ソレルスの側からしたらようやく手ごたえのある父親を見つけたということになるし、実際精神分析を相手にしたり取り込んだりするときほどソレルスの論理が冴えわたることはないのだと言ってもいいかもしれない。フロイトにとってはキリスト教の無節操な拡大主義を象徴するものでしかなかった三位一体説をソレルスが自家薬籠中のものとしているために、ソレルスは子供のポジションに潜り込んだくらいでは父親から傷付けられることがない、実はこのこと自体が精神分析の去勢神話を崩壊させるほどの強力なアンチテーゼになっているのだ。

精神分析が後手に回っているように見えるのは、フロイトがこの面においては生粋の啓蒙主義者よろしく仮想敵をキリスト教に置いたことによる。ソレルスがからかいすぎたことが原因なのかもしれないが、ラカンも最後には同じジレンマに陥っているように思われる。よしんば精神分析がキリスト教の神殿に辿り着くことがあったとしても、ソレルスがその本尊をちょっとずらしておいた後のことだというのは、なんとも言えない皮肉ではないだろうか。ソレルスが、フランス語においては聖書の言説が適切に処理されたことがない、などと平然としてインタビューに答えていることに対して、どうして世界がもっと驚愕しないのか私には不思議で仕方がない。聖書の言説を「処理」するなんて言っているんだよ！　もうお気付きだと思うが、これこそ精神分析がその最大の野心として目論んでいたことと表面上は寸分違わない宣言になっている。エディプス・コンプレックスという「モノミス」でキリスト教を一類型に仕立て上げてしまうこと。ところがソレルスがいち早く、芸術と文学を基底にすることでキリスト教に裏地を縫い付けてしまう。こちらは宗教から文学が生じるのではなく、宗教も文学の一類型にすぎないと主張することになるのだが、宗教が精神分析されると何がしかの形で宗教が貶められるのとは違って、文学が宗教の一義的始源を横取りすると、そのテキストの完成度によって宗教そのものがかえって輝きを増してしまうという点が本質的に異なっている。絶対を標榜しているものをあれだけ相対化しておきながらその絶対性を奪うことがないというのは、ソレルスの美徳そのものだし、精神分析が治療の失敗を見る以外にない場所で悠々と意味を増殖させることすらも可能になるのである。

論理的な面は措いておいても、フロイトのテキスト構成の素晴らしさは、その圧倒的なまでの用意周到さにあると思われる。そのせいでソレルスほどの知性ですらフロイトの頑固さを自らを研ぎ上げる砥石として利用できるのだとも言える。何かが棚上げにされるときでも、後になって論点になり得るのであれば、フロイトは重要なことにはとにもかくにもあらかじめ言及している。素人目には意味が分からないが終盤になって効いてくる囲碁盤上の布石のように。実はフロイトのテキストはまごうかたなきミノタウロスの迷宮なのであり、通常の者であればどこかで引っかかるはずの罠が幾重にも張り巡らされているのだ。それでもソレルスは迷宮をクリアする（こちらはあらかじめ女たちを味方に付けていることを思い出して欲しい）。その後にダイダロスの翼を背負って脱出するのだが、イカロスとは違い太陽に近付きすぎるというヘマもしない。蠟が溶けないギリギリの高度を保って逃げていく。となると、当然のことながら、あいつは何だという話になる。

一九七八年のソレルスによる決定的なテキスト、『ドストエフスキー、フロイト、ルーレット』は隅から隅まで示唆的なので是非ご自分で目を通してみていただきたい。ここでは過去に与えられた精神分析に対する批判の中でも群を抜いていて、現代にあっても色褪せないものだと思われる次の部分だけを引用しておきたい。

「ヒステリーは〝歪められた芸術作品〟だとフロイトがいう。そして精神分析がヒステリーにたいする回答から生まれたこともたしかだ。だが、精神分析には、そこからさらに一歩先に進んで、芸術や文学は〝成功した〟ヒステリーだと考える余力があるだろうか。」

（前掲書）

狭い意味での合理主義的理性が意味的に等価だと見做すレトリカルな言い換えによって、意味そのものが蘇生し、躍動し、戦闘力を取り戻す現場を提示して見せるのは、まさにソレルスの真骨頂である。エピクロスの「幸せに生きるために、隠れて生きよう」を顚倒させると、現代に生きる我々すべてに必須の心構え、「隠れて生きるために、幸せに生きよう」ができあがる。パスカルのそれ自体がまさしく精神分析的なテーゼ、「感情には感情の知らない論理がある」を、「論理には論理の知らない感情がある」と言い換えただけで、精神分析の成り立ちそのものを包括する批判に姿を変える。フロイトにとって幻想はあくまで出来損ないの現実、現実とナルシシズムを繫ぐ中間項でしかない。「成功したヒステリー」は、せいぜい芸術家の才能によって、万人に、そうでなくとも多くの人に認証を受けるに至った創造物という程度の意味しか持っていないのだ。ところがソレルスの言う「成功したヒステリー」が現実原則の彼岸にまで跳躍し、方やヒステリーの治療を拒絶しながら、ヒステリーのままで成功に至っている、それゆえたとえ誰からも承認を受けなくともいずれは水面に現れる非存在としての存在物であることは、それ自体が精神分析の存立を脅かす生きた証拠となっているのである。

こうなってしまっては後はさながら子供の喧嘩のようになるしかない。「やあい、お前を分析してやる！」「お前こそ分析してやる！」この手の喧嘩の行き付く先は万国共通だ。「お前の母ちゃんを分析してやる！」「お前の母ちゃんだって分析してやるからな！」母の問題が導入される。

ソレルスの精神分析に対する批判を図式的に見ると、「精神分析は母方の祖父の名において父親を併合する息子に依拠するのを好まない」、という話になり、言葉を換えていえば自分はあなたたちより数段聡明だ、ということになり、さらに言い換えると精神分析には「父の壁」が立ちはだかっているということになる。そこに鬼の首を取ったように阿闍世コンプレックスなどを持ち出してきたり、精神分析には女性が分かっていないなどと言ってみてもはじまらない。精神分析が父親の一軸に事態を寄せていったことは、作業仮説としてはむしろ有効なものとして留まり続けるからだ。母親が父親に任せることなく自ら息子を去勢しようと決意した時点で阿闍世コンプレックスが発動し、罪悪感の在り方が変異を被って許すものと許さないものに対する判断基準を九十度回転させるというのがもし本当だとしても、そのことでエディプス・コンプレックスが直接的に影響を受けるわけではないし、ましてや日本の国土による母の独占幻想は、アマテラスを地母神に引き寄せて考えるという明白な誤謬を犯している。より効果的なのはやはり、「父の壁」の外縁に位置しているために精神分析のレーダーにかからない神話体系がどこまでの勢力を保持しているのかを確かめることと、ソレルスがいたるところで仄めかしているように、科学主義は実際には大地母神と親和性が高いのではないのかという想定を拠りどころとして、近代以降に土着の神話に加えられた修正申告の実態を暴露することである。例えばソレルスの場合、女性の非在性を繰り返し強調し（これは反復から身をかわす技能が女性においてはより優れていることを意味する）、カトリックの聖母被昇天のドグマを引き合いに出しながら、同一化の横滑りが加速度的に増殖しただけの「理想化」とは一線を画す、女性の「崇高化」を提示しているが、もっともな話で、実際この論理は日本人には比較的容易に受け入れることができるものであろう。

「悟り」は、仏教の都合で幾分過大評価されているが、現代人にとってはある意味最低限必要だとも言える能力に成りつつある。悟った者は悪に惹かれることはないだろう、ある種の期待を込めて仏教においては善悪をこのように考える伝統がある。それに対して異議を唱えたのが『西遊記』で、確かに孫悟空は悟ったことによってサルの大将としては完璧に近いものになったが、所詮サルなので、人間や神仏から見るとはた迷惑なことも多いのではないかというのである。ユーモアによる超自我の解きほぐしにも、似たような問題がつきまとう。そもそも超自我とは何か？　精神分析「詰まるところは、運命そのものだ」、ソレルス「ならば解体してしまおう、自由のために」、精「そんなことは現実にはできないだろう、仮にできたとしても遠大なセッションを必要とするはずだ」、ソ「そうでもないかもしれないよ、家族関係を解きほぐせばいい」、精「それはそうだが、どうやって？」、ソ「自分にはあらゆる権利があって義務は何ひとつ負っていないと宣言するだけだ」、精「そんなことは認められない！」認められるわけがない、精神分析は突き詰めれば患者の治療費の上に成り立っているのである。現実から幻想へと退行して行った者を現実へと引き戻すことを生業にしている当人に、幻想の名において彼ら自身の現実を突き付けるというのは、ユーモアの中でもかなり辛辣な部類に入るだろう。超自我をデータの集積によって読み解く以前から既に、自分には抑圧が無いのかもしれないと強弁するソレルスは、当然のことながら自我が破綻している。けれども弱冠二十歳になるかならないかで、自我の不在を嬉々として受け入れ、逆にそこから生じた利得を最大限に利用し尽すなどという選択をした者が、他に居るだろうか？　全くもって、不思議な男なのである。もちろん——といってもこれはこれで驚くべき思考の強靭さだと思われるが——原理上はそうしたことも可能だということに、フロイト自身も気付いてはいる。

「このように抑圧を維持するためには、継続的な力の消費が必要である。経済論的な観点からは、抑圧をなくすと節約が可能となる。」

——『抑圧』（一九一五年）

けれどもフロイトが前提としているのはあくまでもあれやこれやの病因と成り得る抑圧であって、まさかすべての抑圧をなくし、最大限の「節約」を成し遂げ、ソレルスに言わせれば「あらゆる本がひとりでに開かれ」「声が多重化する」までに分裂しかつ開かれた自我が歴史に堆積するテキストを読み解くことにかくも有効であると実証するまでになろうとは、フロイトにとっては考えもつかなかったことなのかもしれない。

ソレルスが一人称で文章を綴る。するとエディプス的な読者が文章の中に滑り込んでくる。読者は同一化し、ソレルスになり、現代にあって最大限に際立った知性をバーチャルリアリティのように追体験することとなる。論理は一見論理的には見えないが、徹頭徹尾検証可能なものである。つまり、ソレルスのように生きればソレルスの言ったとおりになるということだ。男は大きく二つの種類に分けられる。他者に対して聞く耳を持つ者たちと、可能な限り耳を塞いで「領域」に閉じこもる者たちに。ソレルスに耳を塞ぐ者はいつかはソレルスを憎む羽目に陥るので、どの道テキストが備給を受けることには変わりがない。幸せの扉は開いている、どうだい？　誰だって幸せになりたいんじゃないのかい？　苦しみを引き受ける覚悟があるのなら、いくらだってコツを教えてあげるのに。

さて、ソレルスは相変わらず意欲と情熱に満ちている。でも精神分析の方はどこに行ったんだ？今や大切なのは分析そのものではなく、労働市場と司法の現場を行き来する通貨のようになった診断書だけであり、ますます流通し、ヘッジされ、潤滑な社会の運営に資するようになった精神的な不調の一大分類リストである。かくなる事態を引き起こしたのは自分たちではないと証拠立てるために精神分析の側から発せられる言い訳には中々興味深いものがある。過去に比べてひとりひとりの人間が小粒になったため神経症も小粒になったのだから手っ取り早く薬で抑えておいた方がいい、ということらしいのだ。フロイトが躍起になって排除しようとした占い師や素人のジゴロたちが人生相談と見分けがつかなくなった分析の市場を食い荒らし、最近ではあろうことか脳生理学者の参入がちょっとしたブームになっている。考古学者や神話学者はとりあえずユングあたりでお茶を濁しているし、極めつけはフロイトの時代であれば神経症の発症は多かれ少なかれ人生の中断を意味したものだったが、現在では神経症と診断されること自体が社会における居場所の継続に繋がっているというのだから面白い。「私、自分がどこか〝変〟なんじゃないかって不安だったけど、単に病気だったみたい、良かったわ」という話なのである。まるで性格的属性でも精神病でもない「変」な状態が存在し、それだけには何が何でもなりたくない、そう言わんばかりなのだ。フロイトがこんな現状を目にしたら驚くかって？　とんでもない、また粘り強くはじめることだろう。分析に対する新種の「抵抗」と、そこから生じる疾病利得の正体を数え上げるまで。そもそも外部に存在した規制が内部に取り込まれることが、フロイトにとっては文化の発展を意味していたわけなのだから、精神分析そのものが内的なものになったとしても驚かないだろうね。

「精神分析は、自分こそ言語の構造なのだと考えれば考えるほど、その分だけ余計に、作家にたいして言語を拒絶してやるのが自分の義務だと強く思いこむようになる。なんとも奇妙な話ではないか。この、作家にたいして言語を拒絶しなければならないというところに、精神分析の欠陥をあらわす症候を見ることができるだろう。」

（前掲書）

ほら、今では、作家に対して言語を拒絶しなければならないと考えているのは、まあ控えめに言ってもほとんど全員だ。本来言語が命綱であるはずの出版業界も含めて。だからこそものを書くためにはさらなる絶望と孤独、人類の行く末に対する際限のない無関心が必要とされているのである。大丈夫、そんな時代の歩き方は既にしてソレルスが、しかるべくそのコツを示してくれているのだから。

「とにかく前進しよう、ひたすら灰色ばかりが続こうとも、ぼくにとってはきらめく色彩のなかを行くのと同じこと。」

＊ソレルスの翻訳については『ドストエフスキー、フロイト、ルーレット』『例外の理論』（せりか書房）所収）については宮林寛訳、『秘密』（集英社）については野崎歓訳を使用させていただきました。

## 以身伝心——五世野村万之丞

高麗《こま》・唐土《もろこし》の楽して、獅子・狛犬踊り廻《ま》ひ、乱声《らんじょう》の音《おと》・鼓《つづみ》の声に、ものもおぼえず。「こは、生きての仏の国などに、来にけるにやあらむ」と、空に響き上がるやうにおぼゆ。

——『枕草子』

そこに天国があった。あるいは極楽と呼ぶべきか…　時期尚早のきらいは否めないが、越天楽《えてんらく》のように、天極楽などという新しい造語でも作ってしまおうか…　極楽でいいじゃないか、野村万之丞が四百年以上続く狂言の名家の跡取りだったという事実からそう速断してしまうなら、ひとつ大きな側面を見落としてしまうことになる。あの深く染みついたハイカラさ、平成のものというより、明治や大正のものではないかと疑いたくなるような反論を許さないまでの洋風の薫り…　ヨーロッパでの修業時代（「学んでたんじゃない、一緒に仕事をしてたんだ」）、フランスから勲章をもらったこと（「やっと本物の時代が来たな」)、ここでは言えないその他多くのこと…　だったら天国でいいじゃないか…　そうなのだろうか？　あるいは…　真の天国という意味でなら…　お金持ちのマダムが好みそうな、教会での結婚式や高級デパートでのお買い物はいったん忘れてもらって、突如として別の顔を見せ人類を恐怖に突き落とすキリスト教の深層に降りて行った上でなら…　地響き、海鳴り、恩寵と紙一重の隕石の落下のようなものから、目を逸らさないという条件付きでなら…

「西と東の問題はもう終わったんだよ、これからは北と南の問題だ。」

月に一回開かれていたパーティーで、ほろ酔いになりながら惜し気もなく繰り出される名言のうちのひとつ…　しかし結局…　つまるところ、終わったのは野村万之丞の鍛え上げられた身体の中だけの話であって、人類はずっと後方で足踏みを続けているという可能性だってあるのではないだろうか？何故ってその身体はそれだけでひとつながりの奇跡に他ならなかったのだから。もちろん実際に舞台に立つ狂言役者である以上、通常の意味でも鍛え上げられていたのだが、それにも増して――これはどんなに強調してもし足りない重要な点なのだが――政治的に、芸術的に、対人的に、ありとあらゆる社会階層とそれら同士の矛盾に向かっても鍛え上げられていた肉体だったのだ。その肉体には、怪物じみた大物政治家や、何十万人もの信者を集める新興宗教の教祖といったちょっと普通の感覚では理解できないような人物でも、万之丞の身体に比べたらただ一方向に突出しているだけではないのかとさえ思わせるような何かが備わっていた。この「何か」の正体は、言ってしまえば底抜けの純粋さを護り抜くための筋肉と脂肪の要塞以外のものではなかったのかもしれない。だとしても、芸術の技巧の究極の目的は純粋さを回復することにすぎないということを、肉体自体が知っているという事実自体の中に、充分に人の目を瞠《みは》らせるものがある。

「極楽」という言葉について、もう少し考えてみよう。「極楽」は稲垣足穂の不断の努力にもかかわらず、いまだそれ本来の極彩色を取り戻すことができているわけではない。毎年開かれる「正倉院展」にでも行って、天平の遺物からその名残を彷彿とさせるものを見つけるというのも悪くはない。しかし私の見るところでは、日本仏教はすでに早くも奈良時代に、言語そのものに組み込まれたある種の「くすみ」を引き受けざるを得ないように宿命付けられている。これは神道というものが、人々が考えるよりもはるかに強力に光の独占を要求してくることから起こる現象である。だから平安時代以降神道と仏教の「習合」が進もうとも、グローバル時代の現代にあって天国と極楽の「習合」が可能だと夢見てみても、ビッグバン以降高速で離れていく銀河系同士の距離のように、神話が神話の内部に落ち込んで、比較衡量のためにはとりあえず帳尻を合わせた決算書類を提出してくるということにもなりかねないのである。ならば「天国」と「極楽」は永遠にねじれの位置に留まっていて、野村万之丞の身体にあって一瞬統合されたかのように見えたのも束の間の幻、儚い夢となり果ててしまうのだろうか？　いや、手はあるのだ。天国と極楽を完全に混同している、清少納言に耳を傾けるだけでいい。そう、これは、女性の「法悦」の話なのである。

色彩が準備をしている。神道から東国武者へと横断する、白と黒を基準とする色彩に対して、金色と青からあらゆる色を導き出そうとするもうひとつの地軸が存在する。紫式部の天才をものともせずに清少納言が双璧を形成し続けるのも、色彩への過剰な執着から来る異質な化学の作用なのだ。「イケメン」に群がるだけの女たちには生涯理解できないことかもしれないが、「空に響き上がる」ような真の法悦と聖母被昇天はこの幾分小太りの野村万之丞の身体が奏でる福音が、確かにもたらす効果なのである。実際に私自身、ある宴席で飛び切り美人の女優が次のようにはっきりと言い切ったのを耳にしている。「万之丞先生とお会いした日には、どういうわけかエッチな夢を見てしまいますの」…伊達や酔狂ではなく、事実そういうものなのだと言っておきたい。

シルクロードを逆流する必要があった。日本から発信する必要が…「今まで沢山の文化をいただいたから恩返しする」のだと言っていた。

ヨーロッパは待っている。ヨーロッパが本当に欲しいのはアジアからの返答なのだ。中国はお決まりの中華思想で気のない素振りを見せているが、心の底ではやっぱり待っている。韓国は長年いがみ合っていてもすぐに打ち解ける兄弟のようになるし、北朝鮮は…「北朝鮮は、暗かった」…仕方がない、電気がないのだ。インドは実物が目と鼻の先に来るまで何も気付かないかもしれないが、心配ない、大いに盛り上がることだろう。アフガニスタンやパレスチナということになると、もう想像も付かない！ 日々飛び込んでくるニュースや国際関係のレポートが示唆するものと比べて、何と牧歌的で友愛に満ちた企てだろう。政治的な駆け引きが、この瞬間、何と易々として見えることだろう。しかしこれは嘘偽りのない話なのだし、効果がないなどと一概に言い切ってしまえるものでもない。種明かしは簡単だ。あらゆるアジアの国の国宝級の芸能家たちが一堂に会しているのである。企画の名前は、『真伎楽』、通称マスクロードプロジェクト。

単なる文化交流と一流の芸術家の仕事との間には深い溝が横たわっているが、いざその違いを説明するのは難しい。一見親戚関係にある様々な芸能を並べてみると、それらの基底にあるもの、元型や祖型が見えてきそうな気もするが、ことはそう単純ではないしむしろ逆にすら作用する。ある文化が他の文化の抑圧をすり抜け、待ち伏せし不意打ちを食らわせたかと思えば、隣の文化の成果物がこちらでは素材を形成していたりする。従ってこの試みは、最大公約数の科学であると同時に、最小公倍数の科学でもあることになるのだ。結局のところこの問いも、いつだって同じ、そもそも芸術とは何なのかという問題に収斂する。民俗学博物館の中に立ち並んでいるような、様々なバージョン、素材、戦略、息抜きの総体によって、死や穢れやサイコロによる破滅を押し返そうとする必死の努力にもかかわらず、何かが表層を突き破ってくるのは何故なのか？　言語化されないコードによっていても、時にはその場合の方が、民衆の知恵がより洗練された体系を選び得るのは何故なのか？　人間はどうして黙って産んだり増えたりしてくれないのか？

フロイトは、ギリシャ悲劇がまるで精神分析の最新の成果をあらかじめ知っているかのようだと、率直に驚きを表明している。ある意味それは当然なのかもしれない。どんな親子関係が、どんな嫉妬が、どんな禁断の関係が、どんな抑圧と諦念が最終的に破滅をもたらすかもしれないほどに危険であるのかということについて、古代人にとっての方が身近で真摯な関心事だったということだって、あり得そうな話ではないか。さらに一歩進んで、古代人が何か別の分野でも我々より観察が進んでいたとしたら、占星術や終末論の話としてではなく、我々がそのような分野の存在自体を想定しないような分野において、古代人が何かしら重要な知見を持っていたらどうするのか。この一点において「型《かた》」が重要性を増してくる。「型」は本来、才能に恵まれなかった家元たちの飯の種などではない。

「仮面を被るのではない、仮面に入るのだ。」

あらかじめ仮面が知っているものが重要なのだ。すでに古代の仏像だって、どんな精神状態であのような表情が生じるものなのかはっきりと認識するのは難しいし、それが我々から遠く隔たっているのか、すぐ隣に迫って来ているものなのか、それすら分からないではないか。だとしたらこれら仮面の表情に、ハリウッド的な役者修行では想定されていない本源的な人間の状態が書き込まれていないなどとは言えないはずなのだ。それが「我々の」仮面ではないという理由から現実に注意を向けられることがないというだけで、我々からいくつかの世界の可能性が丸ごと抜け落ちている、ということが「あり得《う》る」、そこに文化の適切な併置がもたらす効果があり、これは実際にＳＦ的なパラレルワールドを想定するのに優るとも劣らない重大な局面を開き得る認識なのである。重要なのはその表情ではなく、あなたが表情だとすら思わなかった一瞬前のあれだったかもしれないということだ。

透明な晩秋の宵に、新宿の都庁前広場でマスクロードプロジェクトがスタートを切ったとき、ちょうど顔見知りのテレビ関係者が来ていたので、「さっき御社のクルーが来て記録映像を撮ってたよ」と声を掛けたところ、いくらか怪訝そうな顔で「これを？」と聞き返されてしまった。私は少し面食らった。世界中を見渡してもその日に唯一撮影に値するものだと信じ切っていたからだ。いや、大袈裟に言うのはよそう……私は面食らいなどしなかった……この種の反応は日常茶飯事だし、スペクタクルにしか反応しない知覚の蔓延に驚いていたらきりがない。むしろ面食らうべきなのは、現にこれだけ大掛かりなスペクタクルであるにもかかわらず、『真伎楽』が隅から隅までスペクタクル的ではないという事実の方なのだ。つまり、面食らうべきなのは相変わらず野村万之丞その人に対してだ……伝統芸能を担う者に人が抱くイメージに大方違わぬ、自他に厳しく人情に篤い人となり、人間関係のウェットな面を拒まず、その日も幕が下りた後何十年も溜め込んでいたものを吐き出すかのように豪快に声を上げて男泣きしていたその人柄と、演出家として作品に向かった際の極限まで研ぎ澄まされ抽象化された静けさ、まさに現代芸術家としてのミニマルな感性とのギャップには、どうしたって面食らわざるを得ないし、最後までそれに慣れることなどできなかった。ある演劇プロデューサーの言、「万之丞さん？　あの人は面白すぎて面白くなっちゃったから」……それでいい、もちろんそれだからこそいい。面白いものなどいくらでもあるし、スペクタクル的なものがいかに大規模で巨額の資金を動かしたとしても、再放送の時までは大部分が忘れられているのに反して、私たちは『真伎楽』を憶えている。断片的に、ヴィジュアル的に、音楽的に憶えている…　より良く思い出そうとすることによって思い出すことさえもできる…　夕闇に響く笙の音、韓国の儀礼的な踊り、インドのステップ、バリの獅子舞…　万之丞が張り巡らせた糸はたわまず切れず、要素と要素、それらと空間、人々の記憶の中であっという間に電子記号に変換される時間といったものを繋ぎとめている。無意識の地図を覗くことができたなら、『真伎楽』は大洋を巡航し続けるカラヴェル船のように見えることだろう。顕示欲の強いインスタレーション・アーティストのように、見慣れた場所や空間が「別様に」見えて欲しいなどとは、望みもしないし求めもしない。何故ならばそもそものはじめから、その空間が本来持っている力を召還しているにすぎないからだ。お囃子、パレード、考古学者が愛情をこめて掘り起こす多層的な生活の証は、いとも簡単に私たちの目の前に復活するし、それは都市がアスファルトやコンクリートに覆われていることとは無関係なのだ。

そもそも演出家というのは、何をする人なのか？　俳優に演技指導をするのが仕事だと思っている人もいるようだが、それは俳優が下手だから仕方なくするのであって本来の仕事ではない（これは野村万之丞がその型破りのリハーサルで実地に証明して見せている）。ギタリストがギターを、バレリーナが鍛え上げられた肉体を操って芸術にコミットしているように、演出家が操っているのは何なのかというと、演出家は圧倒的に「偶然」を操るのである。スペクタクルの側に居る演出家が偶然を遠ざける傾向を持っているために、スペクタクルに汚染された頭脳が演出家を単なる調整役、もしくは俳優と舞台装置を配置して段取りを決める係だと勘違いしがちなだけで、真の才能に恵まれた演出家は偶然との悪魔的なまでに精妙な取り決めによって、世界を構成する要素の比率に直接切り込んでゆく。例えば野村万之丞の舞台には舞台装置がない。能舞台に最低限の舞台装置しかないことの延長でそうなっているのかと言われれば、必ずしもそうではない（というのも、象徴化から抜け落ちるいわゆる「借景」のようなものはあるからだ）。大抵の演出家が口にはするし憧れはするものの現実にはほとんど成功していないこと、「世界を舞台にする」ことが、どういう訳か野村万之丞には軽々とできてしまうのだ。

その夜、『真伎楽』公演のニュースで――大丈夫、ちゃんと放送された――短いインタビューに答える野村万之丞の姿は、本来演出家とはいかなるものかということを何よりも雄弁に物語っていた。新宿都庁ビルのどこか適当に選ばれたかの「ような」ベランダで、新宿のいくつかのまるで適当に選ばれたかの「ような」高層ビルの夜景を背景に、少し身をかがめた自然体で、喋っている内容といえば余人にとってはいざ知らず本人にとってはお決まりの、「出る杭は打たれるが出すぎる杭は打たれない」などといった決めゼリフだった。近くのホテルでその映像を見たときの静かな衝撃を私は今でも憶えている。テレビの絶対的な覇権が揺らぎはじめた理由は、彼らが言うように、消費傾向の変化や、インターネットの台頭や、テレビが本来馬鹿だと見做していた大衆がより馬鹿になったためなのかもしれないが、私にとってはあの時に万之丞が爆破したのだとしか思えないのである。テレビが神経を尖らせている闖入者、素っ裸の目立ちたがり屋や、本当の暗部や、権力やアンチ権力の意図にそぐわないことを口走ってしまうコメンテーターなどから遠く離れて、偶然を装って、つまりは偶然の猛威を身に纏うことによって、野村万之丞はスペクタクルの文法にあっては映ってはいけないものを同時にいくつもフレームに入れ込んでしまっている。一体全体、この人は偉い人なのか？　人が注目すべきような人物なのか？　無作為に選ばれ何も考えられていないかのような背景やアングル、現代の謎めいた借景、夜中に安酒屋から出てきて見上げたときのような意味を成さないけれども懐かしい高層ビル…　何故この人は自分の企画についてもっと直接的に語らないのか？　このチャンスに何かをアピールしようとしないのか？　なぜ自分をもっと良く見せようとしていないのか？　そもそもの辺が「出る杭」だと言うのだろう？　全体的にホームビデオのような雰囲気に見えるのは何故だろう？…

スペクタクルに魅惑された者たち、具体的にはニュースに何かしら真実めいたものが映ることもあるかもしれないと考えることで、すべての会話があらかじめ禁じられているような者たちに何かを説明する羽目に陥ったとき、他に方法がないという理由で、「いや、これは本物だから…」と当惑気味に呟くしかないようなときの「本物」が、テレビに映ってしまっているのである。スペクタクルの命運が空間を「分断」することにかかっているのに対して（あそこはここではない、ここは永遠にここにはなり得ない）、野村万之丞はそれだけで極めてラディカルな真実、「すべては地続きだ」ということを無言のうちに伝えきってしまっているのだった。

「最近、万之丞さんって狂言もなさるんですかって驚かれたりするんだよ…」

色々やってるから…　今でこそ歌舞伎役者も能楽師狂言師も押しも押されぬスターだが、古典芸能と資本主義の相性が良くなったというわけでは決してない。相続税の問題だってあるし、明治時代のタニマチが姿を消してからは苦しい時代の方が長かったのだ。「所詮俺たちは河原者だからな」…矜持と努力が混在する、終わらない日々…　「俺はサラブレットの叩き上げなんだ」…　「政治的な立場？　右投げ左打ちかな」…　つまりは全部だってこと、どっちも、何もかにもだってこと…　それだけだ…　近代とは、何もないところに何かを作ることだと彼は考えていた。それは何もかもをぶち込むことによってしか、伝統と近代が繋がらないと考えることと等価だ。

「伝統とは、形を変えて心を伝えることである。」

シンプルだが、このテーゼの射程は限りなく長いし、意味はどこまでも深い。逸脱がその経路を自らの伝統に求め、いまだその機能が解明されているとはとても言い難い日本的な神経症に組み合うということが起きたとき、万之丞が手始めに取った戦略を記憶に留めておくことは無駄ではない。今度の企画は『女狂言』、芸能を「大人の女」に送り返す試みだ。

少年少女の芸能なら十年一日にテレビを点ければ見ることができるし、最近ではその種のアイドルをベルトコンベアー式に大量生産することも可能だということが明らかになっている。その反面、大人の女がどこにも居ないということにどれだけの人が気付いているだろうか。ドラマの端役？　歌が上手ければどうにか生き延びられる？　田植えと密接に結び付いていた大人の女たちは、その瞬間「母」ではない。ましてや対幻想などというものに縛られているわけでもない。コノハナサクヤ姫が、田の神に成り替わって桜の木を住処としているのは何のためなのか？　仏教では女は成仏できないことになっている。提婆達多品《だいばだったぼん》で竜女が成仏するときも、あくまでまずはおちんちんが生えた上で成仏しているのだ。一方日本の芸能であの手この手で仄めかされているのは、もっとあっけない、身も蓋もないような男女の反転なのである。あれほど道教や風水に凝っていても、そもそもの陰陽説が日本でいまいち人気が出ないとしたら、この地では陰陽の転換があまりにも速やかに起こってしまうからでもある。「イケメン」に何より目がなかった清少納言が、講座の説法をするお坊さんに対して、自分が若いときならお坊さんもイケメンの方がいいくらいのことは言っただろうけれど、今はもうそんな不謹慎なことは言えないわ、などと殊勝な独白をするとき、彼女の中で何が起こっているのだろう。紫式部が男という存在の完全な拒絶と否定によって、逆に男たちの中に時間を超える方法を植え付けるのとは全く別の経路を辿って、清少納言もまた男女のイニシアチブの反転を自らに取り込むことで生き延びる。こうした物語は、少なくとも、祇王・祇女のような、いわゆる『平家物語』的な物語の対極に位置するものである。一言でいえばそれは権力よりもセックスの物語で、セックスよりは終わることのない愛の物語に近いのだ。だからこそセックスはつまるところ権力の問題だなどと強弁することにも、スペクタクルの側が、まるで自分たちがセックスと死を独占しているかのようなお手盛りの振付を飽きもせず強圧的に繰り返してくることにも、耳を貸さなくて構わない。こちらにはアンチ・スペクタクルの最終兵器が付いているのだ。もちろんそれは、自らの青春が中途半端に過ぎ去ってしまい結局のところ負け犬なのであって、あわよくばもう一度若さを取り戻したい、などとは微塵も考えない、口うるささとは無縁のモノの分かったオバ様たちのことだ。

ここに珍しい一冊の本がある。学習院高等科で浩宮徳仁親王の担任を務めた小坂部元秀氏が書いた、『浩宮の感情教育』という本である。題名がいかがなものかという話はあるが、学習院の先生というのは我々一般の人間とはまた別の感性を持っているようだからそこは見なかったことにしておこう。この本には、実直で決して目立たない浩宮様の対極に位置する騒がしい存在として、若き日の野村万之丞がちょくちょくと顔を出している。浩宮様と同級生とはいえ、宮内庁公認の「御学友《ごがくゆう》」ではない(本人曰く、「御悪友だったから」)。けれども後々まで万之丞の口から浩宮様への好意的な感情が漏れ続けたことからも分かるように、性格的に正反対ともいえる二人の間に不思議な運命の繋がりがあったとしてもおかしくはないように思われる。中学校の卒業文集から、「二十年後の私」という寄せ書きを著者は引用している。伝統芸能の名家や大企業の子弟が集まっている学習院のことだ、十五歳という多感で希望にあふれた時期に、自らの将来が概ね決まってしまっているのではないかという予感から、窮屈さを感じて皮肉っぽい口調になってしまう生徒も少なくない。そんな中、浩宮様と野村万之丞の寄せ書きが際立った率直さを見せている。浩宮様、「国家行事以外に、学者としても広く活躍したい」。真っ向から運命を受け止め、現に若き日の目標を実現されている宮様の態度は立派だとしか言いようがない。一方、五世野村万之丞こと青年野村耕介…　「芸術家。はるかなる美を求めて」…

そのころから芸術家になりたかったんだ…　芸術家であるということが、はるかなる美を求めることなのだと忘れさえしなければ、本来なら誰もが芸術家たり得るのである。美は「そこ」にはない。だから何度でも旅立つのだ。ここからあそこに移動するのと同じ身軽さで、どこかの一点から別の一点へと移動する。芸術家に必要な素質は、結局は純粋さに尽きるという見方だってできる。純粋さは汚れない。脇に追いやられ、迫害を受け、裏切られ、無視され、これでもかというくらい踏み躙《にじ》られることがあったとしても、汚れるわけではないのだ。そのことを知り尽くしていたからこそ、野村万之丞は、贅肉の鎧を纏い、筋肉と外面が全く別の動きをするように肉体を整えることで、自らを仮面そのものと化していた。

「見てみろ、日本人はみんなしかめっ面をしてるじゃねえか！」

裏を返せば世界は元来もっと楽しいものであっても構わないはずなのだ。スペクタクルに惑わされずに、芸術を芸術の次元で感得させるだけで喜びは回帰する。だから粗探しや泣き言や金銭の呪縛を置き去りにして、はるかなる美を求めに行こう。そうでなければ人は権力という永遠の代替物で満足しなければならないことになる。万之丞は芸術家になったのか？　もちろんんだ。よし、これで十五歳の時の目標は達成された。ならば次はどうしよう？

「俺は、後戸《うしろど》の摩多羅神《またらしん》になりたいんだ。」

なるほど、そう来たか！　出所の知れない奇妙な神。そして、放逸と食人と破壊と笑いと芸能と、底知れぬものを一切合切掌《つかさど》っている神だ。なれるだろう。なってもらわなければ困る…　人は謙虚さということに対して、最大限の誤解を犯している。進めば進むほど、神になろうとでもしない限り乗り越えられない理不尽さが襲いかかって来るというのに…　多くの者たちが野村万之丞を誤解した。彼が必要なことを教えようとしているとき、自慢話をしているのだと考えた。芸術的な正解を見つけると、伝統を逸脱したのだと考えた。重要なものの場所を指し示すために重要でないものを切り捨てた場合には、彼には細部に亘るまでを完璧に仕上げる技量が欠けているのだと考えた。完璧なものはすぐには完璧に見えないということを、知らなかったのだ。でもうそんなことはどうだっていい…神になるのだから…

『今昔物語集』の中に、一風変わった、そのくせ滅法面白い、「伊豆守小野五友《いつとも》の目代」という話がある。伊豆守に就任した小野五友が目代（事務官僚）を雇おうと思って人材を探していると、一人の男が紹介されてくる。六十歳くらいで小太りのその男には、内心何を考えているのか分からないようなところがあって、伊豆守は何となく信用できない。けれども仕事は良くできる。徐々に権限を与えていっても、特に私腹を肥やしているような様子もない。相変わらず釈然としないものを感じながらも、伊豆守が信用を置きはじめたころ、伊豆守の屋敷に傀儡師《くぐつし》（人形使いを中心とする旅芸人）の一座が訪れたことがあった。庭先でお囃子が鳴りはじめると、例の目代が妙にそわそわしはじめる。見ると公文書に判を押すのも、お囃子に合わせて三拍子で押している。そのままリズムに合わせて肩を揺らしだし、ついには傀儡師たちと一緒になって踊りはじめてしまった。「お前何してんだ？」と伊豆守が聞くと、「昔のことが忘れられなくて」と言って目代は恥ずかしそうにどこかへと逃げて行ってしまった。後で傀儡師が言うには、あの男は元々傀儡師の仲間だったのだが、勉強して官吏になった変わり種だということだった。それ以来人々は彼に「傀儡子《くぐつ》目代」というあだ名を付けて笑いあった。官僚としての威厳は若干落ちたものの、伊豆守はかわいがってその男を使い続けたという話である。

旅の芸能集団である傀儡師の総本山は、西宮戎《えびす》神社、通称「えべっさん」にある。摂社に祀られている「百太夫神社」というのが傀儡師の神様だ。西宮戎といえば最近は福男を決める一月十日の走り参りがテレビ中継されているので、十日えびすの露店が立ち並ぶ風景が印象的かもしれないが、普段は極めて瀟洒な清涼感のある神社である。ここに行くと、日本の芸能が持つ本質が感じ取れるといっても、決して過言ではない。あるべきものがあるべき場所にあり、甘やかしてはくれないが厳しさの中で存分にリラックスさせてくれる。仏教ではやはり芸能集団であった時宗の寺院が、こうした雰囲気を持っている。ごみごみした住宅地や国道の脇にあっても、一歩踏み込めば別世界のオアシスが広がる。その広がりは、実際の平米数とは何の関係もない。
二回目の『女狂言』、宝塚を出たばかりの若い女優が、エビス様の恰好をして、驚くような美声で歌いながら登場した。沖縄風の旋律で、「釣ろよ釣ろうよ、ご主人様を釣ろうよ」……一遍上人の教団は普段は人が目をそむけんばかりの汚らしい烏合の衆だったが、ひとたび鉦太鼓《かねだいこ》が鳴ればそこに天国を現出させる。ステージ、それは半分は世界にはみ出している。だからこそ時間が重なり合い、晴れと褻《け》が、身体と肉体が互いを支え、どこまでも世の中を二重化し楽しみを拒まない者たちを楽しくもさせるのだ。昨日盆踊りが行われた街路は、もうただの街路ではない。傀儡子目代は今もあなたの隣で書類に判を押している。

四十四歳という若さでこの日本の宝、恐らくは世界の宝でもあった不世出の逸材は世を去ることとなる。死期を告げられた万之丞は自らの葬儀の台本を書き、そこには『楽劇葬《がくげきそう》――歌って踊ってさようなら』という表題が付されていた。年を越せば野村家の当主、八世万蔵を襲名することが決まっていた。年を越せそうにないと悟り、辞世の句は次のようなものとなった。

「万蔵に　万感の思いをこめて　千秋楽」

狂言もやるんですか？　そう聞かれるくらい様々な活動に手を染めていた野村万之丞の、狂言への想いと家を継ぐことの重さを改めて思い知らされて、その句を聞いたとき私はしばし絶句した。『楽劇葬』は執り行われ、最後の方にスタッフとして長年彼を支えて来たひとりの女性が、遺骨を前にスピーチをした。「先生、死んでる場合じゃないですよ！　皆さん集まってますよ！」

# 小津のエロティシズム

## 私は秩序の中に入り込んだ
## ——エジプト中王国の石棺文

瞼のカーブや、後ろから見たふくらはぎの肉付きが語るもの、二の腕の筋肉の形、顎の脂肪、シルエットと仕草。これらの総体的な相関の全体と、個々の密かな結びつきのリストを手に入れたのなら、もう二度と再び、論理に一貫性を持たせたり、サスペンスに同化しようとして四苦八苦する必要はない。もともとこれらは、論理よりもよっぽど決然としているし、サスペンスよりも意想外で期待を裏切らないものだからだ。あとはこの場所にとどまり、現実の散漫さと記憶との周波数を調整しさえすればいい。

岡田時彦はシリアスな演技の時でもどこかとぼけているし、江川宇礼雄は二回主演して二回とも感情を爆発させる役回りだ。桑野通子が画面に居るときには、カメラも筋の運びも驚くほどリラックスしている。小津はモデルに引っ張られる。しかしそれは逆にモデルを本来の型＝モデルに引き戻しているだけのことで、現実と虚構に同程度の判断の厳しさを持ち込んでいるにすぎない。小津に言わせるならば、人は皆、自分を間違えているのである。そうしてわざわざ、そのことを小津が指摘する。何の権限があっての上でなのか？　人を人とも思わぬサディストとして、仮借ない趣味を持った江戸っ子として、そしてもちろん、聞く耳を持たぬ映画監督として。人が自らの性的多様性に気付かず、社会的分節によるエロスの管理が徹底していると誤解してしまっているとき、小津のお節介が作動し、失われた多様性を回復しはじめる。

「本来の自分」という表現にどれほど人が嫌悪感を示そうとも――人が自分が本来あるべき姿にたいして拡散してしまっていると考えていようが、矮小化していると考えていようが――重要なことはただひとつ、敢えて言うなら、虚無に向かって正当な手続きを踏むことにあるのである。これについては、追って話していこう。

小津は同じ調子の作品しか撮らないといわれ続けたが、現存するフィルムを見る限り、その作品群が与える印象は全く正反対のものである。実際、遺作となった『秋刀魚の味』を除けば、同一の主題の繰り返しはただの一度もない。

そこには父と息子があり、母と息子、継母と息子、娘と父、母と娘があり、片親の場合、両親、一人っ子、兄弟、父と息子の異性愛、父と娘の同性愛、浮気、純血、寡婦、倦怠期、貧困、裕福、崩壊がある。小津の様式美と言われるが——もっともこの表現では様式以外の美が存在するかのような印象を与えかねないが——様式とはなによりもまず多様性を目論んで、偽りの豊穣に断固立ち向かうために産み出されるものなのである。

具体例として『晩春』とそのすぐ後に作られた『麦秋』を見てみよう。これを同じような役者が同じようなドラマを演じていると見ることは勝手だが、この二つの作品には、個々の作品をアリバイづける二項対立が随所に鏤《ちりば》められている。『晩春』で父との二人暮らしだった原節子は『麦秋』では大家族の中で生活しているし、『晩春』では執拗に隠されていた結婚相手の人格が『麦秋』では前面に現れる。彼女は『晩春』では「旧式」の女といわれ他人の選択に従うが、『麦秋』では「最近」の女といわれ自分で運命を選択する。そうして、こうした心理的、状況的な対立が完全に意識的であると悟らせるために、記号標識のようないくつかの手がかりが同じく対称的に配置されている。題名の春と秋をはじめとして、『晩春』では能が演じられたのに対して『麦秋』では歌舞伎、ゲイリー・クーパーがオードリー・ヘプバーン、京都に対して奈良というように。

小津の映画では、ある性格が描かれているように見えるときにも、本当はその性格の外枠が描かれているのだ。心理的道徳的な解釈を突き抜けて、自由であると同時にひとつの非空間的な場所に不動であるようなある人格、これを彼は性格に対して「風格」という言葉で言い表そうとしたことがある。世界の両限を自力で定め、画面に映っているものと映っていないものとの断層に託して、可能態としてある人物の広がりと不動性を同時に、かつ積極的に捉えること、これはエロティシズムについての秀逸な定義であり、どれほど貶められても代替不可能であるために必ずや立ち戻ってくる、そんな知恵である。

人生のスピードを制限しているのは性的な固定観念であり、エロティシズムだけが結び目をほどき、組み替え、再加速させることができる。これこそがまさに淑女が忘れていたことなのだ。現実が懸垂体のように重心でバランスを取っている仮想空間の質感は、まさに芸術家の意志と熱情によってのみ概算的な均質性を保っているものだが、もしそれが成功しているなら、その守備範囲は広大なものになる。たとえ広大という形容詞が奇妙に響いたとしても、それは世界の広がりにそもそも偽りがあるだけのことなのだ。

最高度の静けさから、もっとも明晰な狂気まで…　仮に彼がより露骨な性描写や暴力描写を用いていたとしても、彼の伝説のはじまりを決定づけることになったあの地盤沈下の瞬間、『晩春』で初めて小津作品に出演した原節子が、もうどうにも笑いがこらえきれないといった顔つきをしながら、「なんだか、不潔よ、汚らしいわ」と言い放った時以上に、センセーショナルな事件性は持ち得なかったことだろう。

小津はシステムから享楽の秘密を奪い去ってしまうのである。それは、言い換えるなら、万が一システムが享楽の主体を持っているとしたら、そんな主体が享楽するように小津が享楽しているのかもしれない、そう他人が疑っているということでもある。人々が小津の私生活の、巨大なはぐらかしのようにしか見えない様々なポーズに振り回され、好奇心をかきたてられ、余計なことを言ってしまうのもそのためなのであって、一見さりげない場所には、例によって最大の技巧が凝らされているのだ。母親との同盟関係、女優たちとの噂、同性愛の可能性。小津の性生活は完全なまでに還元不能であり、ことこの種のことに関する彼のユーモアは、ちょっと類例を見ないほどだ。週刊誌のインタビューに答えて小津はこんな発言をする。

「ぼくは主義としては多妻主義なんだが、どうも実行力に欠けるところがある。それでやむなく一妻主義をとろうと考えたことがある。」

ここまで簡明に二重に言い表された真実を見過ごして通るわけにはいかない。一夫一婦制は、少なくとも近代日本においては悪意ある制度の打算であり、活力と軽やかさへのいわれのない重荷であり、封建制や純潔の美徳とはなんら無関係なものなのだと、小津はすっぱ抜く。一夫一婦制が行動力の不在のそのまた安上がりなものだとしたら、恋愛と結婚を結びつけて考えたり、一夫一婦制の存続に向けて行動したりすることほど、的外れなことも無いのである。小津のいわゆる「不倫」ものに貫かれている精神はこうしたものだ。

ところで、先ほどの発言を聞いたインタビュアーは次に小津のセックスについて、直接突っ込んだ。するとまたも信じられない答えが返ってくる。

「適当にね。軍隊言葉で言えば要領よくね。しかし、女なんてのは環境によって必要なくなるもんだ。」

マスターベーションの擁護はここにきて重大な宗教的問題を引き起こすのかもしれないし、そもそも趣味性とは、生殖行為が空間的一点から解き放たれたときに鳴り渡る沈黙の深さを測る懸垂索に他ならない。小津はマスターベーションを仄めかすと同時に、全く同次元で女そのもののずれと、女に対する要領のよさと、女たちの要領のよさを語ってもいるのだ。ヴェンダースは小津の家族こそ世界の家族の普遍モデルだというが、日本では倒錯が秩序の文法によって表象され得るというだけで、全西洋の首を傾げさせるには十分だ。こんなとき――物語の統合より素速く世界が統合されている現在ではあらゆる場面に亘って――普遍性とは、単位や、基底性や、コミュニケーションの可能性ではなく、論証の力とでも呼ぶべきもの、反駁の力、飛躍、断定、正面から撃破し粉砕する言語の彩りということになるだろう。

映画監督が芸術家たり得るのか、まだ百パーセント確信が持てない人がいるとしたら、小津の日記を読んでみるべきだと思う。このレベルに達している近代文学は決して多くはない。一日一日すべてに付き合う価値がある。なんというリズム、移動、生活そのものを賭した緩急だろう。本当は誰にでも、こうやって生きる権利がある。夢と陸続きの目覚め、飲み歩く日々、やがて回復するだろう身体の不調。不能感に苛まれる一週間から、いきなり社交界のど真ん中へ、海へ、山へ、都会へ、古都へ。夢幻劇のような戦争へ……

「喰はないでもすむ腹工合で　あとで奇麗なのが喰へるあてがあるから喰はないだけの話で、今度の南昌戦の様な場合の喰へる時喰っておかないと　あとから喰へるのぞみの全然ない場合にハほんとに奇麗も汚いも云っておられない。（…）おたま杓子の泳いでいる田圃の水も呑めバ　拾ったも同様の芋の切干しも喰った。埃をかぶつた支那饅頭の餡もくえバ、残飯で拵へたおこしも平気で喰った。あとでその都度周章ててダイモールは呑んだものの僕の潔癖も案外他愛なくくずれた。いささか自負している僕の芸術上の潔癖もまた何時か案外簡単にくずれるのかも知れない。」

振り返ってみれば潔癖を貫いてみせた小津は、さらに輪をかけるという意味で、最後には彼自らの手で幕を引くことに成功する。伏線は閉じ、自己実現は成し遂げられる。『晩春』に端を発する一連の冒険は『秋日和』に実を結ぶ。原節子の役名をはじめから順に追ってみると、紀子・紀子・紀子・孝子・秋子・秋子になっている。『秋日和』では秋子、作品の輪郭とついに、ようやく重なったのだ。何と云っても気になるのは中年の紳士達が呑みながら話す、次のような台詞である。

「俺も、どっちかって云えばやっぱりお袋（原節子の演じる秋子）の方だな、ありゃいいよ。」
「うん、いい、ありゃいいよ。」

ということは、もはや原節子のセクシャリティーについて直接言及しても構わないということだろうか。彼女の秘密について万人が想像をたくましくさせることが、ようやく解禁になったのであろうか。以前のように、システムの盲点と、最大の偶然性を利用することで、彼女が隠密裡に取り引きされる必要は無くなってしまったのか…

天使を内部で腐らせないこと。それこそが、ここでおこなわれていることであり、多くの芸術家達の火急の使命であり、彼らが神と悪魔と同時に業務提携を結ぶ原因でもあるのだ。『東京物語』は成功したか？　はい、そのようです。なにか重大な遺漏はないか？　妥協した点や、思い残すことはないか？　大丈夫だろうと思います。よし、ならば原節子を脱出させるんだ、一刻も早くな。

そして『東京暮色』の孝子という、役名においても役柄においても彼女らしくない生硬な女によって、彼女は垂直離脱させられる。この機微は、小津の最大の理解者である野田高梧にもさすがに理解できなかったらしく、野田は最後まで『東京暮色』は失敗作だと思っていた。しかし小津自身が語っているではないか、「必要な失敗作というものはあるのだ」と。「孝子」を通して、「紀子」は「秋子」になり、『秋日和』、『小早川家の秋』、『秋刀魚の味』という、秋一色の彩りに同調していく。小津の日記で、『秋日和』の撮影風景を見てみよう。

「料亭のセット　原　司　佐分利　伸郎　北」

ここではまるで、原節子が彼直属の一役者にすぎないかのようだ。彼女の給料袋か、病院の診察券にでも書いてありそうな、素っ気ない「原」である。そしてエロティシズムとは、もともとこのようにして完成されるものなのだ。裏の表と表の裏が最大角で交差し、所有と非所有が思いがけぬ場所で軌を一にする。原節子は名を回復し、生まれ持った名にしろそうでないにしろ、こうして名を回復するというのは、現代において奇跡にも等しい事態なのである。あとはもう何ひとつ語ることもなければ、表現することも、齟齬によって保つべきものもない。実際、『秋日和』から晩年にかけて、彼女は、夢から覚めたドン・キホーテさながらの小津安二郎のすぐそばにいる。

「夜　原節子から電話くる　下河原トリス一本あけて酩酊　枯木の如くねる　満月　ただし無為」

静かで、光に満ち、厳しく、津波のような晩年である。しかしまた、計画どおりでもあり、決して腐敗せず、外側に相対化された空間で変容した一生。その集大成があの色だ。小津の潔癖さから予想されるにしては、どこか肩すかしを食らわすような、芸がないともいえる色目のカラー作品が現れる。まるで列車の車窓から外を見ているときそのままの、玉石混淆の、賛否両論の、現実以上に現実的な色。黄色と赤が強調されているって？　確かにそうだ。しかし種明かしをしてしまうなら、あそこで強調されているのは本当のところ「金色」なのである。金色と青といった方がより正確かもしれない（一度京都御所を見学に行けば僕の言わんとしていることが分かるはずだ）。すべてが背景で溶け合い、ざわめき、和解し、乱反射する。そこから、不意に一捌けで、意味や形象や空が描かれる。『晩春』

で演じられていた能は何だったろうか。他でもない『杜若《かきつばた》』である。ここから、金と青の調和に満ちた葛藤が、秩序と激動のささやかな人間的冒険が位置付けられる。金とは流動的普遍の色、そして意味の生成の色なのである（光琳『燕子花《かきつばた》図屏風』）。小津が世界の境界を示したのは、単なる便宜上のことにすぎなかった。意味の宿命はあらかじめ分かっていたのだから…

従って『秋日和』では、はじめて、原節子の横顔の長いショットがある。ちょうどアメリカの警察が、事件の全体像を眺める作業をプロファイリングと呼ぶように、横顔ははじめからすべてを語っていて、映画がそこに何かを付け加える必要などなかったのだ。横顔のショットで小津は自ら告白してみせる、正面から見た顔は、横顔の横顔にすぎないのだと。

無。当然だ。何も騒ぐようなことではない。とはいえ彼の驚くべき立方体の墓石を直接見るのはやはり貴重な経験だろう。さらにはその側面に廻って、彼の戒名と彼と一緒に葬られている彼の母親の俗名とに目を向けることも。母親の俗名はなんと「安二郎母」、そして小津の戒名は「曇華院達道常安居士」である。この戒名を直訳するならば、「その道を極め永遠に心穏やかな、三千年に一度出るか出ないかの逸材」ということになる。

撮影の打ち上げで小津と酒席をともにした若き山本富士子は小津への手紙に書いている。

「あの日…　皆様とお別れ致しまして京都に参る自動車の中で幸福感で一杯…　と申しますのでしょうか…　温かなものが満ち溢れている様な…　と申しますのでしょうか、あの感激をなかなかおさえることが出来ず、とうとう京都迄一睡もせずに参ってしまいました。」

慎ましさと熱狂を二つながら与えてくれる享楽に出会い、彼女が舞い上がっている姿は傍目にもとても感動的なものだ。映画女優という新しい職業の華やかさの裏側で、自分たちが一体なにに賭けられているのか、どう利用され、どう騙し取られ、どうイメージ化されていくのか、彼女達は肌で感じているのだ。だからこそ、小津の優しさには限りがないように見える。なにかに居合わせたという実感と、事件の後のもの悲しく満たされた時間を与えてくれる希有の人物…『秋日和』の原節子の台詞は、これ以上ないというほどに、人間的事件の終末の余韻を伝えている。「今さらまたもう一度、麓から山に登るなんてもうこりごり。」

小津と同じように、ただ一語、生きることの本質的知識を墓標に持っているのはセリーヌである。東洋人の小津が「無」と書き、西洋人のセリーヌは「否（ノン）」と書いたが、逆にそれは正確に同じ価値を表していると僕は思う。小津とセリーヌは見れば見るほどよく似ている。機敏で照れ屋で堂々とした身体や、人を魅了して止まない視線、細部にこだわる徹底した慎重さと、お偉方を欺く茶目っ気。粋で、成熟していて、ウィットがあり、エスプリが利き、クラフトマンシップに貫かれている。固定観念には？　平手打ちだ。自惚れには？　平手打ちだ。自分の言っていることが分からなくなっていたり、自分の性的能力に気付いていなかったり、時間から目を逸らせて躓っている連中には？一発平手打ちを喰らわせろ！

セリーヌは自分が精神病院に隔離されているとき、他の患者が彼の礼儀正しさを見て、以前よりもまっとうに振る舞うようになったと回顧している。それによって、頭を鉄格子にぶつけたり、太股の付け根を切り裂いたりすることに、歯止めがかかったのだと… 狂気を礼儀正しさで表現すること、セリーヌのこの言葉は、小津の全作品に対する献辞として、もっとも相応しいものだろう。

この仮説を裏付けるために、最後に小津とセリーヌの言葉を並べておこう。

「気分だけは大変な芸術と取組んでいるつもりでも、ろくに腕も立たず、障子一枚、桟一つ削れない奴が、仏像作ろうとしてもうまくゆくはずがない。職人の風上にも置けない奴だということになる。」

「偉大な発明なんてものはありっこないのさ！ 端からはね！ 最初は！ ささやかな発明あるのみさ！ Y先生！ 自然は極めて稀にしか発明の才を一人の人間に与えないものなんだ… しかも自然はからっきししみったれときている！… 自分は発明の才に溢れているなんて思い込んで、年中御託を並べている連中は、飛んでもないほら吹き同然なんだ！」

＊セリーヌからの引用は『セリーヌの作品　第十二巻』(国書刊行会) 礒野秀和＋池部雅英＋浅井喬男訳を使用させていただきました。

# 西馬音内

にしもない、と読む。秋田県南部の山奥にある小さな街だ。この珍しい地名の語源はアイヌ語で、崖の下の小さな川というほどの意味だという。この場所で毎年行われる「西馬音内の盆踊り」が、日本三大盆踊りの一つに数えられている。

日本三大盆踊りというのは別段公的な名称ではないが、よくぞ名付けたものだと思う。徳島の阿波踊り、岐阜は郡上《ぐじょう》八幡の郡上おどり、そしてこの西馬音内の盆踊りを指している。確かに僕ら日本人の精神性、それもかなり根深い本能的な感性について言うなら、この三つの盆踊りがそれぞれ補い合うように全地図を描いていると言ってもいいだろう。

沖縄など南洋の踊りにも通じる阿波踊りが意味を粉砕する生命の躍動だとするなら、郡上おどりはまるで刀鍛冶のように、熱せられたでき立てほやほやの意味を何度も叩き付けて大地に刻印しようとするポジティブな反復の喜びだ。又、これは三大盆踊りには含まれていないが有名な富山八尾《やつお》のおわら風の盆などは、よりパントマイム的で、意味が出揃った後にその組み合わせの妙で脱構築しようとする江戸期の雰囲気を色濃く湛え持っている。こうした中で西馬音内は、ただひたすらに意味が生成するその現場に留まり続ける。人体の身振りが意味を持つぎりぎりの線を攻め、それが捉えられそうになる一瞬手前で正確に逃げ去る。この点で西馬音内は、最早他に比べるものがほとんど残っていないような、僕ら日本人の記憶喪失と対をなしながら、驚異的なまでに「生きている」のである。

この西馬音内の「捉えがたさ」は、それを叙述しようとする虚しい試みの中に証拠付けられている。西馬音内の盆踊りを紹介しようとする観光案内や通俗的な説明を見てみよう。ちょっと目についたものを挙げただけでも、「静的な美しさ」、「夢幻」、「幽玄」、「顔を隠して死者を表現」、「男性的な拍子方の雄壮さと女性的な踊りの不調和がもたらす美」、「農民の素朴なエロティシズム」。どれも別に間違っているわけではない。しかしながら、僕は断言するけれども、一度でもナマで西馬音内の盆踊りを見たら、これらのキャッチコピーで謳われている要素はほとんど微塵も実在しないかあっけなく吹き飛んでしまうことに気付くはずだ。

静と動ということで言うなら、西馬音内には静的ないかなる要素も含まれていない。常に光速とその等価物である不動性があるだけだ。ここにあるのは生と性であって、静ではない。もちろん死者も呼び出されてはいるが、それはあくまで生者の都合によって駆り出された体《てい》の良いアリバイ工作なのであり、死者のほうも大抵はその種の願いを聞き届け、協力を惜しまないものなのである。死者としても何もわざわざ現世を見物に来る必要はなく、たとえ束の間であってもその生を生きなおすために来ているのだから。ここでは死者と生者が互いに手を取り合って、同じく生死の境を彷徨っている我々を誘惑しているにすぎないのである。

岡本太郎は流石にその辺の事情をするどく看破している。

「あるものはただリズムであり、火に映えた色であり、形・動き・生きものなのだ。それがすばらしく優美で、情感的で、天地をみたしてしまう。まさしく、今日あるがための命であったし、火が燃え笛が鳴り、太鼓がとどろき、中空に月が冴える。ここに人間と、霊のなまなましい交流・対決が現出している。」（傍点筆者）

付け加えるなら、日本人はいとも簡単に我が国ではいかなるものにも霊が宿る、などと発言しがちだが、それらの霊といかにして交流し、時に対決するかを見定めなくては、ほとんど何も言っていないのと変わらない。自然というものは普通に考えられているよりもはるかに説得可能なものだし、こちらの見方一つで死んでしまうこともあればいきなり饒舌に語りだすこともある。自然を成仏させるのはひとえに人間の責任でもあるし、我々が自らの卑小さに囚われて自分たちが自然の背景にすぎないとはかなく独白するようなときですら、自然の側は聞く耳を持ってこちらが何かしら語りかけるのを待っているということさえあるのである。

西馬音内は、だから、極限にまで高められた誘惑の技法なのだ。

死者を介さずに生者を誘惑することなど不可能だし、生に目を瞑っていれば必ず不意打ちを食らう。ひとたび踊りはじめたら疲れることなど許されない、時計の秒針のように時を刻むなどということはもっての外だ。時間に区切りは存在しない。決算もなければ日課もない。予定も未来への見通しも損得への絶えざる本能的計算も存在しない。星々の運行以外にはいかなる時間も流れはしないのだから、そんなことは実は不思議でもなんでもなかったのだ。そしてこの誘惑は、高度なものであるがゆえに決して終わりがあってはならないし、誘惑の頂点で独楽のように高速で回転している時にだけバランスが保たれるといった類のものだ。そう、西馬音内は何かが「成就」することへの最終的な拒絶なのである。

この芸能が極端に誘惑に特化した技法であることには、審美的な面だけでなくより現実的で切実な裏付けがある。西馬音内出身の詩人である小坂太郎氏による、『西馬音内盆踊り——わがこころの原風景』(二〇〇二年刊)は西馬音内の盆踊りを多角的に見つめた「決定版」的な書物だが、ここにも秋田県南部が特に経済的に厳しい地方で、娘の身売りが古来横行していた実情が描かれている。元来南方の植物である稲を寒冷地に植えているために凶作に見舞われることも多く、全国一律の石高制にあっては貧しさから抜け出すことはほとんど不可能であった上に、明治期以降も急速に一部の地主に富が集中していってしまう。身売りされていく娘たちは、色白で情も厚く東京では「秋田美人」などと呼ばれ有難がられたようだが、本人たちにとっては死出の旅路と変わらない。だからこそ彼女たちは、全身全霊をかけて誘惑するのである。

〽おどりの上手も、見目の良いのも、土地柄血筋柄（アーソレソレ）
なんでもかんでも嫁こをほしがら、こごからもらたんせ（サカサッサー）

なんでも良いんでしたら、ウチのを購入してください。こんなセールストークは最近あまり聞かない。しかしながらこうして聞いてみるとやはり相当な殺し文句であることが分かるはずだ。西馬音内の広告宣伝戦略というのは極めて秀逸で、常に全体と細部のバランスが絶妙なのだ。企業のブランド戦略から芸術作品に至るまで、基本的なテーゼは、細部は全体に支えられない限り意味付けられないし、全体は分散した細部の集積以外のものでは形作られない、ということだと僕は思う。近代的なブランド戦略やマーケティング技法が最終的に芸術家のそれに太刀打ちできないのは、企業の全体的なイメージを細部と乖離した形で作りたがるという、もしくは細部にこだわるあまり全体的な理想が手つかずのままになり、いつしかそれらの理想像が病理的なまでに幼稚なままで取り残されるという悪循環にはまっているからである。一方で西馬音内は短期的な利益も、イメージ的に突出することも求めていない。そうした謙虚さを背景として、いつでも良いものは良い、して欲しいことはして欲しいと、率直に主張することができるのである。

〽秋田の西馬音内、ほんとにいいどこ、皆さん来てたんせ（アーソレソレ）
湯沢の駅から、道のり十キロ、車で十五分（サカサッサー）

こうした地口の中で歌われる時、西馬音内の発音は地元の方言で「ニシモニャ」となる。

〽ニシモニャ盆踊り　日本一だと　言うだけ野暮だんし（アーソレソレ）
　絞りの浴衣に　編み笠姿で　こさきて踊たんせ（サカサッサー）

全くもってその通りである。西馬音内が日本一だなどということは、彼らからしてみれば当たり前なのであって、こうして理屈を捏ねてその魅力の一端でも伝えようとしている僕は、彼らの日常的なコミットメントの前では野暮天以外の何ものでもないのだ。そもそも長老たちに言わせたら、西馬音内から嫁取りする気のない男が踊りを見物に来たりその芸術性を云々したりすること自体が単なる冷やかしにすぎない訳だし、それを承知で書きはじめた僕にしても、脳裏に去来するメロディと意味の奔流に巻き込まれて、すでに筆の運びを忘れつつあるのである。

けれども、今は書かせてもらうことにしよう。僕は僕で理由があってやっていることなのだ。

「私たちは学問の上でも民俗芸能を手段にしたがる。能や歌舞伎や、文楽を生みだした母胎として、あるいはそこにいたるまでの日本芸能の歴史をたどるための芸能史資料、民俗芸能を利用しようとする。しかし大部分の農山村民はデパートのアトラクションに出たり、テレビに放映されるために伝統を保持しようとするのではない。また巧名にあせる学者、あるいは物好きで暇な研究者に見てもらうために、それをおこなって来たのでもない。それは先祖ののこしたものだから、それを絶やしてはならないという歴史的義務感、それなしには郷土の盆も正月も彼岸もありえない季節的自然感、それをおこなうときに湧きおこる村人の連帯感と郷土愛、いわば村人の土着の心が伝統をささえているのである。その心をうしなったショーとしての民俗芸能は猿芝居にすぎない。またその心にふれようとしない好奇心だけの見物人や、村人をおちょくって得意がるテレビの司会者などというものは、健康な村人の心を毒するものなのである。」

——五来重『仏教と民俗』

それはその通りなのだが、こと西馬音内に関する限り、「村人」はデパートにもテレビ撮影にもホイホイと出掛けていくだろう。見物客にも見せてくれるし、一生懸命練習しさえすれば踊りの輪の片端にでも加えてくれるかもしれない。西馬音内の芸術的な洗練度は実際この種のものの中では群を抜いていて、よそ者を排除することで自らを保つ必要などはなから存在しないのだ。それを何かのショーだと勘違いする視線によって毒することができると考えるならば、それは西馬音内の人々の健康さを見誤ることになる。彼らの健康さはそんな弱腰な健康さではない、食虫植物の様にじっと身をひそめ、機会をうかがっている。彼らは純粋さの中に逃げ込んだりはしない、隙あらばデパートやテレビや功名にあせる学者を毒に冒すつもりでいるのだ。真の健康さという猛毒に。西馬音内は堅く防御し、反撃する。それこそが、民俗芸能が近代を生き残る手段なのだと知悉している。

西馬音内が全国的に有名になったのは昭和十年の第九回全国郷土舞踊民謡大会で優勝した時だが、その時のことを歌った地口。

〽大太鼓小太鼓　笛に三味線　鼓にすりがねこ（アーソレソレ）
五拍子そろえて　音頭かけたば　江戸中に鳴りひびた（サカサッサー）

〽取ってきた　取ってきた　一番取ってきた（アーソレソレ）
おらほの踊り子　江戸の舞台で　一番取ってきた（サカサッサー）

また、これは現地で聞き取れなかった地口で、印刷物にも載っていなかったのでよく分からないのだが、「日本で名を上げた（サカサッサー）」で終わる地口があり、そのあと「シスコで踊って世界に名を上げた（サカサッサー）」などと言っていたから、アメリカでも踊ってきたのだろう。

これほどまでに馬鹿馬鹿しく、美しく、楽しいものはそう他にない。以前秋田の郷土史家の方と話した時、西馬音内ほど馬鹿馬鹿しいものはないですね、と言ったら、ちょっと気分を害されたのか顔を顰めておられて、こちらも忸怩たる思いをしてしまった。僕としては最大限の賛辞のつもりだったので残念だ。実際何かを演出する時に、綺麗であるとか、かっこいいという印象を与えるのは、そこそこセンスがある人間なら誰にでもできるのである。難しいのは心の底から「楽しい」と思わせることなのだ。

ある山奥の小さな集落が日本に名だたる芸術作品を有していて、そのことを屁とも思っていない。そうして東京だろうが海外だろうがどこにでも出掛けて行って、全く自分たちのスタイルそのままで練り歩いてきてしまう、そんな痛快なことはやはりそうそうあるものではないのだ。この種の本質的な「楽しさ」の源泉がどこから来るものなのかを西馬音内の人たちはよく知っている。現在西馬音内が属している羽後町の観光物産協会が出している、西馬音内盆踊りの紹介用DVDを見てみる。はっとさせられるのは地元の小中学生が踊りの練習に励むシーンに、事も無げに次のようなナレーションが挿入されていることである。

「街の人々は、時代が変わっても、流行や他の盆踊りに惑わされることのないよう、日々踊りの指導や伝承に励んでいます。」

ここにきて、企業的なマーケティングやそれに準ずる手法でまちおこしをしたり伝統を掘り起こそうとする有象無象たちが、理解することすらできない西馬音内の宣伝戦略の壁にぶち当たる。西馬音内は新しく、かつ、生きている。地口にはその時々の時勢や、世界情勢までもが読み込まれるし、明らかに深い伝統を感じさせる踊りの振りですら、今の形で歴史を超えてきたのではない。前述した昭和十年の全国郷土舞踊民謡大会に出るときに、それまで各自思い思いの振りで踊っていたものをそれぞれの良いところを繋ぎ合せて作ったというのだ。にもかかわらず、西馬音内の新しさが常に保たれるのは「流行やほかの盆踊りに惑わされることがない」からだというのである。

新しいことは是、流行は非、なのである。

狂言師の五世野村万之丞が口癖のように言っていた言葉に、「伝統とは、形を変え、心を伝えることである」というものがある。

形が勝てば心が死んでしまうし、心はもとより形が無ければ存在し得ない。現在と過去、その配分が絶妙であるからこそ、西馬音内は世代とともに受け継がれていく。西馬音内の伝統は、西馬音内の人たちの身体が受け継いでいくのである。若い世代を取り込もうと焦るあまり、よさこいをジャズダンスのようにしてしまい一時の流行を作るのは、少し長い目で見さえすれば自殺行為に他ならない。西馬音内は別段まちおこしには成功しているわけではない。先日も懇意にさせてもらっている笛の師匠が、「あまり来られても困るけど、十五万人くらいは観光客に来てもらいたい」などと虫のいい希望を漏らしていた。日本有数の盆踊りがあるといっても、その観光客で集落の存続を賄えるほどの人出ではないのだ。しかし西馬音内の人たちは、自分たちにとって何が必要なのかをよく知っていて、裏ではそれをしっかり手に入れているのである。

〽ニシモニャ盆踊り　寄せの太鼓は　ほんとによくひびく（アーソレソレ）
東京さ行った子も　博多さ行った子も　つられて里帰り（サカサッサー）

真実が、小さな勝利を収めた瞬間だ。

「ねがう」ということの大切さを、西馬音内の盆踊りを見ると肌で感じる。「のぞむ」よりも形而上学的で、「いのる」よりも若干即物的な、「ねがう」。願い続けること。十のうち五も六も勝つことは必要ない。たまに訪れる一つの奇跡が人の生を救うと考えることのほうが、よっぽど合理的なのだ。切実で、謙虚で、他者の回転が時々こちら側を向くのだと闇雲に信じることが、願い続けることの本質なのである。

伝統芸能を「残そう」と考えてはいけない、それは「継ごう」そして「磨こう」と考えるべきなのだ。

盆踊りの地口は即興も含めて様々な歌詞が様々な順番で歌われるのだが、この八十年余りの間、一番の最初だけは決まったある歌詞をもってはじまることになっている。この地口が産まれた経緯は、前述した小坂太郎氏の著作中にある叙述が感動的なので、そのまま引こう。

「現在もうたわれている代表的な地口、また「がんけ」の歌詞は、昭和六年七月、地元の「若返り」酒造会社が、また昭和十年七月羽後銀行西馬音内支店が、盆踊りの発展向上をねがって懸賞募集したときの入選句である。
中でも最も象徴的な地口
時勢はどうでも　世間は何でも　踊りこ踊たんせ
日本開びゃく　天の岩戸も　踊りで夜が明けた
は、昭和六年の時の一等賞を得たもの。
作者は矢野泰助氏（西馬音内本町・自作農三男・当時三十一歳）。俳句をよくし、俳誌「俳星」の編集人を務めた時期もある。（中略）
心優しいこの文学青年は、二年後の昭和八年九月、貧困な小作農の一家の犠牲として身売りされてきたであろう十代の酌婦と、悲恋の心中をとげた。三十三歳であった。しかし、残された歌詞は不朽である。」

確かに不朽だ。命がけで世代を超えて紡がれる民俗芸能の一コマである。ちなみに、この昭和六年当時、矢野氏が歌い込んだ「時勢」とはどういったものだったのかを概観してみると、まずは何といっても満州事変が起こり、日本はその後十五年間にわたって続く未曾有の殺戮の歴史に巻き込まれていく。その裏で世紀の悪法と呼ばれた「癩《らい》予防法」が施行されたのもこの年だ。東北地方は又も記録的な凶作で、秋田青森を中心に飢饉の冬を迎えることになるだろう。彼が何と何を天秤にかけた上で「踊る」ことを選んだのか、想像してみることも無駄ではないはずだ。
もっともこの年には明るいニュースもあった。長年にわたる独立独歩で孤独な研究の末に、金田一京助博士が『アイヌ叙事詩ユーカラの研究』を上梓している。

阿弖流為《アテルイ》と坂上田村麻呂の戦い、前九年後三年の役など、東北地方の歴史が大きく動くのは平安時代のことである。今、琉球の音楽や舞踊はある種のルーツとして、レゲエやアフリカのリズムと同様、日本人だけでなく世界中の人々の心にそのまま響く。しかしながら僕ら日本人はどこかでそれを自分たちのものだとは思っていない。僕らが自分のものだと思っている文化は、禅的でどこかモノクロームなもので、それは実は室町時代以降に武家社会が公家に対抗して作り上げてきたものでもある。一方古代に対しては、それが結果的には往々にして間違ったものであるとしても、いくらでも自分たちのロマンティックな誤謬を投影することができるだろう。抜け落ちているのは平安時代の雰囲気なのだ。『源氏物語』から『徒然草』まで、言語の上での決定的な出来事は平安時代とその余薫の残る鎌倉時代に出揃っているにもかかわらず、あの時代の色彩と貧しくとも悠揚迫らざる自由な雰囲気は、我々から遠く隔たっている。

この日本文化のミッシングリンクに、西馬音内はどこかで繋がっている。どこがどうとは言えないのだが、僕の身体がまさにコレだ、コレだと共鳴しているのである。サカサッサーの掛け声とともにいきなりトップギアに入った後は、疲れて倒れるまで歌と踊りのリズムが続くこの芸能は、ほんのちょっと僕らが近代人特有の頭でっかちな偏見と自動的な分類主義を捨てさえすれば、ヒップホップよりも高揚感をもたらし、聞いたこともない生きた日本語の奔流をもたらし、世代や年齢、ともすれば国境や文化の差異をあっけなく超えていく力を秘めている。しかもこれは、紛れもなく、僕らの音楽なのだ。

八月中旬、お盆の時期にはまだまだ見たことのない祭りや芸能が日本各地で催される。物見高い僕は新しい発見を求めて来年もまた何処かへ出掛けていくのだろうが、本心を言えば毎年でもあの西馬音内の篝火《かがりび》の傍に腰かけていたいものである。

# 幸田露伴とビットコイン

我が興に乗じて文を作るに當ってや、佛にも禮せず、夜叉をも畏れず、素より寵辱の何物たるを忘る

——幸田露伴『艶魔傳』

ミクロネシアで今でも使われている大きな石のお金は、それを持つ人びとが直面した「事件」に対して支払われることがある。それは村の、部族の歴史が刻まれた物語の登記簿ともいえるもので、登記簿の本体は人々の心の中に、多くは長老たちの記憶の中にある。金銭はもともと過去の記憶でもあるのだが、我々の生きている資本主義社会では、欲望の充足を未来へと引き延ばす機能ばかりに焦点があてられているのは周知のとおりだ。引き延ばされた欲望はイメージの氾濫にのみこまれ、当然のことながら永遠に充足されることはない。

「価値」を無条件に信じている者たちの数の多さと凡庸さに驚いてみるのも、たまには必要なこと

だろう。彼らは判で押したようにこう口にするはずだ。「お金は手段であって目的ではない」、と。では彼らにとっての目的とは何なのか？　答えは言わずもがなだ。目的が凡庸でない人間は結局のところ凡庸ではないし、人は目的において凡庸さの域を出ることはないという誓約書と引き換えに人権を手にしているのだから。逆に言えば、それほどまでに、「無価値」な世界を見つめ続けることは難しいことなのだとも言えるだろう。ゴッホや、ベイコンや、山頭火とともに、事物の境界線が燃え上がり、互いに侵食し合う渦中に身を任せること。そこでは弓矢と釣り針を交換することも、檜を切り出して板材にすることも不可能だ。実のところ最大限の明晰さでもあるこの種の狂気が意味しているのは、価値と無価値の間に横たわっている炎の河の流れそのものなのである。

　無価値に裏打ちされて、価値を手玉に取りながら同時に焼き尽くしてしまうものとは、一体何だろう。幸田露伴の答えは明快そのもの、女と芸術なのだという。時に生真面目すぎる露伴の大量の作品群の中で、突如水を得た魚のように筆が踊りはじめ、著者自身楽しみながら一気に書き上げられたと思われる作品が、二つだけ存在する。明治二十四年の『艶魔傳』、大正十五年の『骨董』。『艶魔傳』では女たちが、『骨董』では芸術家が、いかに無価値から価値を産み出し、それを欺きながら自家薬籠中のものとしていくかが書かれている。例えば『艶魔傳』は花柳界に入ったばかりの若い女性に対し、ある粋人が、男を見抜き、釣り上げ、金を巻き上げ、後腐れなく別れるまでの方法を事細かに指南するという趣向になっている。自ら「放逸《ほういつ》不羈《ふき》に過ぐ」と断っていることからも分かるように、このテーマが露伴本人の興味と深いところで一体となっていることは間違いがない。ところがこのことが、社会の守護者たちを恐怖に陥れる。偶像化にともなう詐欺まがいの手練手管は構わない、しかしながらその奥に真の無価値が、正真正銘の自覚的な無価値があっては都合が悪いのだ。女は記号論的に存在しなければならないし、ゴッホが絵を描くときに価値のことを考えてもいないなどとはもっての外だ。それらは何が何でも流通可能、交換可能でなくてはならない。だって、そうでなければ所有できないではないか。この種の欲求があまりに強いために、生前無一文だったゴッホのタブローには百億を超える値が付いてしまうことになる。

　思わぬ場所から、何の前触れもなく、女性と芸術の独占市場だった無価値の交換可能性に、新しい役者が加わった。仮想通貨の代表格、ビットコインだ。つい先日一BTC《ビットコイン》あたり五十万の値を付け、依然とどまることを知らない高騰を見せるビットコインの価値が何に基づくのか、様々な議論が飛び交っている。金《ゴールド》のようなものだ、大々的なねずみ講のようなものだ、要は電気代本位制なのだ…　どれも興味深い解釈で一面の真実を突いているが、これらの解釈をすべて濾過してしまってもまだ残る「何か」をビットコインは持っていて、そのせいで人々は夢中になり、たとえ投機市場で損をした時ですらビットコインのトレードを楽しいと感じているのではないかと思われるのである。ビットコインほど自らの無価値さを前面に押し出している通貨は、他には見当たらない。それはまるで古代人が取引に使う貝殻や、子供の頃に遊びでお金の代わりにした「何か」のようでもあり、所有しているはずなのに手の隙間から零れ落ちていき、所有そのものに異議を唱え続けているかのようなのだ。こざかしい者はすぐにこう反論するだろう、いやいや通貨というもの自体がそもそもそういうものなのだ、日本円だって本を正せば所詮は紙切れやデータにすぎない、交換可能性と信用さえあれば極端な話なんでも流通し得るのだと…　もっとも、私がミクロネシアの話を持ち出したのは偶然ではない。フィアット（法定通貨）はそれぞれ独自の物語を背負っているために真の無価値さを欠いている。一方でビットコインは特定の物語を押し付けてくることがない。労働や社会的ヒエラルキーやどうしようもなく殺伐とした世界秩序の奥に、ビットコインの持つ「何か」が新しい自由を垣間見させてくれた、まるで錨を上げて出航するボートのように、そう感じ取ったとしても錯覚ではないだろう。

もっとも私はこと金銭に関しては楽観論者ではないので、この冒険は失敗に終わるかもしれないし、むしろ失敗を宿命付けられているのではないかと考えている。暴落を繰り返して消滅してしまうかもしれないし、逆に値段が上がりきって面白味のない普通の投資対象になってしまうかもしれない。主導権争いと分裂を繰り返し、単なるフィアットのウェブ版のような存在になってしまうかもしれないし、裏社会の資金洗浄に使われすぎて救いがたいほどにダークなイメージに取り巻かれてしまうかもしれない。しかしそれでもなおビットコインの示唆した可能性は大きいし、二〇一七年の熱狂は本物だ。お金が汚いものでそれを美しいと感じるのは肛門期に固着した守銭奴だけだという従来の概念は、社会が金銭の持つ何かを抑圧する必要性を感じていたことから生まれただけかもしれないではないか。フィアットとは、その自己言及性において過去を抑圧したがために、国民から未来の質量を奪い去る機能なのである。

# パプアニューギニア随行記

――書道家の川邊りえこ氏が毎年開催しているワークショップに、御縁があって同行させていただくこととなった。世界中を廻り、現地の子供たちに筆と墨を使って「愛」という漢字を実際に書いてもらうこのワークショップも、今年で十四回目を数えるという。なるべくなら辺境や貧しい地域の子供たちのもとを訪れたいという希望を抱いている川邊氏は、和服姿でどんな環境をも厭わずに世界の果てまで出向いている。今年はパプアニューギニアが旅の舞台に選ばれた。

「本当の幸せって何だろうって考えさせられたわ」……旅を終えて、打ち上げに集まった東京のレストランの席上で、一人の参加者が感想を漏らした……

十九世紀、人類が発展の末に手に入れた力の強大さは、まごうかたなきものに思われた。ようやく魔術の桎梏から解放され――少なくとも大多数の者にとってそう信じるべき理由はあった――世界はいまだ謎であっても遠からず解き明かされる謎となったのだった。石器時代と変わらない生活をしている者たちなど、哀れな未開人でしかなかった。

二十世紀に入ると幾分雲行きが怪しくなる。機械化された大量殺戮、環境汚染や化学薬品など、人工物による弊害の数々。公共の電波に乗って世界各地から届けられる、悲惨さのショーウィンドウ…人類の発展は私たちを幸福にするのか？　私たちは何か大切なものを置き忘れて来たのではないか？誰もがお題目のようにそう唱えはじめるのだが、これはまだ表面上の建て前にすぎなかった。だってそうではないだろうか、文明化された先進国の圧倒的な有利さを心底疑う者などいるだろうか？　高度な医療、いつでも供される食べ物、しかじかの消費財。電気、ガス、上下水道…

二十一世紀、またも潮目が変わる。さらなる現実を突き付けられたせっかちで堪え性のない文明人は、自分たちの発展がさして新しい事態に自分たちを導くわけではないということに苛立ちを隠せなくなる。ハリウッド映画は終末論や人類滅亡のストーリーで溢れかえる。とうに排除したはずのオカルトや宗教が、いとも簡単に返り咲く。宇宙は閑散としていて隣人が訪れる当てもなさそうだし、残されたフロンティアはより微細で専門化されたものとなるばかり。日増しに貧富の差が広がっていく中、使い切れないほどの富を手に入れた者たちが、何にそれを使おうとするのかを見て欲しい。宇宙開発、クローン技術や人工知能、不老不死の研究？　彼らはそれを人類共通の夢だと主張するのだが、仮にそうだとしても変わり映えのしない夢ではある。むしろエジプトのファラオや、秦の始皇帝の時代から続く食傷気味の物語を思い起こさせる。

未開人たちの眼差し、純朴であると同時に虚ろに落ち窪んだ眼差しは、決して私たち文明人を羨んでいるのではなかった。我々がすっかり忘れてしまったような恋愛や感情的対峙、諦め、二重化されているわけではない闘争、通りすがりの精霊やぎゅう詰めのマイクロバス、手ずから家を建てること、何かを食べること… アフリカを出て海沿いにやって来た者たちが最後に辿り着いたここニューギニアは、ニューヨークや東京が世界の中心であるというのとほとんど変わらない、あるいはまったく別の意味で、人類にとって何か中心的な場所なのである。辺境に取り残された少数民族が、細々と古代からの伝統を受け継いでいるのとは違って、つい百年前まで文字通り新石器時代そのままの暮らしをしていたこの島の人々は、腰を据え、より声高に主張する。これこそが人類本来の姿なのだし、自分たちには自分たちの都合があるのだと。

飛行機はなかなか飛び立たないまま、成田の駐機場に三時間近くも居座っていた。機内のアナウンスによれば、このままニューギニアに向かっても、首都のポートモレスビーに朝霧が立ち込めていて着陸できそうにないのだという… 果たして遅れて行ったところで霧が晴れているものだろうかとそのときはいぶかしく思ったが、これは後から分かったことだが、熱帯の島の天気は私たちの想像を超えて予測しやすいものらしい… 午前中はよく雨が降るよ… 午後は晴れるよ… そして、その通りになる… ようやく飛び立った飛行機は、子午線に沿って南を目指し、太平洋のど真ん中で朝を迎える…　鏡のような海面から――それでも実際海上にいたなら波が高いのかもしれない――幾重にも、絹の薄衣のように重なっている霧の層、その中にまるで自ら織り込まれるかのように昇ってくる太陽…　南太平洋には日の出が良く似合う…　まるでここにだけ唯一真性な朝が訪れ、遅れて世界中がそれぞれの日の出を分かち合うかのようだ…

ニューギニア島の特異性は、空の上から眺めただけでも明らかだった。島がそのまま緑のジャングルなのだ。私はふと若い頃、白夜のシベリア上空を飛びながら、延々と続くツンドラの広がりを眺めていた夜のことを思い出した。それでも時折大きな河にさしかかると、河沿いにちらほらと村や集落の明かりが固まっているのが見えた。途方もない物量でのしかかってくる大自然に対して、人間が肩を寄せ合ってわずかな抵抗を試みているかのようだった。しかしここニューギニア島では、まるですべてがひとつに溶け合ってジャングルの下に投げ出されてしまったかのように、ここまでが人間の居場所だという境もなく、大きな河さえもが漫然と曲がりくねって、自ら地形を区切る意思など持ち合わせてもいないと言わんばかりだ…

波止場!…　素っ裸の子供と海水パンツを穿いた子供が混じり合ってはしゃいでいる…　磁力に引き寄せられただけなのか、目的もなく集まってきたようにしか見えない人々…　かろうじて何かを売ろうとしていたり、もしかしたら船を待っているのかもしれない、そんな人々でごった返している桟橋…　大航海時代の昔から絶えずこうした光景を繰り返し、行き交う船に慌ただしくも油断のならない休息を与えてきたのに違いないポートモレスビーの港から、発動機の付いたボートで三十分ほど波に抗って行けば、小さな漁村のあるフィッシャーマンズ・アイランドに辿り着く。豚と痩せこけた犬の出迎え。乳幼児から思春期に差し掛かった子供たちまで、何十人もの生徒が講堂代わりの教会で待っている。川邊氏と広島で病院長をしている矍鑠《かくしゃく》たる老婦人は和服姿だ。物珍しさで大人たちも沢山集まってくる。筆は、天と地を指して垂直に持つ。「愛」という漢字はこんなにもややこしい。それでも見よう見まねで書いていると、半ば絵のような、甲骨文字のような味のある文字がちゃんと書けるようになる。一昔前までは文字そのものがなかったのだから、どんな文字だって同じようなものなのだ。一人の男の子が墨で友達の頬に、龍のような模様を器用に描くと、これが他の子供たちに大受け。ワークショップが終わり砂浜で遊んでいるときに、川邊氏も朱墨で子供たちの身体に模様を描いてあげている。孤独に対しては早熟で、それ以外の点ではあどけない、海の子供たちの爽やかさは万国共通だ。波打ち際で並んで宙返り。ヒトデを取って来ては思いっきり投げる。ボートの舳に腰を下ろしているあいだだけは、どこか遠い目をして、一人前の海の民の表情になっている。

総じて八百をも数えるといわれるニューギニアの部族は、大別して海の部族と山の部族に分けられる。海の部族は異文化との交流や混血の歴史も古く、比較的世慣れている。一方山の部族は素朴で温厚だが、ひとたび意に沿わないことがあると手が付けられないほどに激情を爆発させることがあるという。また、彼らに酒を飲ませることにも注意が必要だ。長くアルコールを摂取する文化がなかった彼らは、酒に弱く、酔いに対処する方法も知らない。結果として彼らひとりひとりが心に秘めているデイモンを、いとも容易に呼び覚ましてしまうことになるのである。酒の上での失態などという表現ではとても片付けることのできない流血沙汰が頻発する羽目になる。

ニューギニア人の男性と結婚して日本から移り住んだという貴重な現地ガイドの見方さんが、笑い話としてこんな話をしてくれた。旦那の浮気に怒った女性が、激情にかられて自分たちの住む家を焼き払ってしまった。新しい家を建てるには数か月の労働が必要になる。事件の翌日に現場を訪れると、途方に暮れた夫婦が仲良く並んでトランプ遊びをしていたという。嫉妬にかられた女は、普段とはまた別の女なのだ。それと同様に、不慮の死や病も黒魔術による可能性が捨てきれない。手に負えない事態を引き起こそうと、ここではいつも、精霊が物陰から様子をうかがっている。一応は近代的な方式で行われる議会選挙も、かつての部族闘争さながらに焼き討ちや刃傷沙汰なしにはすまされないし、隣村とのいざこざだって、申し訳程度に警察の介入はあるものの、顔を塗って戦闘態勢に入った男たちが弓矢を携えての直談判によらなければおさまりがつかないのだ。我々が『万葉集』や記紀神話で垣間見る、情念と呪術と平静さが綯交《ないま》ぜになった奇妙な古代人の世界がほとんどそのままに存在している。川邊氏の一行も、そんなニューギニア高地人の中心地である山岳都市ゴロカへと移動した。

ゴロカはコーヒー豆で有名だが、現地の者にとってはコーヒーだけでなく、あらゆる植物が何かしらの意味を持っていて、薬草、ハーブ、食材、嗜好品として集落に植えられている。丘の上から見渡すと大自然の中に伝統的な茅葺きのコテージが点在しているようにしか見えないのだが、その実土地は正確に区切られ、必要な植物を植えることで隅々まで利用されつくされているのである。国道は舗装が穴だらけで我々見物客にとっては不便極まりないが、そのせいで時折転倒するトラックの積み荷をかっぱらうことが臨時収入になるというのだから、経済というのはどこでどうバランスを取っているものか、奥が深いものである。見たところ、どうも彼らは観光というものをまだよく理解していない。一種の過渡期であり、とりあえず自分たちの生活を見に外国人が来て金まで払うから、見せてやるか、程度の感覚である。集落で売っているお土産の粘土細工なども、私などはお人好しなので黙っていくつか買うが、とてもではないが工芸品とは呼べない代物である。

聖なる山に登るとき、ガイドのサイモンさんがシダの葉を取って何かを唱え、洞窟の入り口の茂みに挿す。私たちも真似をしてニューギニア式の玉串奉奠《ほうてん》を済ませる。ほんの百年前まではそこで敵の死体を食べていたという聖なる洞窟を抜けて山頂に着くと、大きな金属製の十字架が立っているのが目に入る。彼らは今やほとんどがキリスト教に改宗していて、それを外来の宗教的侵略者だとは考えていない。むしろ「隣人を愛する」という教えが、止めどなく続く部族間の対立をやわらげ、無駄な抗争から自分たちを解放してくれたのだと、率直に感謝しているのだ。まさに原始宗教に対してキリスト教が果たしてきた役割そのままであって、キリスト教の宣教師たちもここでは随分とやりがいを感じることができるのではないかと思われるのである。

ゴロカでのハイライトは、何といっても部族ごとに趣向を凝らした民俗芸能を見ることにある。肉体に思い思いの装飾を施すこと以外は、スタイルは千差万別で、歌あり、踊りあり、無言劇ありといった具合だ。もっとも音楽ということになると、彼らの使う楽器はおしなべて作りも簡素で、アフリカ人のように音楽的才能に一概に恵まれているとは言いがたい。歌もアジアの歌垣のように、自分たちのコミュニティ内でのみ真価を発揮するもののようである。ところがどういうわけか彼らの真骨頂は無言の仮面劇のほうにあるようで、これは圧巻と言えるほどの完成度を誇っている。

相変わらず観光というものをよく分かっていないせいか、観客をとりあえず喜ばせるために、観客に対して弓を射る真似をしたり、観客の顔の近くを槍で突くなど、安易に怖がらせる演出を多く入れ込んでしまうのだが、この種の3D映画的な演出が彼らの伝統的なものだとはとても思えない。そんなことをしなくとも、彼らの仮面劇は格別に「怖い」のである。例えばある部族では、ペニスを思わせる装飾物を腰に巻いて、滑稽な仕草で軽く上下に揺らしながら、「モコモコモコモコ」と念仏のように唱えるだけの四人の男のコーラスが登場する。そこに仮面をつけた精霊役の男が一人現れる。精霊は観客に背を向けて立つと、ゆっくりと肩越しに顔だけ振り返り、首を傾げたように仮面を斜めにして観客を見つめる。この精霊に見つめられる瞬間がぞくっとするほど怖い。

有名なマッドマンという出し物では、一団の男たちが、泥土を日干しにしただけの灰色でずっしりと重たい仮面を、フルフェイスのヘルメットのように頭にすっぽりと被っている。彼らがまさに日本の能舞台よろしく、下手の奥に設《しつら》えられたバナナの葉の幕をくぐって現れると、橋掛かりを渡ってくるようにゆっくりとした動作で時間をかけてこちらにやって来るのだが、この間がすでに怖い。その仮面も、それぞれが思い思いに精霊の恐ろしい形相を表現しようと工夫して作っているらしいのだが、比較的無表情な顔の口元に一本だけ本物の豚の牙が練り込まれているようなのは、何とも怖い。
日本の伝統芸能も、異界を表現するものであるとか、幽玄の世界だとよく言われるが、あまりに形式化してしまい近代の人間に直接異界を感じさせることは容易ではないと言わざるを得ない。人間と自然の隙間から、意味と象徴の狭間から、何かが常にこちらを見つめている、そうした幽玄の深みを感じさせることに関しては、パプアニューギニアの山岳民族は全くもって秀逸である。真っ昼間に、さっきまでそこで談笑をしていた男たちが仮面を被って現れただけで、あそこまで如実に異界を現出させ得るというのは、重ね重ね凄いことである。

いつ誰に対してでも自分のペースを崩さずに接することができるということは、鍛え上げられた末に会得される果てしない公平さに他ならない。若い時から一流の芸術家として一流の人物と交わって来た川邊りえこ氏にあって、その自然さと接する者たちに与える安心感は並大抵のものではない。私たちが宿泊しているホテルのオーナーで、東部山岳州の州知事までやったことがあるという、通称パパケラ（現地の言葉でハゲオヤジ）もそんな川邊氏の魅力に惹き付けられた一人だった。川邊氏は彼のホテルのボールルームの白い壁面に作品を書くことになった。さすがにそこまで大きな筆は持ち合わせていないので、マーケットで買って来た箒とモップを使うことにする。神道の神職でもある川邊氏は、祝詞を詠み上げて精神を統一し、壁の前で坐して一礼してから、三十分ほどで壁一面に作品を書きあげた。最後にパパケラのトレードマークである禿げ頭に墨を塗って完成…　仕上がった作品は象形文字の「木」が幾重にも重ねられていて、丁度その壁が向き合っている本物のジャングルと見事な対を成していた。木々の間からは、精霊が覗いている。東部山岳州の旗にも描かれている有名な精霊、ノコンディ…　半身の精霊…　手も足も一本、耳も目も…　何故か半分だけの姿で、時折森の中に佇んでいるその巨体が目撃されることがある…　お祭りの時にノコンディの仮装をするときには、ノコンディが持っていない半身を黒く塗ることで表現する…　「山岳地方でもワークショップをやりたかったわ」…「こちらは子供の数が多いので難しいかもしれませんね」とガイドさん…　それでも、またいつか…

# 二〇〇〇年の京都

最近フランスからある著名な建築家が来日した際、広告代理店の接待係にこう漏らしたということである。「誰か日本人らしくない日本人に、京都を案内してもらえないだろうか…」。日本人らしくない日本人、キーワードだ。それは言い換えるなら、日本語の多様な表記法や社会的コードを駆使して防壁を築くことに血道をあげないという意味である。そして更に付け加えさせてもらえるなら、普遍性という概念は本当に普遍的なものだと考えたり、特殊が普遍の天蓋の下で生き延びることができるなどと考えたりせずに、一種の神秘的な防壁を構築してゆける人材である。その手の知性は、日本を内外から一点に規定しようとして堂々巡りする代わりに、その持ち得るものを、普遍性の側へと惜し気もなく供与する。これは、とりわけ京都に関する限り、観光資源化や歴史化といった昨今の動きに比べて遥かに実り多いものになるだろう。

摂理の市場とでも呼べそうな、世界的再編のオークション会場で、京都は予想を上回る強靭さを発揮し、生き生きと、軽やかに高値を更新する。モンドリアンは茶室のパロディだったということが理解され、金地に浮かび上がるカキツバタの輪郭線とジョン・ケージが交叉する。ウェーベルンのヴァイオリンに、稲田の中央にたたずむ鷺の悲鳴が和し、四季をはらんだ空の奥に雷鳴を轟かせ、その稲妻をすかさず引っ摑んでヴェネツィアに持ち去るのはジョルジョーネだ。

もしもあなたがニューヨークの一角で身動きが取れなくなっていたり、パリやロンドンでいわれのない死の恐怖に満たされた夜を過ごしているならば、丁度いい機会だと思って、しばらく京都のことを思い出してみてほしい。それはなかなか新鮮な実験になるはずだ。互いに共鳴し反発しあう要素が順を追って現れる。透き通るもみじの葉、水を打たれる石畳、火のはぜる音、鐘の響き、中間層をくぐり抜ける夕刻。これは郷愁ではなく、ひとつの自我＝過去と対応したアイデンティティの問題でもない。まして文化的安住でもなければ、明朗な隠退生活でもない。逆にそれは近付き難く、隅々まで異質の明るさに満たされた、どこにも存在しない場所の思い出のようなものなのだ。

都市とは思想であり、決して攻撃の手をゆるめない均質化に対する一種の隠れ家として、今まさに書かれつつある文章なのである。そこに生きている人々のことを忘れ、彼らによる軽はずみな臨時同盟を忘れ、あらゆる表層をぬぐい去って初めて見えてくる秘密の運河なのだ。

こうした京都の重層性に、例えば芥川龍之介のような作家は、全くといっていいほど気付くことができない。彼は自分の懊悩に夢中になるあまり、道徳的葛藤が生じる場合の状況設定の恣意性を隠蔽するものとして、京都のイメージを使ってしまう。しかし、京都の素晴らしさとは、その種のイメージとは反対に、存在を現実態の側から徐々に、手探りで探ってゆくための技術にこそあるのである。

そしてその技術は、存在に存在を付与するときに慎ましくいくらかの不在を付け加えるほどに洗練されているのだと考えられる。だからこそ、志賀直哉の次のような文章はずっといい。

「古い土地、古い寺、古い美術、それらに接する事が、知らず彼をその時代まで連れて行ってくれた。しかもそれらの刺激が今までのそれと全く異なっていた。それが現在の彼にはいかによかったか。(…)彼はちょうど快癒期にある病人のような淡い快さと、静けさと、そして謙遜な心持ちを味わいながら、寺々を見て回った。」

——『暗夜行路』

「謙作はお栄がうるさく思うだろうと自分でも思えるほど、見る物、見る物に説明したくなって弱った。子供らしい気持ちだと思いながらやめられなかった。ことに相手がお栄だと、自然臆面なく自分の子供らしさが出るのであった。」

(前掲書)

それぞれが皆、野次に惑わされず、そっと羽で触れるように、不動の都の知の沖積土に触れてみよう。移築され、鴨川の氾濫に洗われ、いつかはだいたいのところに落ち着く地図に踏み込もう。あの、現代の大聖堂のような新しい京都駅を通って——鉄道によって南北に分断される以前の京都の統一性を感じさせたいというコンセプトでコンペを勝ち上がった現在の京都駅は、京都という土地にあれだけの空間を確保する贅沢さと畏れを直接感性に訴えかけるという点において、やはり成功しているのだと僕は思う――そして商業主義の大伽藍からロータリーに出て、密集して客を待っているタクシーに乗り込み、どこでもいいから行き先を告げるとき――祇園、四条、龍安寺――僕らは知らず知らずのうちに典礼書にそって祈りの言葉を唱えているのであり、かすかな興奮を抑えられないのもそのためなのだ。蹴上、花園、百万遍… ここにしか無い名前、ここでしか発せられない言葉。そしてもう一度志賀直哉とともに、鞍馬の深奥へ…

「日の暮れ、京都を出て北へ北へ、いくらか登りの道を三里ほど行くと、遠く山の峡がほんのり明るく、そのへん一帯薄く煙の立ちこめているのがながめられた。苔の香をかぎながら冷え冷えとした山気を浴びて行くと、この奥にそういう夜の祭りのある事が不思議に感ぜられた。」

（前掲書）

祝祭に終わりはない。理論が理論の過去を忘れることがあったとしても、人が理論を忘れたり、理論が現実を忘れたりするわけではないのである。だれが京都を止められるというのか。京都に黙らせたり、稼がせたり、負けを認めさせたりすることができるとでもいうのだろうか。

一九八六年十月二十七日、教皇ヨハネ・パウロ二世の呼びかけで、全世界から様々な宗派の宗教家がアッシジに集まり、それぞれの方法で平和を祈る「世界平和祈りの日」が催され、教皇が世界の紛争地帯におけるその日一日の停戦を呼びかけた。日本の新聞は数日後、申し訳ばかりの幾分的外れな記事でこの大事件に言及した。しかしその前日の二十六日、こちらは新聞には一言も言及されていないが、ある決定的に重大なもうひとつの停戦協定が結ばれていたのだった。高雄の栂尾《とがのお》高山寺と、アッシジのサンフランチェスコ教会が、史上初の異宗教間ブラザーチャーチの約定を結んだのだ。僕ははじめそれを知ったとき、京都の高山寺という、カソリック側の選択の正確さに驚かされた。そこには明らかに東洋思想の精神的政治的急所があり、同時にそれは、間違いなく京都そのものの急所でもあるからだ。イエズス会との宗教戦争は、膨大な紆余曲折と犠牲の果てに、日本茶発祥の地であるこの寺で、ようやく最近になってある転回点が訪れているのである。その意義についてはまだよくわからない。とはいえその不確定さ故に、これほどヴィヴィッドな問いはそうざらにあるものではないのだ。

　先日、西暦二〇〇〇年十二月三十一日、二十一世紀を迎えるに当たり、京都の側からの返答として、史上初めて西洋の暦にあわせて大文字の送り火が点火された。

# 二〇一七年の京都

　年が明け、京都で小さな新年会があった。何年振りかという寒波が訪れて、次の日から雪景色になった。空が曇っては大降りになり、晴れてはちらほらと舞う程度になる、そんな絵画が幾度か繰り返されていた。

　タクシーの運転手や喫茶店のマスターが口を揃えて「良かったですね」と声を掛けてくる。雪化粧をした風景や寺社仏閣が綺麗だから、良い時に当たったという意味だ。私がいまさら、綺麗なものを見てどうなるというのだろう？　綺麗なものなら、ずっと昔に見納めた。もっと踏み込んだ言い方をすれば、前世で見てきた。来世でもまた、誰かが、それも私の名のもとに見るというケースだってあり得ることなのだ。綺麗なものは最近になってそれを発見した中国人や白人に任せてしまっても構わないし、単に彼らがまだ世界の内側に留まっていられるということが、私には理解不能なまでに遠ざかってしまった、そんな人々に任せておけばよい。

私は京都を後にした。

探すべきはいつだって新しいもの、より正確にいえば、新しい比率だ。すべては比率だ、そしてそれこそが文体の秘密だ。

昨日ローカル線の吊り広告で目にした書道展を見に、大阪へ向かう。

当面は日本で一番高いビルとして君臨するだろう「あべのハルカス」。デパートの売り場には一面の人。ベビーカーと香水。恨み葛の葉に覆い被さる超近代の摩天楼。案内所に居る綺麗な女性は、書道展の存在すら知らなかった。時計売り場を尋ねたのなら即座に答えてくれただろうに。でも今欲しいのは時間ではなく時間を止めるための楔《くさび》なのだから仕方がない。

書道展というよりは、ちょっと高級な発表会といった程度のものだ。書道に関してはほとんど素人の私でも、並べられた作品のヒドさが手に取るように分かる。結局のところ誰もが、綺麗な京都、雪の金閣寺をやっている。美や芸術作品といったものに対する固定概念が短絡的で、自由でなければならないという強迫衝動が痛々しいまでに凡庸なのだ。東京でよく使う駅に、地元の書道同好会の作品を入れ替わり立ち代わりに飾っているスペースがあるが、そこの作品の方が「作品」という枠組みに囚われていないためだろう、ままハッとするものがある。

もっともその種の「作品」を見に来たわけでは毛頭ない。目当ては奥の壁に沿って並べられた特別展示、種田山頭火の直筆だ。

今まで印刷でしか見たことがなかった山頭火の直筆は、尊敬できる人物とのはじめての出会いが決まってそうであるように、想像以上に想像通りだった。このたった一面の壁と日本列島を交換したとしてもお釣りがくるだろう。修練を感じさせる確かな筆致で、外連味《けれんみ》はもちろんわずかな遊びさえないのだ。間違いない、山頭火のその余裕も、諧謔味も、翻っては苦しみや破綻も、ただ真っ直ぐに歩いた先の当然の帰結だったのだ。

思えばここ一年くらい、私を頻繁に襲ったのはかなり純化された恐怖の感覚だった。空港や――いや、空港はまだ良い方かな――東京駅などの大きなターミナル駅で突然膝が震えだし、しばらくの間一歩も進めなくなってしまう。どこに行けば良いのかが分からなくなってしまうのだ。稲垣足穂が強調しているように恐怖とは世界との不調和であるというのはその通りだろうし、詰まる所すべての恐怖は死の予感に根差している。だとすれば私も本来なら山頭火のように当てのない旅に出ていなくてはならない時期なのかもしれない。この種の恐怖を幾分は背後から支えてくれると同時に、より深く突き落とす力が山頭火の書にはある。「それが普通だ、そのまま行け」、厳しい横顔がそう語っている。

背後に掛けられた作品群にも、山頭火を題材に取ったものがあった。どうした訳か、山頭火を書で表現したいという欲望は後を絶たないようだ。ところが実際には山頭火本人の短冊は唯一無二の正解になってしまっているのである。だとしたら人が何故山頭火の背後に「余計なもの」を嗅ぎ取ってしまうのか、にじみ、丸っこさ、重ね合わされた波形、とりわけ音響上の響きと震えを負わせようとするのかを、考えてみても良いのかもしれない。
山頭火本人はといえば、逡巡してはいても震えてはいないし、自由律の短い俳句の余白と行間を埋めるのは、自らの人生そのものとその人生に対して他者が抱え、時には深めてゆくことがあるやもしれないイメージ以外のものだとは思っていない。つまり山頭火は、そもそも自然に余白があるとは考えていないのだ。

「あべのハルカス」は実は巨大なロケットで、時満ちると打ち上げられ成層圏を抜けたあたりで周回軌道に乗り、磨き上げられた翡翠さながらの地球を眺めながら、満載された洋服とアクセサリー、文具や書籍といったハイカラーな商品によって、取り残された買物客を半永久的に賄っていくに違いない、稲垣足穂ならそう考えたとしても不思議ではない。しかし私個人としては、世界が反転してくれさえすれば、まずは充分なのだ。反転した四天王寺、通天閣、天王寺動物園、御堂筋線、近鉄特急、マクド、数知れぬ安居酒屋とバス、新旧取り混ぜた車たちの往来。

「こほろぎに鳴かれてばかり」の掛け軸の前で、不覚にも泣きそうになる。その時隣の婦人がいきなり大音量で鼻をすすり上げたので、やっぱり感激するのは私だけではないのだと思って横を見たら、とりあえず今のは単に鼻をすすり上げただけだったらしい。だとしてもこの句と、その飾り気のない書き様に感動するのは間違いではないはずだ。山頭火と放哉はよし似ていたとしても別物だ。放哉はこほろぎを聴いてしまうが、山頭火は存在論的に侵食されるという形によるのでなければ何も聴かず、何も見ることがないからだ。だから自我を捨てろとか、主体性を棚上げにしろとかいったような要は説教臭いだけの、それを述べる者にとってのみ都合の良いような言説には耳を貸さないほうが賢明なのだ。自我なんてものは外から破壊されるか内側の憧れによって溶解するかしない限り壊れるものではないし、壊れる時には否応なく壊れるし、壊れたからといってすぐさま安心立命の境地に立てるといった類のものでもない。むしろ壊れた後に自我を引き摺《ず》らなければならないことに困難があって、それは何も税金を払ったり医療サービスを受けたりすることばかりのために個人の振りをするというのとは違う話である。この中間領域、人間にとっては防御壁を失った過敏にして仮のものとなった知覚に、自然がまさに付け込んでくるのである。

自然は、いったい何をしているのか?

そう、彼らは彼らで勝手にやっている。しかしながら人間と無関係というわけではないし、人間に興味がないのでもない。ただこちらから眺めていればいいといったものでも、コンピューターや鉄橋のようないかにも人工物に見えるものだって本を正せば自然の恵みに他ならないのだといった意味で、自然を上手く利用すればよいというものでもない。自然は彼らの意思をもって人間に侵入してくるのだし、だからこそ山頭火も自然の侵入に対しては何よりもまずは誇張された驚きをもって反応しているではないか。

「とんぼとまろうとするか！」「こほろぎかよ！」

蚊が血を吸いに来るとか、自然災害が人間を殺しに来るといった、こちら側から見たときに明確な意図を推定せざるを得ない接触と異なり、より広範な、植物の旺盛なわがままさにも似た幽《かす》かな接点は、人間に何を訴えかけているのだろうか？

山頭火の答え――人間をせかしているのだ。

これは、驚くべき正確な認識である。だから山頭火の句集は、自然に対する人間の側からの返答、利用し利用されるものとしてではなく全く対等で対話すべき相手とした上での返答という意味を込めて、『草木塔《そうもくとう》』（植物全般に対する供養塔で、草木国土悉皆成仏などの文句が彫られている）と名付けられている。

いつだってより低俗に、より即物的に滑り落ちていくこの世界にあって、流れを反転させることの可能な貴重な特異点は、若い頃の私にとってはテート・ブリテンの中にあるひとつの「部屋」だった。仕事の最中にはよれよれの服を着ていても、わざわざホテルに戻って着替えてまで、心してその場所に足を運んだものだった。そこは四面にフランシス・ベイコンの絵が掛けられたベイコンの、ベイコンだけの部屋で、ベイコン本人が述べていたように「感覚を解放する」効果が見事に凝縮した場所だった。部屋の中央にあるソファで、私は時間が経つのを待った。長くても一時間くらいだっただろう、というのもベイコンを充分に堪能したからでも、それ以上支えきれなくなるからでもなく、そこで与えられる新鮮な感覚の効果が覿面であるせいで、まるで酸素カプセルに入って疲労が回復したアスリートのように、早速外に出て自らの戦いに戻りたくなってしまうのだ。

最近の大規模改修により、ヨーロッパで私がもっとも愛していたその場所はなくなってしまった。ベイコンはまるで他の作家と同列の一人であるかのように、他の美術館でのように、細切れにされてしまった。いたたまれずに受付に居た老婦人を問い詰めたが、私には何のことだか分からないと迷惑そうな顔をするだけだ。

たった一枚になっていたベイコンは、それでも『犬の習作』で強烈な力を放っていた。近代のアスファルトの上で、闘牛と自動車との間で、引き裂かれた「犬」。人間が一番、次に動物に興味があって、静物にはあまり惹かれない、何故なら自分が人間だからだと言い放ったベイコン。私は意地になって「犬」の絵の前に張り付いていた。それでも四方がベイコンに囲まれたあの部屋での体験までは甦ってこなかった。

外に出ると、テームズ河、並木道、車列。昔のように「部屋」のせいで風景が一変して見えるなんてことはない。薄ぼんやりとした、東京とさして変わりのないのどかなロンドンの街並みだ。河向うには諜報機関ＭＩ６のガラス張りの要塞が、エメラルドシティの宮殿さながらに濃緑のきらめきを纏っている。そうだね、勝ったのは君たちだ。以前は、むしろ、同盟軍だと思っていたんだよ。河を挟んで、世界の外縁や地下で戦う者同士の、ひそかな目配せや連帯意識がきっと存在しているのだと。けれども執拗に芽を摘むことでテリトリーを維持し続けるのと、夢中になっていつだってテリトリーを踏み越えてしまう行為との間には、折り合いなんてつくはずがなかったんだね。

ドナルド・トランプがアメリカの大統領選挙に勝利したことで慌てふためいた既成メディアが矢継ぎ早にひねり出した恨み節の中でも最高傑作だったのが、二〇一七年は「ポスト真実」の時代だというものだ。まるでそれ以前には真実があったかのように。本当に真っ赤な嘘だけでニュースをでっちあげることが可能でもあるかのように。ある種の理想主義者が旗色が悪くなったと感じてヒステリーを起こし、ますます口汚くなって自らの首を絞める一方、今まで単に運が良かったか活躍の場を与えられなかったせいで合理主義者を自認していた者たちも、合理性の先に垣間見えた非合理に早くも及び腰になっている。キナ臭いのは事実だとしても、我々一般市民がどちらに進めばより悲劇の規模が小さくなるのか、正確に計算できることなんてないんじゃないかな？

頼みの綱の京都は、まるで社交界で急にスポットライトが当たったせいで、それまでの突慳貪《つっけんどん》から一転舞い上がって余計なことまで喋ってしまう深窓の御令嬢みたいだし、東京は長らく先送りにしていた問題の解決をおもむろにあきらめて、千年規模の記憶喪失に突き進むと心に決めたかのようだ。

「死とはもうすこしゆとりのある時にやってくるものであって、こんなに煮詰まってきた状況では、人は決して死んだりはせぬものであろう。」

稲垣足穂のこんな不思議な定理が、個人を超えて適用可能であることを祈ることにしよう。また、「通りがかりの女とそして堀越しの若葉とが、この初夏ほどに瑞々《みずみず》しく美しく見えたことは、今迄に無かった。」

初夏は、気候変動のせいでだいぶ短期間になってしまったとはいえ、待っていればやって来るはずなのだ。「とりあえず」現在を先送りにする運動のただ中で、人は金銭に埋没する。「とりあえず」は錬金術の合言葉に他ならない。「とりあえず」の対極に文学と芸術が存在し、ますます迫害され、黙殺され、表面から撤去され、倉庫で眠らされ、見下され、勝ち誇ったせせら笑いに晒されながら、幾重にも迂回された奇妙な方法で人々が背を向けた現在を拾っている。「ポスト真実」の時代は、「ポストイメージ」の時代でもあり得るのだ。

# あとがき

我が身ひとつのもとの春…　二十歳の頃から時が止まっている僕は、日記を付けるなどはもってのほか、ろくに写真を撮ったり、写真に写ったりもしてこなかった。ぼうっと雲の形を確かめているうちに過ぎ去ってしまったかのような半生だった。そのせいで、本来ならばそれぞれの章を何年に書いたのかくらいは示したかったのだが、単に無理だったのだ。長年にわたりたまに引っ張り出してはちょこちょこと手を入れていたせいで、コンピューターファイルの履歴もあやふやなものになっていた。いちばん古いのは歌川国芳のことを書いた「思考／芳香」で、これは僕が二十七歳のとき、つまり一九九八年か九九年、二十一世紀を目前に控えた頃に書いたことが分かっている。それから三十代前半にかけて「兼好法師との対話」や「姉を恐れるな、妹を犯せ」、「小津のエロティシズム」、「二〇〇〇年の京都」などを書いた。少しおいて三十代後半から書いたものに、「日蓮」、「ファミリープロット」、「不壊の砦」、「マイスター馬琴」、「西馬音内」などがあり、最近になって書いたのが、「咎なくて死す」、「種田山頭火」、「飛んでもニギハヤヒ」、「二〇一七年の京都」などである。この本が出る頃、僕はもう四十八歳になっているだろう。とにもかくにも、時は流れていたのだ。

まずは作品社代表取締役の和田肇氏と編集の渡辺和貴氏にこの場を借りて心より御礼を申し述べたい。あまりにも独り我が道を歩きすぎて、身も蓋もないような思い込みや出典元の間違いなどもいくつかあったところを、丁寧に指摘していただき、こうして単行本としての体裁を取るにいたることができた。

神に聞き従う者は恥じることがない、もし彼が何かを恥じるとすれば、自分が恥じていることを恥じるのである。マイスター・エックハルトのそんな言葉を胸に、今は痩せ我慢で胸を張るときだ。え？　神は死んだんじゃないのかって？　もちろんその可能性も捨てきれないが、まあ、完全に死んだわけでもないだろう。こうしていついかなるときでも僕を支え続けた過去の天才たちを見渡してみると、彼らに共通するのは意外なほどシンプルな原理なのかもしれない。喜びへとまっすぐに進み、絶望の中でも希望にしか目が向かないこと…　「今一きは心も浮き立つものは、春のけしきにこそ」、兼好法師がその眼差しで出口の方向を指し示す。浮き世はとかく憂きものなれど、やっぱりウキウキする瞬間に満ちている。新たな肉体と言葉がどこからともなくやってくる。そして言葉は、言葉にならないものを伝えるためのほとんど唯一の手段だ。よろずの言の葉は散り果てて、踏みしだかれているその頭上に、春の証、人間たちが思考していることそれ自身の死角に守られた芽吹き、不意打ちの命…　ややもすると…　真面目さという名の怠惰のただ中で燃え尽きてしまっては、何も聴くことはなく、この先何かを承認することもままならないだろう。

わけの分からない、厳しい時代ではある。大量の「コンテンツ」、人の生の重さとどう釣り合っているのか、当て推量すら許さない様々な「製作」、生き延びる必要性を盾にして平凡な判断から意地でも出ようとしないものたち。そして手垢の付いた概念で常に侵食されている「芸術」…でも相変わらずそれは、奇妙な中洲に錨を下ろしている。ここまでシステマティックになった世界でも、金銭や権力とは一線を画し、独自の流通経路を見つけ出してしまう。運命的な出会いがいくつ刈り取られても、残された運命の薄片を静かにゆっくりと育み続ける。朝だ…「黙って今日のわらじはく」

日が長く、薄暮は十分に時間を取って夜を準備できているようだった。僕は新宿駅から「湘南新宿ライン」の逗子行きに乗り込んだ。献辞を兼ねたこの跋文に、どうしても登場してもらわなければならない人物がもう一人居るのだ。淺野幸彦氏は奥様の優子さんとともに、死者の王のように、抜かりのない墓守のように、鎌倉材木座霊園の真横の道を登り切ったところに建つ一軒家に住んでいる。もう十年以上前、当時はまだある種健全ともいえる焦燥感から、早産気味であることは承知の上で僕が『書』というちょっとした小説を発表したことがあった。そのとき、広告プランナーでもあり大変な読書家でもある淺野氏が、僕の目指した方向性まで含めて深く理解して下さり、それ以来頼り甲斐のある先輩として、忌憚のない友人としてお付き合いいただいている。この本も出版に向けて実際に骨を折って下さった。
いつもの、雑多な、掛け値なく雑多な人々が集う格安の角打ちの酒場に行く。こうして酔ってくれば、僕は淺野氏に生意気なことを言い、淺野氏は僕に酷いことを言うだろう。お互いに口が悪く、何をおいても偏屈なのだ。要約するならば淺野氏は僕に対して、もっと人類の面倒も見てやれよと諭し、僕の方は人類は人類を続けたい人たちがやればいいことで、自分としてはもう文学と芸術にしか興味が持てないのだと反論する。夜は更け、人は入れ替わり、客の足元を縫って行ったり来たりしている黒犬は変わらずに元気だ。孤独の中から、ごちゃごちゃとした人々の群れに張り巡らされた不可視の係累がかすかに姿を現し、面罵したり悪口を言い合ったりしながらも、互いに必要とする人たちの近くで生きている。そうして、はじめは濁っていた水の流れが、やがて徐《おもむろ》に澄んでゆく…

（二〇一九年）

**表紙**　グラフィック提供：澤井真吾

**口絵クレジット**

**口絵1**　歌川国芳『忠臣蔵十一段目夜討之図』 神戸市立博物館　Photo：Kobe City Museum / DNPartcom

**口絵3**　歌川国芳『夕霞』 一般財団法人日本浮世絵博物館所蔵

**口絵5**　歌川国芳『東都首尾の松之図』 東京都江戸東京博物館　Image：東京都歴史文化財団イメージアーカイブ

**口絵6**　『山海愛度図会＿国芳肖像（死絵）』 東京国立博物館　Image：TNM Image Archives

Photographer 長尾真志

**栗原明志**（くりはら・あかし）
1971年東京生まれ。作家、東京大学教養学部教養学科卒。現在、株式会社TBRの代表取締役として、音楽レーベルや盆踊チームなどイベントのプロデュースも手掛ける。著書に、『書』（現代思潮新社、2007年）。

# 浮《う》きよばなれ

島国の彼岸へと漕ぎ出す日本文学芸術論

二〇一九年九月二五日 第一刷印刷
二〇一九年九月三〇日 第一刷発行

著者 栗原明志
装幀 小川惟久
発行者 和田肇
発行所 株式会社 作品社

〒一〇二-〇〇七二
東京都千代田区飯田橋二ノ七ノ四
電話 (〇三)三二六二-九七五三
FAX (〇三)三二六二-九七五七
http://www.sakuhinsha.com
振替 〇〇一六〇-三-二七一八三

本文組版 (有)一企画
印刷・製本 シナノ印刷(株)



ISBN978-4-86182-775-4 C0095